Ann Brashares

Wer weiß, was morgen mit uns ist

cbj

© Sigrid Estrada

DIE AUTORIN

Ann Brashares wuchs in der Nähe von Washington D.C. auf. Sie studierte Philosophie an der Columbia University in New York, unterbrach jedoch das Studium, um in einem großen amerikanischen Verlag zu arbeiten. Seit 2000 widmet sich Ann Brashares ganz dem Schreiben. Ihre Serie »Eine Jeans für vier« über vier Freundinnen ist weltweit ein großer Erfolg. Brashares lebt mit ihrem Mann und ihren drei Kindern in New York.

Von Ann Brashares ist bei cbj außerdem erschienen:

Eine für vier (40298)
Eine für vier – Der zweite Sommer (30276)
Eine für vier – Aller guten Dinge sind drei (40296)
Eine für vier – Vier gewinnt (30581)
Eine für vier – Für immer und ewig (40216)

Unser letzter Sommer (40062)
So nah und doch so fern (40231)

Ann Brashares

Wer weiß, was morgen mit uns ist

Aus dem amerikanischen Englisch
von Sylvia Spatz

cbj

Kinder- und Jugendbuchverlag
in der Verlagsgruppe Random House

MIX
Papier aus verantwortungsvollen Quellen
FSC® C014496

Verlagsgruppe Random House FSC® N001967
Das für dieses Buch verwendete FSC®-zertifizierte Papier
Pamo House liefert Arctic Paper Mochenwangen GmbH.

1. Auflage
Deutsche Erstausgabe Februar 2016

Die Originalausgabe erschien 2014 unter dem Titel
»The Here and Now« bei Delacorte, Random House
Children's Books, in der Verlagsgruppe Random House,
Inc., New York.
Published by Arrangement with Abigail McDonald
Aus dem amerikanischen Englisch von Sylvia Spatz
Umschlaggestaltung: semper smile, München
kk · Herstellung: ReD
Satz: Uhl + Massopust, Aalen
Druck: GGP Media GmbH, Pößneck
ISBN: 978-3-570-40317-4
Printed in Germany

www.cbj-verlag.de

Dem lieben Isaiah,
Kapitän von Familienreisen durch die Zeit

»Die Vergangenheit ist ein fremdes Land;
dort gelten andere Regeln.«

L. P. Hartley, The Go-Between

»Wenn Zeitreisen möglich wären, würden wir
überrannt von Touristen aus der Zukunft.«

Stephen Hawking

Prolog

23. April 2010
Haverstraw Creek

Sein Vater musste arbeiten und so ging Ethan allein zum Fischen. Normalerweise lief er auf dem Weg durch den Wald zu den engen Biegungen des kleinen Flusses einfach seinem Vater hinterher, während er sich darauf konzentrierte, sich nicht in dem Dornengestrüpp zu verheddern, das auf Höhe seiner Knöchel wucherte. Doch jetzt war er irritiert darüber, wie schlecht er die Strecke kannte, obwohl er sie bereits unzählige Male gegangen war. Nach dem heutigen Tag allerdings würde er sie kennen. So viel stand fest.

Als er endlich am Fluss ankam, war es nicht die ihm bekannte Stelle, aber wenigstens das gleiche Wasser, dachte er. Und der gleiche Fisch. Er setzte seinen Rucksack ab, spießte einen Köder auf den Haken und warf geschickt die Angelleine aus. Er war allein, und deswegen war es nicht wie sonst, denn heute warf er die Leine aus, um einen Fisch zu fangen, und nicht um seinem Vater zu demonstrieren, dass er wusste, wie man das machte.

Er lauschte dem Wasser, behielt seine Angelleine im

Auge und sann darüber nach, wie still die Luft war. Nur dort drüben nicht. Weiter flussabwärts sah es so aus, als würde die Luft sich bewegen. Er kniff die Augen zusammen, um besser sehen zu können, dann riss er sie weit auf, schloss sie wieder und fragte sich, ob sich damit der merkwürdige Eindruck vertreiben ließ, dass sich die Luft über dem Strom wellenförmig kräuselte. Aber es sah immer noch so aus, ja der Eindruck verstärkte sich sogar – die Luft flirrte und flimmerte so stark, dass er es mit bloßem Auge erkennen konnte.

Er bewegte sich langsam flussabwärts und zog dabei seine Angelleine mit. Während er am Ufer entlangging, konnte er weit über die Flusskrümmung hinaus bis zu einer Fußgängerbrücke in der Ferne sehen. Dort regte sich weder die Luft noch das Laub der Bäume, wohingegen die Luft hier in immer schnellere Bewegung geriet und so unruhig wie aufgewühltes Wasser war. Als er langsam auf die Stelle zuging, nahm die Luft eine eigenartige Konsistenz an. Wieder kniff er die Augen zusammen und beobachtete erstaunt, dass sich das Sonnenlicht um ihn herum farbenprächtig brach. Er ging ein paar Schritte weiter und fühlte, wie die Luft schneller über seine Haut strich, fast als wäre sie eine Flüssigkeit, nur weicher. Er versuchte, sich auf einzelne Lichtkristalle zu konzentrieren, aber alles bewegte sich viel zu schnell.

Als die gewissermaßen flüssige Luft mit dem Flusswasser eins zu werden schien und er in dieses Gemisch hineingezogen wurde, entglitt ihm seine Angelrute. Er wusste nicht mehr, wo oben war und wo unten, wo sich der Himmel befand und wo die Erde, welche Luft er atmen sollte oder wo sein Körper anfing und endete. Merkwürdigerweise verspürte er keinerlei Drang, das alles herauszufinden. Es war, als würde er bei klarem Verstand träumen. Er befand sich in einer ihm völlig unbekannten Welt, doch er wusste, dass er aus diesem Traum erwachen würde.

Er hatte jedes Zeitgefühl verloren, hatte kein Gespür dafür, ob Stunden vergangen waren oder nur wenige Sekunden. Aber irgendwann entließ ihn der Kreisel aus Luft und Fluss auf festen Boden und allmählich rückte alles wieder an seinen Platz. Er hielt die Augen eine Weile geschlossen, und als er sie erneut öffnete, befand sich der Fluss fast wieder in seinem Bett, die Luft war wie eh und je unsichtbar und der Sonnenschein so strahlend wie vorher. Er setzte sich auf, fand langsam sein Orientierungsvermögen wieder, wusste, wo oben und unten war. Der Wirbelsturm hatte eine blank geputzte, funkelnde Aussicht auf die Bäume erschaffen. Und er hatte ein Mädchen hervorgebracht.

Ganz bestimmt war sie Teil seines Traums, denn sie sah gar nicht aus wie ein gewöhnliches Mädchen. Ihre Umrisse waren unscharf. Sie war genau der Typ Mädchen, wie er ihn sich erträumte – ungefähr in seinem Alter, und abgesehen von dunklen, nassen Haarsträhnen, die über ihren Körper fielen, war sie nackt und unglaublich schön, wie eine Seejungfrau oder eine elfenhafte Prinzessin. Und weil sie ja nur in seiner Einbildung existierte, fand er, dass er sie ruhig ungeniert anstarren durfte.

Dabei dämmerte ihm langsam, dass sie ihre Arme um

den Körper geschlungen hatte, als wäre ihr kalt und als genierte sie sich. Ihre Beine waren bis zu den Knien verdreckt. Er hörte, dass ihr das Atmen schwerfiel. Je länger er sie anstarrte, desto mehr Details nahm er an ihr wahr und desto schärfer wurden ihre Körperumrisse, und schließlich hatte er den Verdacht, dass sie echt war und dass er sie nicht länger so anglotzen durfte.

Er stand auf und versuchte, nach unten zu schauen. Ein paar scheue Blicke überzeugten ihn, dass sie, obgleich die Luft um sie herum merkwürdig aufgeladen blieb, keine von ihm erträumte Nymphe war, sondern ein zitterndes, dünnes Mädchen mit schmutzigen Füßen und einer merkwürdigen Prellung, die sich an der Innenseite eines Arms ausbreitete.

»Ist alles in Ordnung? Brauchst du Hilfe?«, fragte er. Es war gar nicht einfach, aus dem Traum zu erwachen. Vielleicht hatte sie der Sturm beim Schwimmen mit sich flussabwärts gezogen. Doch eigentlich war es zum Schwimmen viel zu kalt.

Sie sagte nichts. Er versuchte, seinen Blick auf ihr Gesicht zu konzentrieren. Sie hatte große Augen und hielt die Lippen fest aufeinandergepresst. Er hörte, wie von den Blättern um sie herum Wasser tropfte, *plitsch, plitsch, plitsch*. Und das Geräusch ihres mühsamen Atmens. Sie schüttelte den Kopf.

»Bist du sicher?«

Sie schüttelte ein weiteres Mal den Kopf. Sie sah aus, als hätte sie Angst, sich zu bewegen.

Sie war echt, aber irgendwie anders als alle anderen,

und nicht nur weil sie keine Kleider anhatte. Schön war sie immer noch.

Er öffnete den Reißverschluss seines New-York-Giants-Sweatshirts und hielt es ihr hin, während er ein paar Schritte auf sie zuging. »Möchtest du das?«

Wieder schüttelte sie den Kopf, riskierte aber einen Blick auf die Jacke und dann auf ihn.

Er ging noch weiter auf sie zu. »Im Ernst. Du kannst es behalten, wenn du willst.«

Er hielt das Sweatshirt ganz nah vor sie hin, sie überlegte einen Augenblick, dann schnellte ihr Arm nach vorn und sie griff danach. Jetzt erkannte er, dass der dunkle Fleck an ihrem dürren Arm gar keine Prellung war, sondern schwarze Schrift. Es waren Zahlen, fünf mit einem Filzstift oder etwas Ähnlichem hingekritzelte Zahlen.

Er wandte sich ab, während sie sich das Sweatshirt überstreifte und den Reißverschluss bis zum Kinn hochzog. Sie wich schrittweise vor ihm zurück. Sie musste Schweres durchgemacht hatte, überlegte er.

»Ich hab ein Handy. Möchtest du das benutzen?«

Sie öffnete den Mund, aber es dauerte einen Augenblick, bis sie etwas sagte. »Nein.« Ein Atemzug, zwei Atemzüge. »Danke.«

»Brauchst du Hilfe?«, erkundigte er sich erneut. »Hast du dich verlaufen?«

Sie schaute sich voller Angst um. Wieder öffnete sie den Mund, zögerte jedoch erneut mit der Antwort. »Gibt es hier eine Brücke?«, fragte sie schließlich.

Er wies flussabwärts. »Wenn du in diese Richtung läufst,

dann kannst du sie gleich nach der Biegung sehen«, gab er Auskunft. »Soll ich sie dir zeigen?«

»Nein.«

»Bist du sicher?«

»Ganz sicher.« Sie sah aus, als wäre sie sich sicher. Sie warf ihm verstohlen einen Blick zu, als wollte sie ihn damit zwingen, sich nicht zu rühren, und machte sich auf den Weg Richtung Brücke.

Er wollte sie begleiten, tat es aber nicht. Er beobachtete sie, wie sie sich in seinem blauen Giants-Sweatshirt durch die Bäume davonmachte. Inmitten der verschlungenen Äste und knotigen Wurzeln, dem Dreck und den Büschen, die nach ihr griffen, sah sie ganz hilflos aus.

Einmal sah sie ihn über die Schulter kurz an. »Alles in Ordnung«, hörte er sie leise sagen, dann verschwand sie.

Er blieb noch lange am Flussufer, bevor er nach Hause ging. Er suchte nach seiner Angelrute, rechnete aber eigentlich nicht damit, sie wiederzufinden. Er wartete, weil er sehen wollte, ob das Mädchen vielleicht zurückkam, doch auch damit rechnete er nicht wirklich. Und sie kam auch nicht.

Während des Abendessens und bis spät in die Nacht dachte er über das nach, was er gesehen hatte. Schließlich verließ er das Bett, stellte sich ihren dünnen, zitternden Arm vor und schrieb aus dem Gedächtnis die Zahlen nieder: 17514. Er wusste, dass sie irgendwie wichtig waren.

Während der folgenden zweieinhalb Jahre dachte Ethan so oft an jenen Tag zurück, dass seine Erinnerungen unscharf wurden. So oft, dass er sich schon fragte, ob er sich das Ganze nicht eingebildet hatte. Bis zum ersten Tag seines ersten Highschooljahres, als genau dieses Mädchen, diesmal bekleidet, in den Vorbereitungskurs Infinitesimalrechnung hereinspaziert kam und hinter ihm Platz nahm.

18. Mai 2010

Lieber Julius,

morgens schwitzt die Erde. Ehrlich. Hier kann man fast immer nach draußen gehen, genau wie Poppy gesagt hat. Mir gefällt es, im Garten hinter dem Haus im Gras zu liegen und darauf zu warten, dass die Sonne aufgeht. Sogar wenn tagelang schönes Wetter war, ist mein T-Shirt am Rücken nass, als ob die Erde weinen würde.

Mr Robert und Ms Cynthia und ein paar andere sind für die meisten von uns Kindern verantwortlich. Sie versuchen uns beizubringen, wie wir nicht auffallen, und achten darauf, dass wir supervorsichtig sind. Kannst du dich noch an das Gerede über Fernsehen erinnern? Also, wir schauen die ganze Zeit fern, damit wir lernen, wie man sich richtig ausdrückt. Eine Sendung heißt Friends. *Im Hintergrund wird die ganze Zeit gelacht, allerdings verstehe ich überhaupt nicht, warum. Mir gefällt* Family Guy, *aber Mr Robert meint, aus dieser Sendung würde ich nichts lernen.*

Ich mache mir Sorgen, weil ich Poppy noch nicht gesehen habe. Ms Cynthia behauptet, er hätte beschlossen, nicht mitzukommen, aber das glaube ich nicht. Er wollte mitkommen, mehr als alle anderen.

Alles Liebe,
Prenna

Kapitel 1

23. April 2014

Wir alle kennen die Regeln. Wir denken täglich an sie. Wie sollten wir sie auch nicht kennen? Wir haben sie auswendig gelernt, bevor wir hierherkamen, und seitdem werden sie uns ständig eingetrichtert.

Und doch sitzen wir – wir sind fast tausend – auf Plastikbänken in einer ehemaligen Kirche der Pfingstgemeinde (sie wurde in den Neunzigerjahren des letzten Jahrhunderts entweiht, warum, weiß ich nicht) und hören zu, wie die zwölf ehernen Regeln über knisternde Lautsprecher von nervösen Gemeindemitgliedern im Sonntagsstaat verkündet werden.

Das ist einfach so. Das machen wir jedes Jahr, um der außerordentlichen Reise zu gedenken, die wir alle vor vier Jahren unternommen haben: unsere Flucht vor Angst, Krankheit und Hunger, und die wunderbare Ankunft in diesem Land, in dem Milch und Honig fließen. Es ist eine Reise, die so gut wie sicher niemand vor uns unternommen hat, und die, wenn man sich den Zustand der Welt ansieht, die wir verlassen haben, auch niemals wieder stattfinden wird. Und damit ist der 23. April so etwas wie unser Thanksgiving, aber ohne Truthahn und Kürbiskuchen. Zufällig ist das auch der Tag, an dem Shakespeare geboren wurde und starb.

Wir machen das, weil man inmitten der Geborgenheit und der Fülle dieses Ortes leicht vergisst, dass wir hier nichts zu suchen haben und eine Gefahr für diesen Ort darstellen. Deshalb sind die Regeln so wichtig und die Folgen schwerwiegend, wenn wir sie brechen. Es ist wie bei allen streng religiösen oder politischen Systemen. Wenn das Regelwerk schwer zu befolgen ist, trichtert man es der Herde am besten immer wieder ein.

Ich stelle meine Füße fest auf den Boden, während der Projektor hinten in dem großen Saal summend seine Arbeit aufnimmt und das Dunkel mit seinem Strahl durchschneidet. Langsam beleuchtet er das erste Gesicht auf der breiten Leinwand, die hinter dem alten Altar hängt. Es vergeht ein Augenblick, bis die Schatten und Formen sich zu einer Person fügen, die ich kenne oder auch nicht. Es fällt schwer, sich das anzugucken, aber sie machen es trotzdem immer wieder: Während wir die Regeln herunterbeten, zeigen sie die Gesichter von Leuten, die wir seit der letzten Versammlung verloren haben. Es ist wie bei der »in memoriam«-Ehrung beim Academy Award oder der Grammy-Verleihung, aber es ist auch … anders. In diesem Jahr sind es sieben. Es wird nichts erklärt oder kommentiert. Sie zeigen nur immer wieder die Gesichter. Doch die meisten von uns verbinden mit jedem eine Geschichte. Wortlos begreifen wir, dass uns hier auf der Leinwand schwache, unberechenbare und eigensinnige

Mitglieder unserer Gemeinde in einer Endlosschleife vorgeführt werden sollen.

Meine Mutter schaut mich kurz an, als Dr. Strauss sich auf dem Podium vorne erhebt und die erste Regel vorträgt, die über unbedingten Gehorsam.

Die Regeln werden niemals irgendwo gezeigt, ja man schreibt sie nicht einmal auf ein Stück Papier. Wir machen das anders. Wir sind zur mündlichen Überlieferung zurückgekehrt.

Ich versuche zu folgen. Das versuche ich immer, aber die Worte sind so oft rezitiert worden, dass sie in meinen Ohren jede Ordnung und Form verloren haben. Sie sind zu einer chaotischen Mischung aus Eindrücken und Ängsten verschmolzen.

Dr. Strauss ist einer der Anführer. Es gibt neun davon und außerdem zwölf Betreuer. Die Anführer entscheiden über Strategien, die Betreuer geben sie an uns weiter und helfen bei ihrer Umsetzung im Alltag. Jeder von uns ist einem Betreuer zugeordnet. Meiner ist Mr Robert. Er sitzt auch mit da oben.

Weiter hinten erhebt sich ein Mädchen in einem grünen Kleid und trägt die zweite Regel vor, die über die Abfolge von Zeit. Alle Köpfe wenden sich ihr höflich zu.

Eine Regel vortragen zu dürfen, ist eine Ehre. Wie eine Rolle beim Krippenspiel. Vor drei Jahren wurde ich auserwählt, es war das einzige Mal. Meine Mom gab mir ihre goldenen Ballerinas und ihren teuersten Seidenschal. Sie rieb mir sogar Rouge auf die Wangen. Ich sollte die sechste Regel aufsagen, nach der man unter keinen Umständen außerhalb der Gemeinde medizinische Hilfe in Anspruch nehmen darf.

Nachdem das Mädchen gesprochen hat, wenden wir uns alle wieder nach vorn und warten gehorsam auf Regel Nummer drei.

In Schwarz-Weiß erscheint jetzt das Gesicht von Mrs Branch auf der Leinwand. Sie war eine Bekannte meiner Mutter, und ich weiß, dass sie an Brustkrebs starb, der so gut wie nicht behandelt worden war. Das Foto stammt nicht unbedingt aus glücklicheren Zeiten. Es sieht so aus, als hätte man es an dem Tag aufgenommen, als sie ihre Diagnose erhielt. Ich schaue woanders hin. Kurz begegnet mein Blick dem meiner Freundin Katherine ein paar Reihen weiter hinten.

Wenn ich mir die Anführer anschaue, die auf dem Podium verteilt sind, fällt es mir schwer, zu sagen, wer von ihnen wirklich das Sagen hat. Das sagt einem auch keiner, aber ich glaube, ich weiß es. Ich weiß es wegen dem, was mir passiert ist, als ich dreizehn war, kurz bevor ich die sechste Regel aufsagen sollte.

Es war ungefähr neun Monate, nachdem wir hier angekommen waren. Ich war immer noch völlig durcheinander, immer noch viel zu dünn, und immer noch sah ich fern, um zu lernen, wie man sich richtig ausdrückt und benimmt. Ich hatte noch nicht mit der Schule angefangen und litt unter chronischen Atembeschwerden. Meine Mom meinte, es wäre ein unglaubliches Glück, dass jemand mit Asthma die Reise überhaupt hatte machen dürfen. Sie erwähnte meinen »überdurchschnittlichen Intelligenzquotienten«, der das mit Mühe kompensiert hätte. Wir versuchten so zu tun, als wäre alles gar nicht so schlimm.

Im Februar hatte ich eine schlimme Erkältung, die zu einer Lungenentzündung wurde. Meine Mutter wusste sofort Bescheid, sie ist Ärztin und hat ein Stethoskop in der Badezimmerschublade. Ein paar Leute vom medizinischen Team unserer Gemeinschaft schauten bei uns vorbei. Da war ich schon ziemlich am Ende. Ich atmete mithilfe eines Inhalators und sie pumpten mich mit Antibiotika, Anabolika und weiß Gott was voll. An meinem Finger hing ein Fingerpulsoximeter, und ich wusste, dass ich nicht genügend Sauerstoff im Blut hatte. Ich kämpfte. Meine Lungen nahmen nicht genügend Luft auf. Falls ihr das noch nie erlebt habt – es fühlt sich schrecklich an.

In der zweiten Nacht hatte mein Zustand sich verschlimmert. Ich wurde ein paarmal bewusstlos, zwischendurch sah ich den Gesichtsausdruck meiner Mutter. Sie schrie. Sie wollte mich ins Krankenhaus bringen. Ein einfaches Beatmungsgerät für eine Nacht und mein Leben wäre gerettet, sagte sie. Ich nehme an, damals hatten wir noch nicht unsere gemeinschaftseigene Klinik, wir waren ja noch nicht lange hier. Doch mich in ein normales Krankenhaus zu bringen, stand für alle anderen außer Frage, und zwar wegen der Gefahr, die von uns für die normalen Leute ausgeht, die hier geboren sind und ein anderes Immunsystem haben. Und was war, wenn ein Arzt oder eine Krankenschwester anfangen würden Fragen zu stellen, während sie meine Krankengeschichte aufnahmen oder sich mein Blut unter dem Mikroskop zu gründlich ansahen?

»Sie muss nicht sterben!«, hörte ich meine Mutter im Nebenzimmer weinen. Sie flehte, versprach, bei allem dabei zu sein und niemand anders meine Pflege zu überlassen. Keine Bluttests, keine Diagnose. Sie würde einen Weg finden, um alles geheim und sicher zu halten.

Irgendwann später kam Mrs Crew dazu. Sogar mit meinem unterversorgten Gehirn nahm ich wahr, wie die Stimmung im Haus umschlug. Das Schreien und Flehen hörte auf und aus dem Nebenzimmer drang nur noch Mrs Crews beschwichtigende Stimme. Einige Augenblicke lang war ich seltsam hellhörig, seltsam bei Verstand, während ich zuhörte, wie sie ruhig und herablassend zu meiner Mutter sprach. »Nach allem, was wir aufgegeben haben, Molly. Nach allem, was wir durchgemacht haben …« Meine Mutter verließ den Raum, und ich hörte, wie stattdessen mein Betreuer, Mr Robert, mit Mrs Crew redete. Es fühlte sich an, als würde ich von einem Ort oben an der Zimmerdecke aus zuhören, als wäre ich bereits tot. Sie erklärte ihm nüchtern, was mit meinem Leichnam geschehen sollte, wie der Totenschein auszustellen wäre sowie den richtigen Umgang mit allem, was von meiner Person in den staatlichen Datenbanken verblieben war. Sie hatten dort Identitäten für uns eingerichtet und die konnten sie auch wieder löschen. Schließlich bot sie ihm eine Spritze oder Tablette oder etwas Ähnliches an. Einen »Todesengel«, wie sie es leise nannte, um mir mein Sterben zu erleichtern. Sie würde bleiben, bis es vorbei sei, versicherte sie ihm.

Aber es ging nicht vorbei. Irgendwann in den frühen Morgenstunden öffneten sich meine Lungen ein wenig. Und am Ende jenes Tages noch ein wenig mehr. Und sechs Wochen später trug ich die sechste Regel in diesem Saal vor.

Mr Botts erhebt sich zwei Reihen hinter uns, um die dritte Regel aufzusagen, in der es darum geht, unser Wissen nicht einzusetzen, um etwas zu verändern. Ich kenne ihn aus unseren Anfangstreffen, bei denen wir in allem eingewiesen wurden. Mrs Connor mit dem lichter werdenden Haar und einer merkwürdigen orangefarbenen Tunika fährt mit der vierten Regel fort, eine Erweiterung der dritten. Ich weiß nicht mehr, woher ich die Frau kenne.

Ein Typ namens Mitch, ein Star, weil er in Yale studiert, übernimmt die fünfte, die Geheimhaltungsregel. Vielleicht ist es diese Regel, an die wir am häufigsten denken. Die Anführer sind besessen von ihren Details – wir dürfen unter keinen Umständen auffallen und niemals auch nur den kleinsten Hinweis liefern, der uns verraten könnte. Doch manchmal frage ich mich allen Ernstes, ob irgendjemand tatsächlich erraten könnte, woher wir kommen, falls wir uns irgendwie verraten sollten. Und falls ja, würde man das dann überhaupt glauben?

Die sechste und siebte Regel zur medizinischen Versorgung werden von zwei Leuten vorgetragen, die ich nicht gut kenne und die diese Regeln wahrscheinlich gerade so überlebt haben, genau wie ich.

Regeln acht bis elf bekomme ich nicht mehr mit, weil

von meinem Schuh eine rosa Perle abgefallen ist und ich den Boden unauffällig nach ihr absuche. Ehrlich gesagt schaue ich überall lieber hin als auf den großen Schirm dort vorne, denn fürs Finale haben sie sich das Foto von Aaron Green aufgehoben, und ich habe den Verdacht, das ist kein Zufall. Es ist das herzzerreißende Bild eines verwirrten und freundlichen Vierzehnjährigen, der so ungeschickt über seine eigenen Lügen gestolpert ist, dass sie ihm Mitte letzten Jahres verboten haben, weiter die Schule zu besuchen. Sein Lehrer kam zu ihm nach Hause, um zu sehen, wie es ihm ging, und zwei Tage später ertrank der Junge bei einem Floßunfall auf dem Housatonic River in Gegenwart seines Vaters und seines Onkels. Kein Krankenwagen, keine Notfallaufnahme. Mr Green hatte sich den vorgegebenen Anweisungen unserer Gemeinschaft gefügt und die Spezialnummer für diese Fälle angerufen.

Bei der zwölften Regel werde ich wieder aufmerksam. Mrs Crew, der Todesengel persönlich, erhebt sich, um sie vorzutragen. Sie ist nur etwa einen Meter fünfzig groß und ihr Haar sitzt auf ihrem Kopf wie ein Champignon, aber sie jagt mir immer noch Angst ein. Während sie die Regel rezitiert, schaut sie mich an, das schwöre ich.

1. Wir verpflichten uns zu Loyalität und Gehorsam gegenüber der Gemeinschaft, ihrem Überleben und ihrer Sicherheit, und akzeptieren ohne Fragen oder Diskussionen die Führerschaft durch unsere Anführer und Betreuer.

2. Wir haben die Zeit in ihrer Beschaffenheit und natürlichen Abfolge zu akzeptieren.
3. Unter keinen Umständen dürfen wir die in Postremo gesammelten Erfahrungen bewusst einsetzen, um diese Abfolge zu beeinflussen.
4. Wir dürfen in den Zeitenlauf nicht eingreifen, um Unglück oder Tod zu verhindern.
5. Wir müssen über Postremo, die Immigration und die Gemeinschaft immer und überall absolutes Stillschweigen bewahren.
6. Außerhalb der Gemeinschaft ist es uns strikt untersagt, medizinischen Rat zu suchen oder medizinische Hilfe zu beanspruchen.
7. Wir dürfen ausschließlich den Service unseres medizinischen Teams in Anspruch nehmen und haben, falls nötig, den Anweisungen für den Notfall Folge zu leisten.
8. Wir müssen verhindern, dass unsere Identität archiviert wird, sei es per Druck, durch Fotografie oder Videoaufnahmen.
9. Wir haben Orte geistlicher Zusammenkünfte zu meiden.
10. Wir haben alles daranzusetzen, uns in die Gesellschaft einzufügen und unter keinen Umständen Aufmerksamkeit auf uns als Person oder die Gemeinschaft zu lenken.
11. Wir haben jeden Kontakt mit Personen zu meiden, die uns aus Postremo bekannt sind und die nicht an der Immigration teilgenommen haben.

12. Unter keinen Umständen dürfen wir eine physisch oder emotional enge Beziehung mit einer Person außerhalb der Gemeinschaft eingehen.

Kapitel 2

Ein paar von uns besorgen sich im mexikanischen Fast-Food-Restaurant um die Ecke von der ehemaligen Kirche der Pfingstgemeinde etwas zu essen und laufen dann zum Central Park weiter. In diesem Jahr hat die Feier an einem Mittwoch stattgefunden und wir haben uns deshalb einen Tag freigenommen. Wir essen auf dem Great Lawn und schlagen die paar Stunden zwischen dem Ende der Feier und der halbjährlich stattfindenden »Zusammenkunft der Jugend« tot. Unsere Stimmung ist nach der Regelzeremonie immer so gehoben, warum also nicht gleich danach eine Party feiern?

Es klingt verrückt, aber genau das machen wir. Am Abend nach der Zeremonie versammeln sich alle im Alter zwischen fünfzehn und achtzehn und tun alles, um sich bei langweiliger Musik und fettigen Chicken-Nuggets ineinander zu verlieben. Na, dann mal los.

Denn falls wir uns verlieben oder auch nur gerne haben oder toll finden wollen, dann müssen wir das untereinander tun. Siehe Regel zwölf. Und nicht nur zu unserer eigenen Sicherheit, wie die Betreuer uns immer wieder einbläuen. Es geht auch um die Gesundheit und Sicherheit der Leute außerhalb unserer Gemeinschaft. Darüber kann man nicht mal Witze reißen. Nicht dass wir sonst viel hätten, worüber wir Witze reißen könnten.

Im Park sitzen Katherine, Jeffrey Boland, Juliet Kerr, Dexter Harvey, ich und ein paar andere aus der Schule in Rockland County zusammen. Jeffrey schläft in der Sonne ein, Dexter setzt sich seine Kopfhörer auf und Katherine und ich machen einen Spaziergang um den See.

»War gar nicht einfach, Aarons Gesicht da oben auf dem Bildschirm zu ertragen«, fange ich an und werfe Katherine von der Seite aus einen Blick zu, während wir dahinspazieren. Ich bemerke, wie ihre feine Haut errötet.

Aaron wohnte bei ihr um die Ecke. Er hatte einen kleinen Hund, eine Mopskreuzung namens Paradox, der bei jeder Gelegenheit zu Katherine nach Hause ausbüxte. Katherine machte sich Sorgen um Aaron. Für ihn war es schwerer als für die meisten von uns. Vielleicht habe auch ich mir Sorgen gemacht. Katherine hatte Aaron ihr altes Mongoose-BMX-Fahrrad gegeben und man sah ihn immer damit herumfahren.

Ich weiß, wie sensibel Katherine ist, und ich weiß auch, dass das sie immer alles verborgen hält, aber ich möchte so gerne etwas sagen, etwas Wahres.

»Er war kein besonders guter Schwimmer, sein ganzes Leben lang nicht«, füge ich hinzu. Es ist eine ziemlich morbide Bemerkung, das ist mir klar, aber Katherine wirkt erleichtert. Auf meine Art habe ich sie wissen lassen, dass ich nicht versuche, ehrlich zu sein. Ich fordere niemanden heraus. Ich akzeptiere, wie wir alle, die Geschichte von Aarons Tod, obwohl wir wissen, dass sie absoluter Unsinn ist.

Sie lächelt dünn und ich sehe Tränen in ihren Augen aufsteigen. Ich beobachte, wie sie nach oben in die blühenden Kirschbaumzweige sieht, die sich wie eine Markise über den Reitweg wölben. Ich erkenne, wie sehr sie sich bemüht, nicht zu weinen.

Kurzentschlossen ergreife ich ihre Hand, halte sie einen Augenblick lang und lasse sie dann wieder los. Sie ist der einzige Mensch, bei dem ich das machen kann.

»Sie haben seinem Hund einen anderen Namen gegeben«, sagt sie so leise, dass ich sie fast nicht höre.

»Wie bitte?«

»Aarons Vater hat den Hund jetzt Abe getauft. Aber er hört nicht drauf.«

Wir treffen uns alle wieder am Great Lawn und laufen zwanzig Häuserblocks stadteinwärts, dort ist der große Partyraum oben im Big Sister's Diner für uns gemietet. Unsere Treffen finden normalerweise in New York City statt, denn wir leben alle im Umkreis von dreißig Meilen, und es gibt viele öffentliche Verkehrsmittel, vor allem aber ist die Stadt so riesig und chaotisch, dass sie jeden einfach schluckt. Wir bleiben lieber unerkannt.

Heute Abend ist der zweite Stock im Big Sister's mit Girlanden geschmückt, wie bei einem Buffet sind große Alutabletts mit verschiedenen Speisen angerichtet, und man hat Kaffeetische über den Raum verteilt. Ganz vorne erkenne ich ein paar Aufseher von anderen Treffen wieder.

»Prenna, stimmt's?« Eine Frau im Alter meiner Mutter mit grau meliertem Haar kommt auf mich zu, während ich meine Jacke ausziehe.

»Genau … Mrs …« Ich sollte ihren Namen eigentlich kennen.

»Sylvia Teller. Aus, mmmh … wir wohnen in Dobbs Ferry«, stellt sie sich vor. Sie wirkt betreten. Ich überlege hektisch, warum, aber dann fällt mir ein, dass es der übliche Grund sein muss. Sie war mit meinem Vater befreundet. Sie waren zusammen auf dem College oder der Graduate School. Sie zerbricht sich den Kopf, ob ihr vielleicht noch eine aktuelle Verbindung zwischen uns einfällt, denn nur über die dürfen wir uns unterhalten. Aber offensichtlich gibt es da nichts.

Ich sehe meinem Vater ähnlich, das weiß ich. Er war sehr auffallend und kannte so gut wie jeden. Mir ist klar, dass die Leute, sobald sie mich sehen, sofort an ihn denken. Ich bin so groß wie er und habe genauso dunkles Haar und breite asiatische Wangenknochen. Meiner Mutter sehe ich, mit Ausnahme der silberglänzenden Augen, überhaupt nicht ähnlich. Sie ist klein und blond. Niemand bringt mich bei diesen Treffen je mit ihr in Zusammenhang, sondern nur, peinlicherweise, mit jemandem, über den man nicht sprechen darf.

Ich möchte mich nicht traurig fühlen. Also gehe ich zur Toilette, um mir das Gesicht zu waschen und Lipgloss aufzutragen. Ich rumpele fast in Cora Carter hinein, die gerade aus der Toilette kommt, und wir treten beide einen Schritt zurück.

»Hallo, Prenna.« Sie lächelt.

»Cora! Wie geht's?«

Wir küssen uns nicht auf die Wangen und umarmen uns auch nicht, oder Ähnliches. Die Mitglieder unserer Gemeinschaft kommen sich sehr selten nah.

»Gut.« Sie mustert mich. »Du siehst klasse aus. Dein Gürtel gefällt mir.«

Ich schaue an mir hinunter. »Danke. Du siehst auch toll aus.«

»Hast du die Fliege von Morgan Lowry gesehen?« Sie macht ein belustigtes Gesicht.

»Nein, ich bin gerade erst gekommen.« Morgan Lowrys Fliegen sind in unseren Augen absolut unmöglich. »Ich halte die Augen offen.«

»Okay, wir sehen uns dann drinnen.«

»Okay«, antworte ich.

Ich merke, dass ich ihr einen Augenblick zu lange in die Augen gesehen habe, und das ist ihr peinlich.

Ich kenne Cora von vorher. Alle in unserer Gemeinschaft kommen aus ungefähr der gleichen Gegend und viele von uns haben sich in Postremo gekannt. Wir alle haben die Pest überlebt, doch keiner hat sie ohne Schaden überstanden. Ich erinnere mich noch an den Tag, an dem Coras Mutter starb. Ich erinnere mich an Coras halbverhungerte, halbverrückte Augen, als ihre Tante sie und ihren Bruder bei uns ablieferte, bis man sich um die Leiche gekümmert hatte. Ich erinnere mich auch daran, dass ein paar Monate später ihr Bruder starb. Ich erinnere mich in diesem Augenblick nur ungern an das alles, aber es ist einfach so. Ich habe bei mindestens einem Dutzend der Jugendlichen hier solche Erinnerungen und tief in ihnen ruhen ähnliche Erinnerungen über mich. Seit unserer Ankunft ist das tiefschürfendste Gespräch, das ich mit Cora geführt habe, das über meinen Gürtel.

»Bis später.« Sie winkt ungeschickt und verschwindet.

Ich versuche, mich für einen Abend mit Unterhaltungen dieser Art zu wappnen. Denn solche Gespräche finden im Augenblick überall in diesem Saal statt. Niemand spricht darüber, was uns wirklich miteinander verbindet. Die Kluft zwischen dem, was wir sagen, und dem, was wir empfinden, ist so weit und tief, dass ich manchmal denke, ich falle in sie hinein und höre nicht mehr auf zu fallen.

Wenigstens fühlen wir sie, denke ich bei mir. Ich jedenfalls. Und die anderen? Ich habe keine Ahnung und ich werde es auch niemals erfahren. Wir folgen unserem Text wie Schauspieler in einer sehr umfangreichen, sehr lange dauernden Produktion. Und sogar ohne Publikum lässt niemand von uns durchblicken, dass das Ganze nicht die Realität ist.

Manchmal höre ich nur, was wir nicht aussprechen. Ich habe nur Gedanken, die ich nicht denken darf, und erinnere mich an das, was ich vergessen sollte. Ich höre Geisterstimmen in diesem Raum, von all den Menschen, die wir in unserem alten Leben verloren haben und die laut jammern, dass sie nicht vergessen werden wollen. Aber wir gedenken ihrer nie. Das Wispern von Gefühlen, die wir nicht aussprechen – auch das höre ich.

Jeffrey schiebt ein paar von den kleinen Tischen zusammen und ein paar Leute versammeln sich darum, sie reden und flirten. Er zieht für mich einen Stuhl heran und ich setze mich darauf. Ich sehe die Leute an, die in diesem Kreis versammelt sind. Es sind meine Freunde. Ich habe sie gerne. Das hier ist mein Leben. Sie unterhalten sich über ihre Gürtel, ihre Schuhe, das Auto, das sie kaufen möchten, und die Show, die sie sich angesehen haben, und ich kann sie nicht hören, weil die Geisterstimmen sie übertönen.

Gegen neun Uhr helfen die Aufseher dabei, die Tische an die Wände zu rücken, um Platz zum Tanzen zu schaffen.

Jeffrey winkt mir zu und wir tanzen zusammen zu einem schnulzigen Popsong. Andere tanzen ebenfalls. Ich sehe, dass Katherine mit Avery Stone tanzt, ein Junge, der den Mädchen mit seiner Anmache ziemlich auf die Nerven geht.

Bei aufmerksamer Betrachtung sieht man, wie ungeschickt alles aussieht, wie vorsichtig, ängstlich und anscheinend zufällig wir uns berühren. Wir können nicht anders. In unserer Kindheit waren wir von der Pest umgeben. Ich beobachte, wie die anderen Jugendlichen an unserer Highschool sich ständig gegenseitig anfassen und umarmen. Wir nicht. Wir kennen keinen Weg zwischen körperlicher Isolation und Zusammensein. Entweder das eine oder das andere, und ich glaube, wegen dem einen ist das andere ziemlich unpersönlich und unharmonisch.

Adrian fragt mich, ob ich mit ihm tanzen will. Er hält mich an der Taille umschlungen. Er ist groß und gut aussehend, und mit ihm verbinden sich keine Erinnerungen, die mich verfolgen. Der Song wird langsamer und Adrian kommt näher. Sein warmer Atem streift mein Ohr.

Ich möchte etwas fühlen. Ganz ehrlich. Aber ich fühle nur ein Loch, da ist nur Wünschen und Sehnen und sonst nichts. Ich bin einsam.

Ich lehne meine Wange an Adrians Schulter. Die Lichter über dem Buffet verschwimmen und ich schließe die Augen. Ich mache etwas, was ich niemals, wirklich niemals, tun sollte. Ich lasse Gedanken an jemand anders zu – an einen Menschen, an den ich in einem Augenblick wie diesem niemals denken sollte.

Für einen Moment lasse ich mich treiben. Ich stelle mir vor, dass ich seine Wange an meinem Haar spüre. Ich stelle mir vor, dass seine Hände an meiner Taille liegen. Ich stelle mir vor, dass er mich wie jemand hält, der genau weiß, wie man das macht. Ich stelle mir vor, dass ich aufschaue und in seine Augen sehe, und sie wissen, wie man einen anderen Menschen ansieht, und er betrachtet mich mit seinem aufmerksamen Blick und fordert mich auf, Geschichten zu erzählen, die ich ihm niemals erzählen werde, aber er versteht mich trotzdem.

Es ist nicht richtig, ich weiß, und dennoch stelle ich mir vor, mit ihm zu tanzen, herrlich langsam. Ich male es mir in meinen Gedanken aus, denn woanders wird es niemals stattfinden.

Kapitel 3

»Hey, Ghouly. Was ist los?«

Ich schaue ihn nicht an und fummele an dem losen Scharnier meines Brillengestells herum. Ich spüre, wie mir an den Wangen heiß wird. Ich habe Angst davor, dass er mir alles ansieht, wenn ich ihn jetzt anschaue.

Er stößt meinen Fuß leicht mit seinem an. Ich tue so, als wäre ich in meine Aufzeichnungen vertieft.

Mr Fasanelli, der sich vorn an der Tafel mit seiner Kreide durch eine lange Infinitesimalrechnung gearbeitet hat, dreht sich um.

Verstohlen schaue ich auf Ethans Finger, sein Knie. Nur nicht in sein Gesicht. Ich hätte mich niemals zu solchen Gedanken hinreißen lassen dürfen.

Er blättert suchend in seinem Heft. Sobald Mr Fasanelli sich wieder der Tafel zugewandt hat, schiebt er es mir rüber.

Ich sehe das Galgenspiel, mit dem wir letzte Woche angefangen haben. Der Gehängte hat schon Kopf und Gliedmaßen.

J?, schreibe ich, ohne aufzusehen. Ich schiebe das Heft zurück.

Ethan verpasst dem Gehängten ein Doppelkinn.

K?

»Du darfst nicht einfach in alphabetischer Reihenfolge weitergehen, Pren«, flüstert er mir zu. Er malt dem Gehängten einen Hängebusen an die Brust.

Er schafft es, meinen Blick aufzufangen. Ich lasse zu, dass er mich ein bisschen zu lange ansieht, und alle Fragen, denen ich aus dem Weg gehen wollte, stürmen auf mich ein: *Alles in Ordnung? Was ist los? Warum schaust du mich heute nicht an?*

Ich greife nervös nach seinem Heft. *Hat dieses Wort überhaupt irgendwelche Buchstaben?*, schreibe ich.

»Warum übernimmst du nicht die nächste, Prenna?«

Mein Kopf schnellt nach oben. Mr Fasanelli starrt mich an. Den fetten Gehängten. Mich.

Ich schaue auf die Rechnung an der Tafel, stehe auf und trotte langsam nach vorn.

Ich spüre Ethans Blick in meinem Rücken. Und aus einer Reihe weiter hinten spüre ich Jeffreys Blick. Gott sei Dank klingelt es, und die Stunde ist zu Ende, bevor ich mich durch diese ganze Rechnerei kämpfen muss.

Ethan lächelt mich tatsächlich an, als wir den Klassenraum verlassen.

Ich schaue auf sein Heft hinunter, das er aufgeschlagen in der Hand hält. Während ich mich an der Tafel abgemüht habe, sind dem Gehängten Haare aus den Ohren gewachsen.

»*Wurmloch* war das Wort.«

Ich schaue ihn an.

Er zeigt auf sein Heft. »Das Wort, die Buchstaben.«

»Ach ja, stimmt.«

»Du solltest in Zukunft mit den Vokalen anfangen, meine Liebe.«

»Danke.«

Wir sind bei den Türen zum Treppenhaus angekommen. Jeffrey ist auch da.

»Kann ich eine Sekunde mit Prenna reden?«, fragt Jeffrey und schiebt sich an uns vorbei, bevor wir im Chaos der Cafeteria verschwunden sind.

Ethan wirft mir einen Blick zu. »Das muss Prenna wohl selbst entscheiden, stimmt's?«

»Ich meine, unter vier Augen.«

Jeffrey führt mich zur Fensterfront. »Du solltest vorsichtig sein«, ermahnt er mich.

»Ich bin vorsichtig.« Ich beobachte, wie Ethan sofort in der Menge seiner Fußballkumpels untergeht. Mir fehlt seine Zuwendung, sobald sie nicht mehr da ist. Vielleicht ist sie das Außergewöhnlichste, was ich habe. Wenn ich sie habe.

»Noch vorsichtiger.«

»Ich bin noch vorsichtiger.«

»Was Ethan angeht.«

Ich folge Jeffrey durch die Tür nach draußen auf den Gehweg, der von blühenden Kirschzweigen umrankt ist, Blütenblätter fallen wie rosafarbene Regentropfen herab. »Wir sind einfach miteinander befreundet.« Ich merke, dass ich Ethans Name nicht laut aussprechen möchte.

»Weiß er das?«

»Ja, ich glaube, er weiß, dass wir Freunde sind.« Jeffrey

an der Nase herumzuführen, ist einfach, denn er sieht mich nie direkt an.

Jeffrey nimmt seine Brille ab und putzt mit seinem T-Shirt die Gläser. »Ist ihm klar, dass es nicht mehr ist?«

»Es ist noch nie um was anderes gegangen und das wird es auch nicht.«

»Das sagst *du* und ich glaube dir. Ich habe nur gemeint, *er* könnte das vielleicht anders sehen als du.«

Ich laufe schneller. »Ich komme schon klar«, gebe ich zurück. »Wir dürfen Freunde haben, okay? Wir sollen sogar Freunde haben. Wir sollen uns hier einfügen.«

»Aber wir sollen keine Freunde haben, die uns so anschauen wir er.«

Ich bleibe stehen. Ich blicke auf die Blütenreste auf dem Gehweg, unter unseren Schuhen, sehe, wie sie auf den Regenpfützen von gestern treiben. Ich halte meine Bücher so fest umklammert, dass meine Handflächen schwitzen. Er hat keine Ahnung, was er da redet.

Jeffrey tut es leid, das sehe ich. »Pren, ich wollte nur …«

»Ich weiß«, antworte ich.

»Ich will nicht, dass sie …«

»Ich weiß.«

Er schaut sich verstohlen um, er will sicher sein, dass wir allein sind. »Weißt du, wenn irgendeiner von denen die Wahrheit über uns herausfindet – egal wie freundlich und vertrauenerweckend sie sich geben –, dann geht es dir und uns allen an den Kragen.«

Wie oft habe ich das nun schon gehört? »Ich weiß«, sage ich grimmig.

»Bist du vorsichtig?«

»Ich bin vorsichtig.«

Am frühen Abend höre ich, wie die Haustür geöffnet und geschlossen wird. Meine Mutter ist zu Hause, wahrscheinlich mit dem Abendessen.

Ich mache meine Physikaufgaben fertig und gehe nach unten.

Auf dem Küchentresen stehen, in Tüten verpackt, Hühnchen, Brötchen und Krautsalat. Ich hole zwei Teller und Besteck heraus.

»Nimm dir einfach, was du möchtest«, ruft meine Mutter aus dem Eingangsbereich, wo sie die Post durchsieht. »Ich muss für morgen noch ein paar Termine bestätigen. Ich mache mir später was davon warm.«

Ich lasse Teller und Besteck auf dem Küchentisch. Ich bin zwar hungrig, aber ich warte.

Die meisten Mädchen im Teenageralter versuchen, möglichst nicht mit ihren Müttern zu essen, doch bei mir ist es das genaue Gegenteil. Ich gebe mir immer Mühe, dass es so aussieht, als würden wir als Familie zu Abend essen. Und weil meine Mutter meinen Versuchen aus dem Weg geht, strenge ich mich noch mehr an. Ich nehme an, jeder wehrt sich, so gut er kann.

Mein Vater hat immer großen Wert auf einen gedeckten Tisch gelegt. Seiner Meinung nach war Essen mit der Familie ein unentbehrlicher Bestandteil des zivilisierten Lebens, und in unserem alten Leben haben wir uns jeden Abend bei Tisch zusammengesetzt, erst zu fünft, dann zu viert, schließlich zu dritt, selbst als die Welt um uns herum kaputtging. Unser zivilisiertes Leben hatte uns nicht viel weitergeholfen.

Ich hatte zwei jüngere Brüder, die während der dritten Denguefieber-Epidemie (später auch Blutpest genannt) innerhalb von wenigen Monaten nacheinander starben, und zwar in dem Jahr, bevor wir hierherkamen. Eine Tatsache, so wahr und nüchtern wie alle Tatsachen. Es kommt mir so vor, als würde die Sprache versagen, denn auch diese Erfahrung lässt sich in einem ganz normalen Satz ausdrücken, der sich aus normalen Wörtern zusammensetzt. Eigentlich lässt sich alles in ein einziges Wort fassen: Erfahrung. Nichts als eine gewöhnliche Ansammlung von Buchstaben, die sich nicht um einen selbst oder die Brüder kümmern. Vielleicht wird das mein Wort für das nächste Galgenspiel.

Es ist fast unmöglich, sich vorzustellen, dass sich jene Erfahrung in dem gleichen Leben und in der gleichen Welt ereignete wie die, in der wir jetzt leben.

Mein Vater, von uns Poppy genannt, hat die Pest überlebt. Ich dachte, er würde mit uns kommen, aber er verschwand am Vorabend unserer Reise.

»Er hat beschlossen nicht mitzukommen«, sagte meine Mutter, als hätte er einfach kalte Füße bekommen oder etwas Wichtigeres zu erledigen gehabt. Aber ich weiß, dass das nicht stimmt. Vielleicht werde ich die Wahrheit niemals erfahren. Ich schneide das Thema gegenüber meiner Mutter nicht mehr an. Ich kann ihren Gesichtsausdruck nicht ertragen. Er hat auch ihr das Herz gebrochen.

Ich trete durch die Küchentür hinaus auf die Veranda, lehne mich an das Geländer und schaue zu, wie die Sonne untergeht. Ich suche am Himmel die Sichel des Mondes.

Ich mag diese Tageszeit, diese Jahreszeit. Ich mag die weißen Blüten des Hartriegelstrauchs und die Gruppen von Narzissen, die ich selbst eingesetzt habe, um unseren Garten zum Leben zu erwecken. Von den Büschen an der Garage weht der Duft von Eisenkraut heran.

Ich bin jetzt seit vier Jahren hier, und ich kann immer noch nicht fassen, wie schön es hier ist. Am Anfang war alles zu chaotisch und merkwürdig, und deshalb konnte ich es nicht genießen – all die Geräusche, Farben, Gerüche, der bizarre Anblick von Eichhörnchen, Vögeln und Streifenhörnchen, und die Tatsache, dass ich mich überhaupt unter freiem Himmel aufhalten durfte. Doch jetzt genieße ich jeden einzelnen Tag.

Die Fülle und Pracht von allem versetzt mich in Erstaunen, all diese Dinge, die man verzehren, pflanzen und pflücken kann, die Orte, an denen man schwimmen darf. Die Leute hier tun so, als wäre alles Wichtige bereits verloren, aber sie irren. Sie haben noch so viel mehr zu verlieren.

Ich höre das eklige Sirren einer Mücke und erstarre. Ich lausche mit meinem supergeschulten Gehör, warte, bis sie landet, was sie dann auch tut, und die zitternde Verkörperung alles Bösen sitzt auf dem Holzgeländer, gleich neben mir. Ich kämpfe gegen einen Impuls an, den ich mir als ganz kleines Mädchen antrainiert habe: Lass niemals eine Mücke so nah an dich heran, dass du sie totschlagen kannst. Jetzt empfinde ich Schadenfreude, wenn ich Mücken zerquetschen kann.

Dort wo ich herkomme, waren Mücken der Inbegriff einer primitiven Angst ums Überleben geworden, unserer Grundangst, um die alle anderen Ängste kreisten. Wir zogen an unseren Netzen die Reißverschlüsse hoch, sprühten uns mit giftigen Sprays ein, beteten und drängten uns in unseren dunklen, heruntergekommenen Häusern zusammen, denn Mücken waren Todesboten. Es fällt schwer, das zu vergessen, selbst jetzt. Hier übertragen sie keine Krankheiten, doch für uns sind sie immer noch Boten von Erinnerungen und Albträumen.

Noch nicht. Noch bringen sie hier nicht den Tod. Ich starre diesen scheußlichen Punkt an und fühle Erstaunen

und Ekel zugleich. Wir fürchten uns nicht vor dem, wovor die Leute hier Angst haben, Raub und Mord zum Beispiel. Sogar die Wirbelstürme und Überflutungen sind harmlos im Vergleich zu dem, was noch bevorsteht. Uns erscheint dieser Ort geradezu lachhaft sicher. Wenn die Welt wärmer und immer feuchter wird, muss man sich vor Mücken hüten. Denn die gibt es dann immer und überall.

Diese Mücke ist ein kleines Nichts, sie lebt kaum länger als einen Tag. Sie hat keinen Willen, keine Gefühle, keine Erinnerungen und ganz sicher keinen Sinn für Humor. Ich starre sie mit selbstquälerischer Faszination an und warte darauf, dass sie sich als Nächstes auf meinen Arm oder mein Fußgelenk setzt.

Vielleicht hat sie ja einen Willen. Wie sonst erklärt sich die Anzahl ihrer Opfer? Millionen von Menschen voller

Lebenslust, den Verstand vollgepackt mit Erinnerungen und Wissen – mit allem, was sich in Tausenden von Jahren menschlicher Geschichte angesammelt hatte.

Es ist einfach nicht fair. Mensch gegen Mücke. Wer sollte da eigentlich gewinnen? Wir haben Raketen und Kathedralen gebaut, haben Gedichte geschrieben und Symphonien komponiert. Wir haben einen Weg durch die Zeit gefunden. Und doch. Wir haben auch den Planeten ruiniert und für uns unbewohnbar gemacht und die Mücke wird siegen. Wenn es uns nicht gelingt, den Lauf der Ereignisse zu verändern, wird die Mücke Sieger bleiben.

Vielleicht hat sie ja einen perversen Sinn für Humor. Ich schlage sie mit meiner flachen Hand tot. Sie wird gewinnen, aber noch ist es nicht so weit.

Durch das Küchenfenster sehe ich meine Mutter. Ich
gehe wieder hinein und wasche meine Hände. Wie ich sehe, ist es ihr gelungen, dem gedeckten Tisch auszuweichen, indem sie für sich einen Teller geholt hat und jetzt, über den Küchentresen gebeugt, isst.

»Wie ist es heute gelaufen?«, erkundige ich mich.

»Gut. Und für dich?« Sie isst schnell und schaut nicht auf.

»Okay.«

»Hör mal, heute Morgen hat mich Mr Robert schon wieder angerufen.« Sie konzentriert sich auf ihren Krautsalat. »Angeblich bist du gestern einem fremden Mädchen vier Häuserblocks gefolgt und hast dich nach ihren Gummistiefeln erkundigt.«

»Ach, genau.« Ich sollte eigentlich schuldbewusst sein,

aber bei der Erinnerung daran werde ich ganz aufgeregt. »Sie hatte meine alten Stiefel an! Weißt du noch, diese hellblauen Gummistiefel, auf denen diese handgemalten Marienkäfer, Papageien und Geckos waren? Kannst du dich erinnern? Die habe ich geliebt!«

Sie stochert an ihrem Hühnchen herum. »Prenna, es geht darum, dass ein solches Verhalten nicht akzeptabel ist, und du weißt das auch.«

Es ist nicht das erste Mal, dass mir so etwas passiert. Es gibt hier noch so viel zum Anziehen. Aber ab 2070 wurde fast nichts Neues mehr produziert, und nach 2080 trugen wir alle nur noch Recycling-Klamotten, von denen viele aus der heutigen Zeit stammten. Ende der Neunzigerjahre, als wir dann weggingen und hierherkamen, hing das meiste in Fetzen. Ich habe Pullis, Schals und Jacken gesehen, die genau wie unsere damals aussahen. Einmal habe ich einen Mann in einer Anzugweste gesehen und bin ihm eine Stunde lang gefolgt, weil ich dachte, er wäre vielleicht mein Vater. Auch das war inakzeptables Verhalten.

»Sie sind nicht wie meine alten Stiefel, das ist daran so unglaublich – es *sind* meine alten Stiefel. Sie sind unverwechselbar. Ich habe mich immer gefragt, wer sie bemalt hat, und deshalb musste ich einfach nachfragen. Es war dieses zwölfjährige Mädchen. Sie war nicht einmal besonders hübsch, ich glaube, sie hat sich seit Weihnachten die Haare nicht mehr gekämmt. Und besonders freundlich war sie auch nicht, wenn ich es mir richtig überlege. Aber sie war's, sie war die Künstlerin! Einfach unglaublich. Ich nehme an, ein Künstler ist niemals so, wie man ihn sich vorstellt.«

Meine Mutter schaut mich genau ein Mal an, um mir zu zeigen, dass ihr meine Geschichte überhaupt nicht gefällt. Katherine mochte sie, als ich sie ihr erzählt habe.

»Mr Robert möchte, dass du diese Woche zwei Beratungssitzungen extra absolvierst und am Samstag im Büro aushilfst.«

»Im Ernst?«

»Prenna!«

»Es war völlig harmlos.« Wahrscheinlich ist ein Themenwechsel angesagt. »Und wie geht es Marcus?«, frage ich und gehe mit meinem Teller zum Tisch.

»Naja … er lebt.« Sie fängt an, das Essen wegzuräumen. Mehr wird sie nicht erzählen, das weiß ich, mehr darf sie auch nicht erzählen. Ich kann mir vorstellen, wie schwer es für sie sein muss, jeden Tag in der gemeinschaftseigenen Klinik zu arbeiten und einen Jungen mit Nierenversagen zu betreuen, der keine Dialyse erhält.

Meine Mom absolvierte ihre medizinische Ausbildung gegen Ende eines goldenen technologischen Zeitalters, und es muss ganz schön frustrierend sein, hier viele Geräte, die damals zur Basisausstattung gehörten, nicht zur Verfügung zu haben. Die Anführer wollen keine Ausrüstung beschaffen, die spezielles Training oder eine spezielle Ausbildung erfordert. Aber das alles liegt jenseits der Kompetenzen meiner Mutter, wie sie mir manchmal erklärt.

Nach dem, was mein Vater erzählt hat, war meine Mutter einst eine angesehene Ärztin und Forscherin und leitete ein eigenes Labor. Es fällt schwer, sich das jetzt vorzustellen. Hier ist sie vor allem mit Schreibtischkram und Patiententerminen beschäftigt. Sie ist hierhergekommen, weil sie die Pest verhindern wollte, und ich bin sicher, das liegt ihr auch am meisten am Herzen, aber mir ist klar, wie sehr die Regeln alles erschweren. Sie hat, glaube ich, keinen Verantwortungsbereich mehr.

Für sie muss das frustrierend sein, das weiß ich, obwohl sie mir das nicht sagt. Sie diskutiert nie und beschwert sich nie. Eigentlich spricht sie überhaupt nicht viel, es sei denn, um mich zu schimpfen oder zu ermahnen. In dieser Hinsicht ist sie ein vorbildliches Mitglied der Gemeinschaft. Sie frühstückt, arbeitet, räumt im Haus auf, dann isst sie wieder, liest vielleicht etwas und geht dann schlafen. Unter einem Moskitonetz – das ist ihre einzige Macke, ihr einziges Zugeständnis an die Vergangenheit.

Sie hat Furchtbares durchgemacht. Manchmal denke ich, dass sie ihre Liebe verloren hat. Für sie ist Liebe lediglich Luxus. Sie macht es einem noch schwerer, wenn man jemanden verliert.

Nein, das stimmt nicht. Sie liebt mich. Manchmal sehe ich ihr das an. Meistens in Form von Angst, wenn ich etwas sage oder mache, was ich nicht sollte.

Ich hole zwei Schüsselchen, zwei Löffel und einen Becher mit Eiscreme heraus. Ich setze mich an den Küchentisch und hoffe, dass sie mich bemerkt. Ich habe das Gefühl, wenigstens eine von uns beiden sollte an dem bisschen Familie festhalten, das uns geblieben ist.

Sie wäscht ihren Teller und die Gabel fertig ab und wendet sich zum Gehen.

»Gute Nacht, Liebling.«

Leider bin ich die Einzige, die dieses Gefühl hat.

2. Juli 2010

Lieber Julius,

ich versuche, so zu schreiben und zu reden wie die anderen hier, aber es ist nicht leicht. Danke, dass ich das in den Briefen an dich üben darf. Es ist genau wie Poppy gesagt hat. All die th-th-th-th-Laute. Die Leute hier scheinen bei jedem Wort mit der Zunge an ihren Zähnen hängen zu bleiben. Mom – ich soll sie hier Mom nennen, das spricht sich Mah-ahm aus – schaut mich jedes Mal ganz besorgt an, wenn ich es falsch mache, aber sie kann das th selbst nicht richtig aussprechen.

Wenn ich etwas über dich oder Poppy oder irgendwas von früher sage, auch wenn es nur aus Versehen ist, wird sie ganz unruhig. Ich glaube, die Anführer und unsere Betreuer können alles hören, was wir sagen. Nicht nur zu Hause, sondern überall. Ich glaube, deswegen ist sie die ganze Zeit so nervös. Ich weiß nicht genau, wie sie das anstellen, aber ich bin ziemlich sicher, dass es so ist.

Allmählich denke ich auch, dass Poppy wirklich nicht mitgekommen ist.

Alles Liebe,
Prenna

Kapitel 4

»Hast du die Aufgaben unter C schon gelöst?«

Ethan meldet sich selten mit einem Gruß, wenn er anruft. Kein *Hallo* oder *Tschau* oder *Wie geht's*? Es ist, als stünde er im Geiste immer in, wenn auch meist stummem, Kontakt mit mir.

Ich hole tief Luft. Ich habe befürchtet, dass er dran ist, zugleich freue ich mich darüber, und ich bin besonders froh, dass er meinen Gesichtsausdruck nicht sehen kann. Ich sitze am Schreibtisch in meinem Zimmer und krame in meinen Physikunterlagen rum. »Ja.«

»Nicht einfach, findest du nicht? Diese letzten beiden?«

»Doch, ja …« Endlich habe ich das Blatt gefunden. Die Aufgaben waren nicht schwer zu lösen. Oder hätten sie das sein sollen? »Irgendwie schon. Aber nicht zu schlimm.«

»Natürlich nicht, Henny. Die sind nur für normale Leute schwierig.«

Ich bin ein bisschen auf der Hut, sage aber nichts. Mir fällt die Schule leichter als den meisten. Mir ist das peinlich. Ich weiß auch nicht, warum das so ist – vielleicht weil mein Vater uns mit viel Einsatz zu Hause unterrichtet hat oder weil mein Verstand ein paar Windungen mehr hat. Manchmal frage ich mich, ob das der Grund ist, warum ich hierher mitkommen durfte. Jemand anderem würde ich etwas darauf sagen, wie »Ich hatte das alles schon in einem Sommerkurs«, aber ich habe mir in der ersten Woche, in der ich Ethan begegnet bin, geschworen, dass ich ihm niemals irgendwelche dummen Lügen auftischen würde. Er hört viel zu aufmerksam zu und hat die merkwürdige Begabung, mich beim Flunkern zu ertappen.

»Kannst du mir zeigen, wie du sie gelöst hast?«

»Im Ernst? Hast du schon mal ausprobiert, was passiert, wenn du einfach den Fernseher ausmachst?«

Ethan lacht und ich bin sehr zufrieden mit mir. Bevor ich Ethan begegnete, hatte mich noch nie jemand auf den Arm genommen, und als er das zum ersten Mal tat, war diese Sprache so fremd für mich wie Swahili – und mindestens ebenso bezaubernd.

Ethan ist in Physik sehr gut. In seiner Freizeit liest er Bücher zur Stringtheorie und Quantengravitation. Die vergangenen beiden Sommer hat er als Praktikant in irgendeinem Forschungslabor zur theoretischen Physik in Teaneck, New Jersey, verbracht. Während er seine Hausaufgaben erledigt, schaut er sich alte Folgen von *Breaking Bad* an. Meine Hilfe braucht er sicher nicht und eigentlich kann er die Aufgaben auch gleich sein lassen. Im Herbst wird er auf die Columbia Engineering wechseln.

Einmal hat er mir verraten, dass er mich wegen der Hausaufgaben anrufe, weil ich das hübscheste Mädchen im Physikkurs sei, und ich habe, das muss ich zugeben, gleich Herzklopfen bekommen, aber eigentlich heißt das gar nichts, denn wir sind nur fünf Leute im Kurs, und ich bin das einzige Mädchen.

»Sollen wir uns vor der Bibliothek treffen?«

Ich höre seiner Stimme an, dass er nur sehen will, wie es mir geht. Heute Morgen habe ich mich komisch benommen. Im Hintergrund höre ich andere Stimmen. Wahrscheinlich sein Freund Matt und einige andere Kumpels von dem Sportblog, den er herausgibt.

»Nein«, antworte ich. Was, wenn ich ehrlich wäre? *Ich kann dir nicht in die Augen sehen, weil ich mich dafür schäme, dass ich mir am Abend dieser Feier zwischen dir und mir romantische Gefühle ausgemalt habe.*

Außerhalb der Schule treffe ich ihn so gut wie nie und beantworte auch keine seiner Fragen. Ich denke mir auch keine Ausflüchte aus, wegen dieses Problems mit dem Lügen. Doch er lässt sich nicht beirren. Es scheint ihn nicht zu beeindrucken, dass er mich oft anruft, ich ihn aber nur sehr selten, oder dass er bestimmt fünfzig blöde Kosenamen für mich hat (Penny, Henny, Hennypenny, Ghouly, Doofus, James der Erste …), während ich kaum seinen richtigen Namen über die Lippen bringe.

»Morgen habe ich vor der Mittagspause eine Freistunde«, schlage ich vor. Bis dahin habe ich wieder einen klaren Kopf.

»Da habe ich Spanisch. Ich lass es ausfallen.«

»Ich dachte, du hättest einen Test.« Ich hasse den Tadel in meiner Stimme. Ich werde derart oft getadelt, dass ich ganz vergessen habe, dass man auch noch anders reden kann.

»Dann komme ich eben ein bisschen zu spät.«

An dem Tag, als ich in die neunte Klasse kam, war Ethan der Erste, der mich ansprach. Es war ganz merkwürdig. Er saß in der Mathematikstunde vor mir, drehte sich um und sah mich an, als würde er mich kennen, als wären wir alte Freunde, die was Ernstes miteinander verbindet, und als erwarte er, dass auch ich ihn kenne. Zwei Jahre später versuche ich immer noch, seinen Blick zu enträtseln.

An einen solchen Blick war ich nicht gewöhnt. Ich war eine verwirrte, komisch gekleidete Vierzehnjährige, die mit auswendig gelernten Phrasen aus Sitcoms der Neunzigerjahre um sich warf und von ihren Klassenkameraden gemieden wurde. Mit Ausnahme von Ethan. Es war fast, als hätte er etwas Wichtiges mitzuteilen, als hätte er auf mich gewartet.

Ich weiß noch, welcher Gedanke mir gegen Ende des Schuljahres im Kopf herumging, als ich endlich den Mut hatte, Ethan anzusehen und nicht nur auf meine Schuhe zu starren: Dir ist noch nie was Schlimmes passiert. Du glaubst wirklich, dass das hier die Welt ist.

Er ist ein Jahr älter und das genaue Gegenteil von mir: Er wird überall eingeladen und ist bei fast allen beliebt. Aber er ist nicht der durchschnittliche Überflieger. Stephen Hawking ist sein Vorbild. Sein Haar ist rotblond wie Cheerios-Frühstücksflocken und er schneidet es sich selbst. Er trägt komische alte Armeehosen aus Wolle, obwohl sie ihm mit jedem Monat kürzer werden.

Ich habe versucht, mir nicht zu viele Gedanken darüber zu machen. Ethan ist wirklich zu allen nett, besonders zu Leuten, denen es schlecht geht. Seit letztem Sommer ist er ganz besonders eng mit dem Penner befreundet, der im Park wohnt und immer auf einer Decke vor dem A&P sitzt. Ethan nennt ihn Ben Kenobi und unterhält sich stundenlang mit ihm über Quantenphysik und ich weiß nicht, was noch alles.

Unsere Nachnamen sind James und Jarves, und weil in der Schule alles nach dem Alphabet geht, hat Ethan mir von Anfang an geholfen, wenn es um Klassenfotos, Schulausflüge und Schulversammlungen ging.

Meiner Meinung nach bin ich in Ethans Augen ein bisschen wie dieser Penner: ein hoffnungsloser Fall, aber interessant. Eher ein Projekt als eine Freundin. Er weiß, dass mit mir was nicht stimmt. Oder er hat einfach diesen Verdacht. Ich kann das daran sehen, wie er mich anschaut, und ich glaube, das sorgt für ein unterschwelliges Gefühl von Zusammengehörigkeit.

Ich lüge Ethan nicht an, aber ich sage ihm auch nicht die Wahrheit. Das schaffe ich nicht. Ihm irgendetwas anzuvertrauen, würde ihn, selbst wenn mir das gelänge, in eine unzumutbare Situation bringen. Er ist ohnehin so etwas wie der stete Tropfen, der den Stein höhlt.

Am folgenden Montag sitze ich im Physikkurs und schaue durchs Fenster auf einen strahlend blauen Himmel. Ich lausche dem Verkehr auf der Bay Street, als ich von dem lauten Feueralarm, der in unserem Korridor erschallt, fast taub werde. Wir stehen langsam von unseren Stühlen auf und gehen zur Tür. Niemand wirkt besonders besorgt.

Wir treffen auf andere Klassen und formen auf dem Korridor einen Strom, der sich als reißender Fluss durch die Seitentür ergießt.

»Das ist keine Übung, sondern eine Bombendrohung«, höre ich jemanden weiter vorne sagen. Die Nachricht verbreitet sich nach hinten.

»Diese blöden Typen aus der Oberstufe«, murmelt ein Mädchen links von mir.

Zweimal im Jahr eine Bombendrohung zu verbreiten, hat bei den Schülern des Abschlussjahrgangs Tradition: jeweils im Herbst und im Sommer, und meist an warmen, sonnigen Tagen. Es ist ein ziemlich fantasieloser Scherz und so vorhersehbar wie die halbjährliche Zeitumstellung, um Energie zu sparen, aber die Verwaltung muss die

Drohung jedes Mal ernst nehmen.

Am Rand stehen einige Lehrkräfte, aber wir kommen auch ohne ihre Anweisungen zurecht. Ich wünschte, wir könnten uns einfach übers Fußballfeld verteilen und die Sonne genießen, aber so läuft es nicht.

Scheinbar hat man das früher so gemacht. Alle hielten sich ein paar Stunden draußen auf, ehe man schließlich nach Hause gehen durfte. Aber dann besann sich die Verwaltung und stellte fest, dass das trostlose Village Community Center nur ein paar Häuserblocks entfernt liegt, und seitdem ich hier auf der Highschool bin, haben sie uns immer dorthin geschickt, um sicher zu sein, dass eine Bombendrohung so wenig Spaß macht wie möglich.

In einer breiten Reihe den Gehsteig hinunterzulaufen und die Straße zum Gemeindezentrum zu überqueren, hat etwas Peinliches. Es fühlt sich an wie im Kindergarten.

Wir versammeln uns in der Eingangshalle und werden dann auf die verschiedenen Räume verteilt – selbstverständlich nach dem Alphabet. Die Schüler von A bis I gehen ins Auditorium. Die von R bis Z dürfen ins Medienzentrum. Der mittlere Teil des Alphabets wartet auf Anweisung. Schließlich werden alle von J bis Q in einen winzigen Raum mit vier Kartentischen verteilt, an denen normalerweise alte Leute Bridge spielen. Ich warte, während die Neunt- und Zehntklässler ihre Eltern anrufen und einer nach dem anderen von einem jungen, unerfahrenen Biologielehrer nach Hause entlassen werden. Vielleicht hat sich der Schulleiter überlegt, dass die Bombendrohungen aufhören, wenn die älteren Schüler herausfinden, dass sie den jüngeren damit einen Gefallen tun.

Nachdem sie gegangen sind, wird die Anwesenheit überprüft, und sobald der freundliche Biologielehrer zur Tür hinaus ist, stehen die übrig gebliebenen Schüler zwischen I und Q auf und gehen nach draußen, nur Ethan und ich bleiben zurück. Er schaut mich schulterzuckend an und nimmt aus dem Korb in der Mitte des Tisches, an dem wir sitzen, ein abgegriffenes Set Spielkarten und beginnt, sie zu mischen.

»Rommé?«, fragt er. »Canasta? Skat?«

Ich schüttele den Kopf. Ich würde gerne etwas anderes machen als Hausaufgaben, aber nicht Kartenspielen. Ich habe immer noch Wissenslücken, die normale Jugendliche nicht haben. Die meisten Kenntnisse habe ich mir während der ersten beiden Jahre durch den regelmäßigen Konsum von Disney Channel und Cartoon Network erworben, aber Kartenspiele waren irgendwie nicht dabei.

»Nein? Okay. Wie wär's mit Mau-Mau?«

Wieder schüttele ich den Kopf. Ich fühle, wie mein Gesicht heiß wird.

»Schwarzer Peter? Quartett?«, fragt er weiter.

Ich versuche, mich zu erinnern. Kenn ich irgendeins davon? Ich habe einmal Kinder auf einem Tagesausflug spielen sehen.

»Also, welche Spiele magst du?«

Er schaut mich mit einem bestimmten Blick an. Nicht als wollte er mich quälen. Eher im Gegenteil. Ich habe diesen Blick schon oft an ihm gesehen. Neugierig, vielleicht ein bisschen forschend, als wüsste er, dass er einen schwachen Punkt getroffen hat, und als wollte er mir versprechen, dass er das nicht ausnutzen wird.

Mein Blick wandert über die Regale mit all den Spielen von alten Leuten. Ich wünschte, ich könnte irgendwo Monopoly entdecken. Das kenne ich. »Vier gewinnt.« Das müsste ich irgendwie hinkriegen.

»Ein Kartenspiel, James. Lass uns Karten spielen. Ich hab's – Leben und Tod«, schlägt er vor. »Jeder mag das, okay?« Er fängt an, halbiert den Kartenstapel und gibt mir die Hälfte der Karten. Will er mich auf die Probe stellen?

Ich beobachte ihn aufmerksam. Er legt eine Karte ab und ich mache das Gleiche. Es ist klar, dass der Spieler mit der besseren Karte die Karte des anderen bekommt, und auch die Hierarchie der Karten mit dem merkwürdigen Hofstaat, der auf ihnen abgebildet ist, ist mir klar. Ich lege die Karten, die ich gewinne, genau wie er verdeckt auf einem Haufen ab.

»Leben und Tod!«, ruft er, als wir beide eine Karte mit einer Vier ablegen.

Ich schaue ihn erwartungsvoll an, und auch er sieht mich an, und in diesem Bruchteil einer Sekunde wird mir klar, dass er weiß, dass ich weder von Leben und Tod noch von irgendeinem der anderen Kartenspiele, die er mir vorgeschlagen hat, eine Ahnung habe.

Er legt absichtlich drei Karten verdeckt ab, damit ich ihm folge. »Fertig?«, fragt er. »Deck die letzte auf, damit wir sehen, wer gewinnt.«

Er stellt mich nicht mehr auf die Probe, sondern er bringt mir das Spiel bei.

Ich weiß nicht, wo ich meine Karte ablegen soll. In meinem Kopf wirbeln die Gedanken durcheinander. Unsere Blicke treffen sich kurz.

Er weiß über mich Bescheid – nicht wirklich, aber irgendetwas ist ihm klar. Dass etwas anders, falsch ist und dass da immer Angst mitschwingt. Er weiß es schon seit Langem. Deswegen bin ich ein spezieller Fall für ihn, eine Freundin, um die er sich kümmern kann. Er weiß, dass ich nicht darüber reden kann, und er bedrängt mich nicht, aber er wird mich beobachten und versuchen, zu verstehen. Es gibt diese Augenblicke der Klarheit zwischen uns, in denen ich das alles weiß – und er auch.

Ich nehme meine Brille ab und reibe meine Augen. Ich

spiele mit den Karten herum. Meine Gefühle sind zu stark in seiner Gegenwart.

»Königin«, jubelt er, als er die Karte umdreht, die ich ihm endlich gegeben habe. »Sehr schön!« Er wird über alles hinweggehen und so tun, als ob nichts wäre. Ihm ist klar, dass er das für mich tun muss, also macht er es. »Nicht schlecht, die Königin aus dem Ärmel zu ziehen, Jamesie. Nun los, nimm sie, sie gehören alle dir.« Er freut sich, dass ich gewonnen habe. »Ich gewinne die nächste Runde, also bild dir bloß nichts ein.«

Er versucht, alles auf die leichte Schulter zu nehmen, aber sein Gesichtsausdruck bleibt ernst, fragend, beschützend. Bei uns steckt bei allem mehr dahinter.

»Ich hab Hunger«, meint er. »Lass uns draußen was aus dem Automaten ziehen, ich hab ein bisschen Kleingeld.«

Dankbar stehe ich auf, und die Hände in den Jeanstaschen vergraben, folge ich ihm.

»Kartenspielen lernt man nicht an einem Tag, Henny«, meint Ethan und klopft mit dem Kartenset beim Gehen gegen meine Schulter. »Ich finde, wir sollten mit Quartett anfangen und dann vielleicht mit Schwarzer Peter weitermachen. Dann kommt Skat und später Rommé. Ich habe große Pläne mit dir, meine Liebe.«

Ich weiß nicht, was ich darauf sagen soll. Er hat meine nicht existenten Spielkenntnisse als weiteres komisches Defizit von mir akzeptiert und stellt keine Fragen – er möchte helfen. Er hat einen weiteren Zugang zu mir gefunden.

»Und wenn du bereit bist, bring ich dir das beste Spiel von allen bei … Hearts. Glaub mir, das wird dir gefallen.«

Steter Tropfen … Ich kann ihn nicht draußen halten, weil ich es nicht will.

Der Automat ist so gut wie leer, wie sich herausstellt.

»Diese verfressenen Kinder«, murmelt Ethan.

»Na ja, es gibt Chips«, sage ich und versuche, so normal wie möglich zu klingen.

Ethan verzieht das Gesicht. »Ofengebacken«, meint er. »Und was sollen bloß diese Chips, die nach Ketchup schmecken?«

Ich lache. »Wie wär's mit Lakritzstangen?«

»Die haben nicht genügend Fett.«

»Die Käsecracker sind alle zerbröselt.«

»Genau, die sehen so aus, als wären sie seit 1982 im Automaten.«

»Mit Kaugummi kommen wir auch nicht weit«, sage ich.

Er seufzt. »Was würde ich für drei oder vier kleine Schokoladenkuchen mit Zuckerguss und dieser weichen Füllung geben.«

»Es gibt Maischips«, schlage ich vor. »Die letzte Packung.«

Er nickt. »Ich glaube, du hast recht.« Er schiebt seinen Vierteldollar in den Schlitz und fährt mit dem Finger über die Knöpfe. »Äh … Nummer vier.«

»Das sind die Sonnenblumenkerne«, warne ich ihn.

»Ach, stimmt. Ähm … Nummer sechs.«

»Nein, das sind Schweinekrusten!«, rufe ich.

Ich lache. Natürlich will er mich auf den Arm nehmen. Ich will die Taste Nummer fünf drücken, aber er schiebt meinen Finger weg. »Ich mach das«, sagt er und tut so, als würde er mit seinem Finger auf die Taste E3 mit den Zwiebel-Maischips abrutschen.

Ich schiebe seine Hand gerade noch rechtzeitig weg. »Die mag nun wirklich keiner!«, rufe ich aus, als wäre ich eine völlig unbekümmerte normale Siebenzehnjährige.

Der Klang meines eigenen Gelächters lässt mich verstummen. Ich schiele Richtung Auditorium und halte nach Jeffrey Ausschau. Eigentlich ist es an der Zeit, dass mir jemand erzählt, dass das hier alles überhaupt nicht geht. Mir geht es gerade viel zu gut.

Die Chips fallen mit einem Knistern unten in den Kasten und Ethan fischt sie heraus.

Ich müsse auf die Toilette, entschuldige ich mich, und

auf dem Weg dorthin schimpfe ich mit mir.

Ich hätte ihn nicht an der Hand berühren dürfen. Ich hätte nicht lachen dürfen. Ich sollte auch nicht die Chips mit ihm teilen. Ich belüge mich selbst, wenn ich so tue, als ob mich alle diese Dinge gleichgültig ließen.

Gar nicht dumm, wie Regel Nummer zwölf formuliert ist. Sie besagt nicht, dass man sich mit einem Jetztgeborenen nicht einlassen darf, obwohl das natürlich absolut verboten ist. Sie verbietet auch nicht explizit Küssen oder Händchenhalten, nicht einmal Sex (aus vielen Gründen ganz und gar undenkbar). Alles Regeln, bei denen man sich durchmogeln oder die man umgehen könnte. Stattdessen besagt die Regel, dass man keine physisch oder emotional enge Beziehung mit einem Jetztgeborenen eingehen darf. Das genau ist der Trick. Diese enge Beziehung.

Ich weiß genau, was das bedeutet. Es ist diese Sekunde, in der Ethan und ich uns ansehen. Es sind all die Male, in denen er mich auf den Arm nimmt und ich ihn. Es sind alle seine Kosenamen für mich. Es ist der Moment, als er mir beibrachte, wie man Leben und Tod spielt und er meine Königin aufdeckte. Es ist genau all das, wonach ich mich sehne.

Und es ist genau das, wofür sie mich nicht bestrafen können, denn der Beweis dafür findet sich allein in meinen Gedanken, und die bleiben für sie unerreichbar.

Nächste Woche, bei meinem Treffen mit Mr Robert, werde ich eine Abmahnung bekommen, da bin ich sicher. Und ich werde darauf sagen: *Wissen Sie, ich versuche nur, mich wie ein ganz normaler Teenager zu benehmen, das ist alles. Kann ich vielleicht was dafür, dass Ethan und ich irgendwie immer zusammengesteckt werden?* Die wollen doch bestimmt nicht, dass ich mich aufführe, als wollte ich nichts mit anderen zu tun haben oder als würde mit mir was nicht stimmen, oder? Wir können auch nicht alle so videospielsüchtig werden wie Dexter Harvey, oder?

Vielleicht wird er mir das wieder für eine Weile abkaufen. Aber über eins bin ich mir im Klaren: Wenn er oder die Anführer wüssten, was ich tief in meinem Herzen fühle, dann würde mein Gesicht bei der nächsten Regelzeremonie im April mit oben auf der Leinwand erscheinen.

Ich verlasse die Toilette und Ethan kommt mit verwirrtem Gesichtsausdruck auf mich zu.

»Ben Kenobi ist hier. Ich habe gesehen, wie er hereingekommen ist. Er sagt, er würde oben im Zeitschriftensaal warten und würde sich freuen, kurz mit dir zu reden.«

»Ach was!« Das ist ungewöhnlich. Manchmal gebe ich dem Mann Käsechips oder Mandarinen aus dem A&P. Einmal, als es kalt war, habe ich ihm eine Mütze in seinen Einkaufswagen gelegt, aber wir haben niemals wirklich miteinander gesprochen. Er ist mehr mit Ethan befreundet als mit mir. »Nur mit mir?«

»So hat er sich ausgedrückt.«

Ich zögere. Ich habe keinen Grund, mich vor ihm zu fürchten. Er wirkt sehr freundlich und ist sehr alt, und die Tatsache, dass er immer Büchsen mit sich herumschleppt und nicht richtig im Kopf ist, lässt mich kalt. Trotzdem. Langsam gehe ich die Stufen hinauf, während Ethan unten am Fuß der Treppe wartet.

Der Saal ist dunkel und leer und der alte Mann sitzt halb unter einem Tisch. Ohne seine Büchsen und seinen Einkaufswagen fällt es schwer, ihn wiederzuerkennen, aber ich bin gerührt, als ich sehe, dass er die Mütze aufhat, die ich ihm geschenkt habe.

»Magst du dich setzen?«, fragt er mich. Draußen im Park oder vor dem Supermarkt scheinen seine Falten im Gesicht aufwärts zu verlaufen. Heute zeigen sie alle nach unten.

Ich nehme an, er hat den Fußboden gemeint, also setze ich mich im Schneidersitz auf den abgewetzten braunen Teppich. Ich bin froh, dass ich die Tür nur angelehnt habe.

»Darf ich kurz mal deine Brille haben?«, fragt er, während er sich die Mütze vom Kopf zieht.

Ich reiche sie ihm widerstrebend, und die Welt um mich herum verschleiert sich, wie nicht anders zu erwarten. »Ohne die kann ich nichts sehen«, sage ich.

Er untersucht die Brille und legt sie in die Mütze in seinem Schoß. »Ich glaube nicht, dass das stimmt«, erwidert er.

»Doch, das stimmt.«

Es trifft auf alle Immigranten zu, auf jeden einzelnen von uns. Etwas an der Reise hat unsere Augen versehrt. Nicht einmal Kontaktlinsen helfen. Wir alle tragen Spezialbrillen, um überhaupt etwas sehen zu können.

»Ich brauch die dann wieder«, sage ich und frage mich wider alle Vernunft, ob er irgendetwas weiß. Die Anführer und Betreuer wissen, wohin wir gehen, und bekommen mit, was wir sehen, hören oder sagen. Es sind die Brillen, die das möglich machen, glaube ich. Meiner Meinung nach ist eine winzige Kamera mit Mikrofon in sie eingebaut. Katherine ist von meiner Theorie nicht hundertprozentig überzeugt, aber während ich ihr davon erzählte, habe ich unsere beiden Brillen in meinem Schrank versteckt und die Tür zugemacht, und Mr Robert hat unser Gespräch niemals erwähnt.

»Ich gebe sie dir gleich zurück, aber zuerst möchte ich mit dir reden.«

Ich fühle mich überhaupt nicht wohl in meiner Haut. Ich glaube nicht, dass ich ihn schon einmal habe reden hören. Mir gefällt nicht, was er sagt, doch vor allem gefällt mir seine Stimme nicht. In dem Dämmerlicht haben seine eingefallenen Wangen einen silbrigen Glanz. Sein Gesicht ist so verwittert, dass sein Alter schwer zu schätzen ist: siebzig, achtzig? Vielleicht sogar neunzig? Ohne Brille ist es besonders schwer.

»Ist die Brille wirklich so scheußlich?« Ich versuche, das leichthin zu sagen, aber er lächelt nicht.

»Vielleicht brauche ich deine Hilfe.«

»Okay«, antworte ich vorsichtig.

»Ich möchte dich da nicht mit hineinziehen, und wenn ich die Wahl habe, dann passiert das auch nicht. Aber sollte es so kommen, dann will ich dich gewarnt haben. Oder besser, ich wollte dich fragen.«

Meine Hände sind zu Fäusten geballt und meine Fingernägel in die Handballen gepresst. Er ist obdachlos und verrückt, und mir ist wichtig, dass ich höflich bleibe.

»Prenna, hör einfach nur zu, denn was jetzt kommt, ist wichtig. Es gibt einen Augenblick, in dem sich unser Weg in die Zukunft entscheidet. Bald ist es so weit, und wir dürfen diesen Moment nicht verstreichen lassen, ohne etwas unternommen zu haben.«

Ich bebe am ganzen Körper. In meinem Verstand herrscht Chaos. Ich kann nur noch Gedanken folgen, die mir eingetrichtert wurden: Kann Mr Robert die Unterhaltung verfolgen? Welche Regeln breche ich gerade? Wie ziehe ich mich aus der Affäre, ohne Aufmerksamkeit zu erregen?

»Ich bin nicht sicher, wie das geschieht«, fährt der alte Mann, zielsicher wie eine Rakete, fort. »Aber ich weiß genau, wann es geschieht. Es sind nicht einmal mehr drei Wochen bis dahin. Niemand ahnt es. Es ist genau die Art von Weggabel, die man nur im Rückblick klar erkennt. Das ist das widernatürliche Privileg, über das wir beide, du und ich, verfügen, und ich bin fest entschlossen, es einzusetzen.«

Ich fange an aufzustehen, aber er ergreift meine Hand. »Prenna, bitte. Bleib noch eine Minute. Vielleicht ist es wichtig. Eine einzige Begebenheit, ein Mord, wird den Lauf der Geschichte verändern, und dieser Mord muss verhindert werden. Ich möchte nicht ins Detail gehen, wenn ich nicht muss.«

Je länger er spricht, desto bekannter kommt er mir vor. Aber er gehört nicht zu unserer Gemeinschaft. Das kann nicht sein. Seine Stimme weckt Erinnerungen. Ich muss ihn aus meinem alten Leben kennen. Vielleicht ein Freund aus den Zeiten meiner Großmutter Tiny oder ein älterer Kollege von meiner Mutter oder meinem Vater. Ich habe viel zu viel Panik, um meine Gedanken zu sammeln und darüber nachzudenken.

Ich stelle mir Mr Robert vor. Ich muss mich beruhigen und so tun, als ginge mich das alles nichts an. Ich muss meine Angst verbergen, ich darf dem alten Mann nicht zeigen, dass mir seine Worte unter die Haut gehen.

»Der Mann, der den Mord begeht, hat mir vor seinem Tod davon erzählt. Er war sehr krank und hat undeutlich gesprochen. Aber bei dem Datum bin ich mir ganz sicher. Ich bin sicher, dass sich an diesem Punkt alles entscheidet, und auch ihm war das klar. Wenn wir den Moment verpassen, ist alles zu spät. Dann gibt es keinen Weg zurück.«

»Na ja«, sage ich und räuspere mich. Ich atme tief durch und versuche ruhig, ja fast herablassend zu klingen. Schließlich hat er nicht alle Tassen im Schrank. »Wenn der Typ bereits gestorben ist, dann muss man sich ja keine Gedanken mehr machen, dass er jemanden umbringt.«

»Er ist aber noch nicht tot«, erwidert der alte Mann fast ungeduldig. »Er stirbt erst in sechzig Jahren.«

Ich spüre, wie von unten, von meinen Fußsohlen, Angst in mir aufsteigt. *Wer ist das? Woher kommt er? Woher weiß er das alles? Warum erzählt er mir das?* Ich rufe mich zur Ordnung, will diese Gedanken nicht weiterverfolgen. Selbst eine kaputte Uhr zeigt zweimal am Tag die richtige Zeit an.

»Es tut mir leid, dass ich dich derart überfalle«, fährt er eilig fort. »Das war eigentlich nicht meine Absicht, aber wie gesagt, vielleicht brauche ich deine Hilfe. Wir dürfen dieses Datum nicht verpassen. Denn du kennst die Zukunft fast so gut wie ich, und dir ist klar, dass wir das einfach nicht zulassen dürfen.«

Ich stehe auf, fühle mich beunruhigt. Ich muss hier raus, mir ist völlig egal, welchen Eindruck das macht.

»Bitte, eine letzte Sache. Deine Leute behaupten, sie würden sich darum kümmern, aber das stimmt nicht. Sie tun nichts. Sie verstecken sich wie Feiglinge und nehmen alles für sich in Anspruch, solange es geht.«

Mir stockt der Atem, mein Herz steht still. Ich sage kein Wort.

»Dieser Mann, nach dem wir suchen: Er hat keine Ahnung, was er da anstellt, doch mit der Zeit dämmert es ihm. Und am Ende begreift er alles. Bevor er starb, hat er zu mir gesagt: ›Bitte verhindere das.‹«

»Ich muss gehen«, sage ich sehr leise.

»Falls du Hilfe brauchst, vertrau auf deinen Freund Ethan. Er sieht Dinge, die andere nicht sehen. Er wird dir helfen.«

Ich gehe auf die Tür zu.

»Du kennst das Datum bereits. Es ist der 17. Mai. Ich werde dich nicht um Hilfe bitten, es sei denn, es bleibt mir nichts anderes übrig.«

Ich stolpere so schnell ich kann nach draußen, und als mir klar wird, was ich da gerade gemacht habe, stolpere ich wieder zurück. »Bitte geben Sie mir meine Brille wieder«, fordere ich ihn auf. »Die brauche ich.«

Er holt sie aus seiner Mütze heraus und reicht sie mir.

»Die sind darauf angewiesen, dass du sie brauchst.«

Kapitel 5

Ich sitze in meinem Zimmer und warte auf den Anruf. Oder das Klopfen. Haben sie es meiner Mutter schon erzählt? Wird sie früher von der Arbeit nach Hause kommen, um dafür zu sorgen, dass ich mache, was sie sagen? Wird nur Mr Robert erscheinen oder auch die anderen?

Es sind drei Stunden vergangen und mein Herz klopft immer noch wie wild. Warum hat sich Mr Robert noch nicht bei mir gemeldet?

Ich habe zwei Anrufe erhalten, beide von Ethan, aber ich habe nicht geantwortet. Er fragt sich, warum ich wie eine Irre aus dem Gemeindezentrum gerannt bin, sogar ohne mich abzumelden, und ich habe keine vernünftige Erklärung dafür, wenn ich nicht lügen will.

Er sieht Dinge, die andere nicht sehen. Was soll das heißen? Hat ihm der alte Mann den gleichen Mist erzählt wie mir? Ethan hat ihm bestimmt brav zugehört. Ihn verstört das nicht so wie mich.

Ich möchte alles, was mir der Mann erzählt hat, im Geiste am liebsten in eine Mülltüte stecken und entsorgen, doch es gibt ein paar Dinge, die da einfach nicht reinpassen.

Er klang so, als käme er von demselben Ort wie ich,

aber das kann nicht sein. Dazu ist er viel zu alt. Vielleicht war er schon geboren, als wir hierherkamen. Zeit ist ja angeblich dehnbar. Keiner über fünfzig ist mit auf die Reise gekommen.

Natürlich kann das alles nicht sein! Wie komme ich überhaupt darauf? In meinem Kopf schimpfe ich mich selbst. Er hat nicht alle Tassen im Schrank!

Warum hat Mr Robert sich noch nicht gemeldet?

Da ist noch was anderes, was mir im Kopf herumgeht. Der Alte meinte, niemand könne uns hören. Und dann seine Bemerkung, dass sie darauf angewiesen wären, dass ich eine Brille brauche. Hat er herausgefunden, wie man das Mikrofon so abdeckt, dass man uns nicht hören konnte? Wie konnte er überhaupt davon wissen? Er konnte es nicht wissen! Und warum wollte er dann meine Brille haben? Warum hat er das gesagt?

Und dann das Allermerkwürdigste: Er sagte, ich würde das Datum kennen. Ich gebe mir alle Mühe, dieses Datum nicht zu kennen. Ich will es nicht kennen.

Langsam und nicht mehr ganz so widerwillig lasse ich zu, dass dieses Datum sich zu einer Zahl fügt. Ich fühle ein Rumoren im Bauch und spüre, wie mir der kalte Schweiß ausbricht. 17514. Es stimmt, ich kenne das Datum.

Ich liege auf meinem Bett, versuche einzuschlafen und eine Erklärung dafür zu finden, warum bislang weder Anruf noch Besuch stattgefunden haben. Das macht mir fast noch mehr Angst, als wenn es anders wäre. Ich versuche, an nichts zu denken, aber das gelingt mir nicht, also gebe ich auf und lasse meinen Gedanken freien Lauf. Sie kehren immer wieder zu jenem späten Frühjahr 2010 zurück. Vor und nach der Reise gibt es eine kurze Zeit, in der ich mein komplettes Gedächtnis verloren hatte. Warum, weiß ich nicht. Wahrscheinlich nimmt eine Zeitreise den Körper ganz schön mit. Vielleicht hat es auch mit den Säuberungsprozeduren zu tun, denen wir uns kurz vor der Reise unterziehen mussten, oder den sogenannten Vitaminen, die wir ebenfalls davor einnehmen mussten, um die Strapazen der Reise zu mildern und uns vor ein paar Dutzend weit verbreiteten Krankheiten zu schützen, denen wir ansonsten ziemlich ausgeliefert wären. Noch immer nehmen wir jeden Abend vorbeugend Tabletten ein, aber sie sind nicht mehr so stark. Egal, ich kann mich an ein paar Tage vor der Reise erinnern, jedoch nicht an die Reise selbst oder die Ankunft hier.

Meine erste Erinnerung aus dem Jahr 2010 ist das Quietschen eines Tors zu einem Spielplatz an einem Ort, der ein paar Meilen und achtundachtzig Jahre von zu Hause entfernt lag. Das war in der Nähe von Rye in Westchester County und ich wartete dort während der ersten zwei Wochen stundenlang mit einer Gruppe von Erwachsenen und ungefähr zwanzig anderen Jugendlichen, alles Immigranten. Vielleicht war es auch länger oder viel kürzer. Ich habe keine Ahnung, wie damals die Zeit verging.

Während dieser Zeit haben die Erwachsenen, die nicht damit beschäftigt waren, auf uns aufzupassen, sich häuslich niedergelassen – sie verteilten sich rund um die Stadt

New York und richteten für uns alle ein nach außen glaubwürdiges Zuhause und Leben ein.

Ich erinnere mich noch, dass ich allein auf einer Wippe saß, in die verkehrte Richtung gedreht, und völlig überwältigt war von den neuen Gerüchen und Geräuschen, von all dem Leben, das sich flatternd und flitzend in den Bäumen bewegte, ja von den großen grünen Bäumen selbst. Ich erinnere mich, dass ich mich fragte, wo mein Vater war, ob er vielleicht so damit beschäftigt war, uns ein neues Leben einzurichten, dass ich ihn noch gar nicht gesehen hatte.

Es dauerte mindestens noch zwei Wochen, vielleicht auch länger – ich war mit meiner Mutter gerade in unser Haus eingezogen und wir setzten uns zum ersten Mal in dieser neuen Welt zum Abendessen an den Tisch –, bis mir

klar wurde, dass mein Vater nicht gekommen war und auch nicht mehr kommen würde. Mr Robert und Ms Cynthia erklärten mir ganz nüchtern und direkt, dass mein Vater sich in letzter Minute entschlossen hatte, die Reise nicht mitzumachen. Ich hätte mich gleich mit dieser Erklärung zufriedengeben sollen, doch erst an jenem Abend fing ich an, es zu glauben, denn mein Vater hasste es, ein Essen mit der Familie zu verpassen.

»Versuch, nicht so dumm dreinzuschauen«, ermahnte mich Ms Cynthia in scharfem Tonfall auf dem Spielplatz, als ich, mit offenem Mund und besorgter Miene, auf der Wippe saß. Daran erinnere ich mich noch.

Heute ist mir klar, wie wir damals ausgesehen haben müssen: wie eine Gruppe Flüchtlinge aus einem heruntergekommenen, erbärmlichen Ort. Und so war es auch.

Ich weiß noch, welche Klamotten ich anhatte, man hatte sie in irgendeinem Supermarkt zusammen mit den Kleidern für all die anderen Kinder besorgt. Wir dachten damals, darin würden wir nicht auffallen, aber das glaubten wir nur, weil wir keine Ahnung hatten. Es war Ende April und ungewöhnlich warm, doch wir trugen immer noch lange Ärmel und lange Hosen, um darunter die Prellungen und Schnittwunden von der Reise zu verstecken – ich weiß nicht, wie wir die bekommen haben.

Bereits in der allerersten Woche machte ich alles falsch und sorgte für Misstrauen. Das Erste war das dunkelblaue Sweatshirt mit dem Aufdruck *New York Giants*. Das hatten wir nicht mitgebracht, aber offenbar trug ich es kurz nach der Ankunft. Meine Mom, Ms Cynthia und Mr Robert löcherten mich immer wieder, doch ich hatte keine Ahnung, woher ich es hatte. Sogar die tolle Mrs Crew nahm sich Zeit, um mich zu befragen. Sie dachten, ich würde lügen oder etwas vor ihnen verbergen, aber das stimmt nicht. Bis zum heutigen Tag weiß ich nicht, woher ich es habe. Ehrlich, das Ganze ist hochgradig mysteriös.

Eigentlich hätte ich dieses Sweatshirt entsorgen sollen, aber ich habe es immer noch, es ist liegt gefaltet in einer Plastiktüte ganz oben in meinem Regal. Ich bin nicht sicher, warum ich es aufgehoben habe. Doch ich habe das Gefühl, damit hat ein Leben in heimlichem Trotz begonnen. Wenn Leute dir immer wieder etwas zu Unrecht vorwerfen, dann denkst du dir irgendwann, dann mach ich eben genau das.

Der zweite Anlass waren die Zahlen. Als man mich

fand, trug ich dieses New-York-Giants-Sweatshirt, das der Teufel weiß woher kam, und auf meinen Arm waren große schwarze Zahlen gekritzelt. Ganz schön komisch, das alles, ich weiß. Ich habe keine Ahnung, wie diese fünfstellige Zahlenkombination auf meinen Arm kam. Mr Robert, meine Mutter und die anderen machten sich auch darüber Gedanken. Ich beteuerte, dass die Zahlen nicht von mir stammten. Sie konnten sehen, dass das nicht meine Handschrift war, nehme ich an. Aber wieder hatte ich keine Erklärung parat, und sie dachten, ich wollte ihnen das Leben schwermachen.

Mr Robert blieb ganz freundlich, doch Ms Cynthia jagte mir Angst ein. Ich weiß noch, wie ich meinen Arm beschämt anschaute, die Tinte, die in meine zarte Haut eingedrungen war, während sie mich anbrüllte. Ich kann mich auch noch erinnern, wie sie mit der rauen Seite eines Schwamms herumscheuerte, bis die Haut wund war. Sie befahlen mir, lange Ärmel zu tragen und meinen Arm niemandem zu zeigen, aber ich habe ihn Katherine gezeigt. Und dann setzte meine Mutter das Werk noch tagelang fort und schrubbte meinen Arm jeden Abend im Waschbecken, bis die Zahl am Ende verschwunden war. Eine ganz schön hartnäckige Zahlenkombination. Die ich sicher nie vergessen werde.

22. Dezember 2011

Lieber Julius,

letzte Nacht habe ich wieder von dir geträumt. Vielleicht weil ich immer einschlafe, während ich Briefe an dich schreibe. Wenn ich die schreibe, ist es immer schon spät, und das Licht ist gelöscht, und ich habe meistens die Augen zu, nur für den Fall, weißt du. Kein Wunder, dass meine Handschrift so scheiße ist! (Scheiße heißt in dem Fall furchtbar. Das Wort hört man hier oft.)

Die Leute hier benutzen Computer. Kannst du dich erinnern, wie Poppy von ihnen erzählt hat? Die Leute hier starren die ganze Zeit in sie hinein, als wären sie davor festgebunden und könnten nicht anders. Die Lehrer finden es komisch, dass ich alles gerne auf Papier schreibe. Ms Scharf hat gemeint, in der Zukunft würde niemand mehr etwas auf Papier schreiben, und ob ich wirklich zurückbleiben wolle.

Gestern haben wir überall auf der Vorderseite des Hauses Lichter angebracht und einen gefällten Baum gekauft, den wir ins Haus getragen und ebenfalls mit Lichtern geschmückt haben. Denn bald ist Weihnachten, um das sie hier ein ziemliches Theater machen. Ich bin nicht ganz sicher, worum es dabei geht, und ich glaube, Mom geht es genauso, aber alle Nachbarn feiern das so.

Mom/Molly regt sich auf, weil ich so viel draußen bin. Sie behauptet, die Jugendlichen hier würden das nicht machen, und sie hat recht. Stattdessen schauen sie fern oder spielen mit ihren Computern, Telefonen oder Videospielen. Und nicht etwa, weil es gefährlich wäre, an die frische Luft zu gehen, oder die Eltern ihnen das verbieten würden. Sie können raus, wann immer sie wollen. Ihre Eltern möchten sogar, dass sie rausgehen. Aber sie bleiben lieber drin.

Alles Liebe,
Prenna

Kapitel 6

Als Katherine mir am nächsten Morgen vor der Schule die Haustür öffnet, weiß sie, dass irgendetwas nicht stimmt. Sie sieht mich eindringlich an, aber sie kann keine Fragen stellen.

Ich folge ihr auf ihr Zimmer. Ihr Vater geht immer sehr früh zur Arbeit.

Ich überlege, wie ich anfangen soll. »Du kennst doch Ben Kenobi vom A&P, oder?«

»Schon.«

»Er hat nicht alle Tassen im Schrank.«

»Was ist los?«

»Er hat mir dieses ganze Zeug über ein Verbrechen erzählt, das aber erst noch stattfindet… ich habe keine Ahnung… ich hab's vergessen… irgendwann Mitte nächsten Monats.« Ich erzähle ihr das so beiläufig wie möglich, doch mein Blick sagt ihr, dass sie mir gut zuhören soll.

Katherine nickt langsam. Sie weiß von den Zahlen. Ich habe keine Ahnung, ob sie eine Verbindung herstellen wird. Ich versuche, möglichst unauffällig zu sein, und kratze mich am Arm. »Natürlich habe ich versucht, so schnell wie möglich von ihm wegzukommen, denn er hat sich wirklich sehr komisch benommen. Und ich glaube ihm natürlich kein Wort.« Das betone ich, für den Fall, dass jemand zuhört.

Ich weiß, dass sie nachdenkt. Wir haben einen speziellen Code, wenn wir uns über unsere Eltern oder Betreuer oder sogar über Ethan austauschen wollen. Für dieses Thema hier habe ich keine Geheimsprache, aber ich sage: »Mr Fasanelli hat uns für morgen nichts aufgegeben«, was mehr oder weniger bedeutet, dass mein Betreuer noch nichts erwähnt hat.

»Na, das ist doch gut«, antwortet sie.

»Es ist nur eine Frage der Zeit«, erwidere ich. »Vielleicht ist es übers Wochenende dann die doppelte Menge.«

Sofort nach der Schule kommt der Anruf.

»Hallo, Mr Robert«, sage ich. »Was ist los?« Mein Herz klopft wie wild.

»Also, Prenna, ich wollte nicht bis zu unserem nächsten offiziellen Treffen warten, um mich nach deiner Unterhaltung mit dem Obdachlosen zu erkundigen, mit dem du dich offenbar angefreundet hast.«

Ich versuche verzweifelt, seinen Tonfall einzuschätzen. Meine Mutter wirft mir aus der Küche fragende Blicke zu.

»Machst du dir da über irgendwas Gedanken?«, erkundigt er sich.

Früher mochte ich Mr Robert. Ich war so froh, als ich ihm zugewiesen wurde und nicht Ms Cynthia. Er hat ein rundes, freundliches Gesicht und hat immer Krawatten mit Regenbögen, Fröschen oder irgendwas anderem getragen, um mir eine Freude zu machen. Bei ihm klingen Fragen so, als wollte er sich wirklich um einen kümmern.

»Nein, nicht wirklich«, antworte ich. »Ich meine, er ist völlig durchgedreht. Mir war nicht klar, wie durchgedreht, und das ist schon irgendwie traurig.«

»Ja, das stimmt.« Ich höre heraus, dass Mr Robert mehr erfahren möchte.

»Ich habe mich ziemlich unwohl gefühlt, um ehrlich zu sein«, sage ich ganz ernst.

»Das war sicher nicht leicht für dich.« Ich kann mir ohne Probleme sein Gesicht vorstellen, während er das sagt. Er wird in seiner herablassenden Art die Stirn runzeln. Vielleicht reibt er sich auch ganz betroffen sein fettes Kinn. Er war auch der Betreuer von Aaron Green. Aber ich habe schon lange vor Aarons Tod nicht mehr geglaubt, dass ich Mr Robert wichtig bin. Ich glaube, seine geschliffenen geschäftsmäßigen Anweisungen, wie mein Leichnam aus der Welt zu schaffen sei, haben etwas damit zu tun.

»Ich meine, Sie kennen mich doch«, sage ich fröhlich. »Ich versuche Leuten immer zuzuhören, ich finde das wichtig, wir haben ja oft darüber gesprochen. Aber ich glaube, es hat für mich keinen Sinn mehr, zu ihm so freundlich zu sein.« Ich klinge so falsch, dass mir ganz schlecht wird, aber Mr Robert ist dankenswerterweise abgestumpft. Sie haben uns das Lügen beigebracht. Was erwarten sie?

»Ich glaube, das ist sehr weise, Prenna.«

Das sagt er oft. Früher dachte ich immer, er meint damit einfach, dass ich eine weise Entscheidung gefällt hätte. Doch jetzt weiß ich, dass er damit sagen will: *Wenn wir erfahren, dass du noch mal mit diesem Typen sprichst, wird es dir leidtun.*

Am nächsten Tag frage ich Katherine nach der Schule, ob sie mit mir ins Hallenbad des YMCA schwimmen kommt.

Weil wir uns benehmen sollen wie normale Mädchen – dazu gehört, im YMCA nicht mit unseren spezialgefertigten Brillen Bahnen zu schwimmen –, gehe ich immer ins Schwimmbad, wenn ich mit Katherine eine ehrliche Unterhaltung führen will. Mr Robert muss einen Verdacht haben, warum ich das mache, denn die letzten beiden Male, als ich mit Katherine schwimmen war, haben wir uns eine Abmahnung eingehandelt. Aber die eigentliche Sensation war, dass er nichts von dem erwähnte, worüber Katherine und ich uns unterhalten hatten – und ich hatte einige ziemlich problematische Themen angeschnitten, um meine Theorie zu testen. Dieses Mal werden wir sicher wieder eine Abreibung bekommen und vielleicht sogar bestraft. Letztes Mal hatte Mr Robert keinen triftigen Grund bei der Hand, um uns das Schwimmen im Hallenbad zu verbieten, aber wahrscheinlich hat er sich mittlerweile einen ausgedacht. Vielleicht ist es das letzte Mal, dass wir noch mal davonkommen, aber ich gehe das Risiko einfach ein.

»Ich muss einfach immer wieder an diese Zahl denken«, sage ich zu ihr, während wir in der Mitte des kühlen Pools, wo es tief ist, herumpaddeln.

Katherine nickt. Meine Sicht ist ohne Brille so schlecht, dass ich von ihr nur Umrisse und Farben ausmachen kann, doch ich erkenne, dass ihre Lippen bläulich verfärbt sind. »Zuerst habe ich es nicht begriffen, jetzt allerdings schon«, antwortet sie vorsichtig.

»Ich habe die ganze Zeit überlegt, aber dass es ein Datum sein könnte, ist mir überhaupt nicht eingefallen. Und jetzt fällt mir dazu nichts anderes mehr ein.«

Sie hat Angst, etwas zu sagen, merke ich. Das hier ist gefährlich, und, wie gesagt, sie ist von meiner Brillentheorie nicht hundertprozentig überzeugt.

Also mache ich ganz schnell weiter. Ich sage das, was ich nicht sagen, ja nicht einmal denken sollte. »Und was, wenn er nicht den Verstand verloren hat? Oder wenigstens nicht im Hinblick darauf. Was, wenn dieses Datum stimmt und wenn es etwas gibt, das ich für ihn tun soll?«

Wieder nickt Katherine. Ich kenne ihren Gesichtsausdruck, dazu muss ich nicht gut sehen. In ihren weit aufgerissenen grünbraunen Augen steht Sorge um mich.

»Soll ich mit ihm reden? Ich weiß, dass ich das nicht darf, aber was ist, wenn er noch einmal Kontakt mit mir aufnimmt? Ich kann dieses Datum nicht einfach verstreichen lassen, ohne etwas zu unternehmen, oder? Er sagt, unsere Leute würden sich um nichts kümmern, und ich befürchte, dass er damit leider recht hat.«

Katherines Panik ist verschwommen, aber trotzdem unübersehbar.

»Tut mir leid«, sage ich. »Ich höre auf, ich sollte dich da

nicht mit reinziehen. Ich nehme in Kauf, dass ich mich in Schwierigkeiten bringe, aber dir will ich das nicht zumuten. Deshalb halte ich jetzt meinen Mund.«

»Das ist mir alles egal, ich mache mir nur Sorgen um dich«, haucht sie. »Das ist alles. Bitte, bitte sei vorsichtig.«

Ich paddele im Kreis herum, um mich aufzuwärmen. »Ich glaube, ich muss mit ihm reden«, sage ich. Es fällt mir einfach schwer, die Klappe zu halten.

12. Februar 2011

Lieber Julius,

du glaubst nicht, was die hier alles haben! Zum Beispiel ein sogenanntes Einkaufszentrum, wo eine ganze Kleinstadt von Läden – einige davon sind wirklich riesig – unter einem Dach versammelt ist. Und dort verkaufen sie Unmengen von Sachen, mehr als die Leute überhaupt kaufen können. Nicht weil sie dazu nicht in der Lage wären, sondern weil sie ohnehin schon so viel Zeug zu Hause haben, das sie nicht brauchen. Wenn das Einkaufszentrum abends schließt, dann ist da immer noch genau so viel Zeug wie morgens, wenn es aufmacht. Die Leute rennen dort nicht herum oder warten in ewig langen Schlangen, wie du es vielleicht erwarten würdest. Es ist hier einfach ganz normal, von Sachen umgeben zu sein, die man überhaupt nicht braucht.

Ich weiß nicht genau, woher diese ganzen Dinge kommen, denn man sieht nie jemanden, der irgendwas produziert.

Alles Liebe,
Prenna

Kapitel 7

Nach der Schule gehe ich eine Woche lang jeden Tag durch den Park und dann am A&P vorbei. Ich habe mich noch nicht entschieden, was ich in Bezug auf den Alten machen soll. Immer wenn ich mir vorstelle, dass er vielleicht weiß, wovon er spricht, gehen mir automatisch alle diese Fragen durch den Kopf. Im Augenblick möchte ich ihn nur wiedersehen. Ich versuche es sogar noch mal im Gemeindezentrum, aber er ist nirgendwo aufzutreiben.

»Hast du in der letzten Zeit irgendwo Ben Kenobi gesehen?«, fragt mich Ethan am Montag nach Schulende und spricht damit aus, was mir im Kopf herumgeht.

Seit dem Zwischenfall im Gemeindezentrum bin ich Ethan aus dem Weg gegangen. Ich habe keine Lust, ihm zu erzählen, warum der alte Mann mich sprechen wollte oder was er mir erzählt hat. Ethan scheint das zu verstehen. Doch im Moment steht er kaugummikauend vor meinem Spind.

»Nein. Schon seit ein paar Tagen nicht.« Ich verstaue mein Geschichtsbuch im Rucksack und räuspere mich. Ich lasse einfach niemals locker. »Warum?«

»Ich hab da was, das ich ihm gebe möchte. Eine Wissenschaftlerin aus dem Labor, wo ich im letzten Sommer

Praktikum gemacht habe, hat einen Artikel veröffentlicht. Ich glaube, den würde er sehr interessant finden.«

Irgendwas an Ethans Auftreten wirkt auf mich künstlich, ein bisschen zu überdreht, und das liegt nicht nur am Kaugummi.

Ich weiß nicht genau, was ich darauf sagen soll. Eigentlich können Ethan und ich solche Momente ungewollten Schweigens immer gut überbrücken, normalerweise fangen wir dann an, über irgendwas Belangloses zu plaudern. Doch heute starren wir uns nur an. Keiner von uns beiden weiß genau, was er machen soll.

Also redet er einfach drauflos. »Die Frau, die diesen Artikel geschrieben hat, ist wirklich brillant. Sie hat gerade ihr Physikstudium am MIT beendet und über Wurmlö-

cher geforscht. Ihr eigentliches Forschungsgebiet ist die Wellenenergie, das andere ist eher so was wie ein Hobby.« Er zieht den wissenschaftlichen Artikel aus seiner Büchertasche und reicht ihn mir. Er ist voller Diagramme und Gleichungen.

»Und du verstehst das?«

»Das meiste.« Er schaut auf. Ihm ist klar, dass er gerade vergessen hat den Typen zu geben, der bei seinen Physikhausaufgaben Hilfe braucht. Er findet ein Kaugummipapier in seiner Hosentasche und spuckt seinen Kaugummi hinein. »Natürlich nicht alles, aber mich hat das Thema fasziniert, seitdem ich dreizehn bin, seitdem ich … na ja …« Er unterbricht sich und sieht mich an. Er öffnet den Mund und klappt ihn wieder zu.

»Seit wann?«

»Seit ich … nichts. Vergiss es.« Ethan hat die Stirn vor Aufregung in Falten gelegt.

Eigentlich bin immer ich diejenige, die vorsichtig ist, die nichts von sich preisgibt und sich um Kopf und Kragen redet. Es ist schon sehr merkwürdig, Ethan dabei zu beobachten. Ich finde, ich mache meine Sache besser.

»Seitdem du was?« Wahrscheinlich sollte ich nicht nachhaken. Die Betreuer hören vermutlich genau in diesem Augenblick alles mit, was ich sage.

Ethan mustert mich aufmerksam. »Als ich dreizehn war, hatte ich ein sehr merkwürdiges Erlebnis. Ich bin damals nicht weit von unserem Haus zum Fischen an den Fluss gegangen …« Sein Gesichtsausdruck bringt mich durcheinander, genau wie bei unserer ersten Unterhaltung. So als suchte er bei mir nach Verständnis für etwas.

»Und?« Mit einem Mal frage ich mich, warum er mir noch nie davon erzählt hat, wenn es so wichtig ist. Warum ausgerechnet jetzt?

»Ich rede nicht viel darüber. Damals habe ich meinen Eltern davon erzählt, aber sie wussten nicht, was sie davon halten sollten. Ich habe ein paar Zeichnungen gemacht, um ihnen alles zu veranschaulichen, und sie haben daraufhin einen Termin beim Schulpsychologen für mich gemacht.« Er lacht, doch wir finden es beide nicht lustig.

Allmählich lässt der Trubel auf dem Gang draußen nach, und es wird ruhig genug, um das Sonderbare an der Atmosphäre zwischen uns spürbar zu machen.

»Ich hab's Mona, also Dr. Ghali, erzählt, der Physikerin,

von der ich eben gesprochen habe. Und Ben Kenobi auch. Ich habe ihm die Zeichnungen gezeigt. Er ist jemand, der … ach, egal …«

»Ethan, *was?* Was ist damals passiert?« Ich werde nervös und ungeduldig. Ich habe keine Ahnung, was das alles soll, was es mit mir zu tun hat oder wie viel Ärger ich mir damit einhandele, und doch kann ich nicht lockerlassen.

»Da war dieser komische … Luftwirbel über dem Fluss. Schwer zu beschreiben und dann …« Er hat immer noch diesen eindringlichen Blick.

»Was?«

Er schüttelt den Kopf und sieht auf einmal müde und verunsichert aus. »Du hast wirklich keine Ahnung, oder?«

88 Mr Robert ruft vor dem Abendessen zweimal an und ich nehme die Anrufe nicht entgegen. Das ist nicht richtig. Im Grunde ist das Mobiltelefon eher für ihn da als für mich, obwohl er das nie zugeben würde. Manchmal kommt man mit ein paar Standardentschuldigungen davon: *Tut mir wirklich leid, ich habe mein Ladegerät verloren und jetzt ist der Akku leer. Oh Gott, mein Handy hat nicht geklingelt, ist das nicht merkwürdig?* Aber ich bin dabei, die Situation zu strapazieren.

Nach dem Abendessen gehe ich rüber zu Katherine. Meine Mom schaut mich beim Rausgehen tadelnd an. Die Fenster in Katherines Haus sind dunkel. Katherine und ihr Vater sind eigentlich keine Leute, die abends weggehen. Auf dem Heimweg versuche ich, mir ein paar tröstliche Erklärungen zurechtzulegen. Eigentlich sind heute keine Abendveranstaltungen an der Schule, oder? Vielleicht doch?

»Mr Robert hat angerufen«, sagt meine Mutter, sobald ich zur Tür hereinkomme.

»Ich habe mein Handy irgendwo liegen lassen«, sage ich leichthin. »Wahrscheinlich in meinem Schulspind.«

»Sieh zu, dass du es morgen wieder mitnimmst«, warnt sie mich.

»Bestimmt.«

»Er möchte, dass du für den Rest des Abends zu Hause bleibst und morgen direkt nach der Schule nach Hause kommst, und ich habe ihm das versprochen. Er meinte, er würde dich kontaktieren, um noch vor der nächsten vereinbarten Sitzung mit dir unter vier Augen zu sprechen.«

Ich bin schon fast oben.

»Prenna?«

»Was?«

»Alles klar?«

Ich muss jetzt was antworten. Sie muss das Gefühl haben, dass sie ihre Rolle gut erfüllt. »Der Penner, der immer auf dem Parkplatz vor dem A&P sitzt, hat eine Menge Blödsinn erzählt, weil er nicht richtig im Kopf ist, und Mr Robert möchte jetzt wissen, wie es weitergegangen ist. Das ist alles.«

Später fällt mir mein Telefon leider irgendwie aus dem Fenster, das hinten auf den Garten rausgeht. Bevor das passiert, habe ich nachgeschaut, dass kein Regen angekündigt ist. Es landet zwischen den Osterglocken, die ich eingesetzt habe. Jetzt ist mein Handy wirklich irgendwo verloren gegangen. Wie ärgerlich.

Ich denke über das nach, was Ethan gesagt hat. Ich lasse mir seine Worte immer wieder durch den Kopf gehen. Ganz oft. Heute Nacht werde ich bestimmt nicht schlafen.

Am nächsten Tag fehlt Katherine in der Schule. Ich fange an, panisch zu werden. Was soll ich tun? Ich bin mit den Nerven völlig am Ende. In jeder Pause warte ich neben Katherines Spind und hoffe, dass ich mich geirrt habe, dass sie doch noch kommt. Vielleicht hatte sie einfach Halsschmerzen oder so was.

Dass ich nach der Schule direkt nach Hause gehen soll,

ärgert mich, besonders weil es mir befohlen wurde. Dann kommt mir eine Idee: Ich kann entweder warten, bis Mr Robert mich besucht, oder ich kann ihn besuchen.

Beim ersten Versuch ist er nicht in seinem Büro. Beim zweiten Mal schon.

»Prenna, genau das Mädchen, das ich die ganze Zeit zu erreichen versuche«, begrüßt mich Mr Robert und hält mir die Tür auf.

Ohne nachzudenken, lasse ich mich auf die Couch fallen, genau wie während der vergangenen vier Jahre. »Wo ist Katherine Wand?«

Er setzt sich und dreht sich mit einem Quietschen in seinem Bürodrehstuhl zu mir um. Er rückt in aller Ruhe seine Brille zurecht. »Katherine hat beschlossen, das Schuljahr in einem wunderbaren Internat in New Hampshire zu beenden.«

Ich schaue ihn wütend an. »Ach wirklich, das hat *Katherine* beschlossen?«

»Prenna, bitte mäßige deinen Ton.«

Ich hole tief Luft. »Und warum hat sie das beschlossen?«

»Um ganz ehrlich zu sein, haben Cynthia und ihr Vater sie dazu ermuntert«, erklärt Mr Robert gleichmütig. »Unter anderem hatten wir den Eindruck, dass ihr beide vielleicht mal eine Zeitlang voneinander getrennt sein solltet. Du besprichst mit ihr heikle Themen und verlangst Verschwiegenheit von ihr, und damit versetzt du sie in eine schwierige Lage, finde ich. Sie ist dir gegenüber sehr loyal.«

Während er das sagt, übersetze ich in meinen Gedanken seine Worte: Sie haben Informationen von ihr verlangt, die sie nicht geliefert hat, und jetzt schicken sie Katherine fort. Ganz sicher handelt es sich nicht um ein wunderbares Internat, sondern man fügt ihr Schaden zu. Vielleicht hat man sie in eine der Aufbewahrungsanstalten der Gemeinschaft gebracht. Wenigstens hoffe ich das von ganzem Herzen. Vielleicht liegt die tatsächlich in New Hampshire, vielleicht aber auch nicht.

»Katherine hat nichts falsch gemacht. Warum bestraft ihr sie?«

Er fährt wieder quietschend in seinem Stuhl herum und faltet die Arme vor seinem fetten Bauch. Wie viele Erwachsene in unserer Gemeinschaft hat auch er es sich angesichts der Fülle an gutem Essen hier ein wenig zu gut gehen lassen.

»Wir betrachten das nicht als Strafe, Prenna, sondern als Gelegenheit, sie aus einer schwierigen und für sie vielleicht gefahrvollen Situation herauszuholen.«

Dummes Geschwätz. Warum schicken sie nicht mich weg, frage ich mich. Wenn es ihnen in den Kram passen würde, wäre ich innerhalb kürzester Zeit verschwunden. Meiner Mutter würden sie die gleiche seichte Geschichte von einem wundervollen Internat auftischen, und sie würde mitspielen, ohne Probleme.

»Lass uns ganz kurz über deinen Freund Ethan reden«, schlägt Mr Robert erwartungsgemäß vor.

»Okay.«

»Über die Unterhaltung, die ihr gestern nach Schulende geführt habt.«

Ich zucke mit den Schultern. »Okay.«

»Hast du eine Ahnung, was er sagen wollte?«

Ich schaue ihm in die Augen. Wie schön, einmal nicht lügen zu müssen. »Nicht im Geringsten.«

»Hast du verstanden, warum er mit dir darüber gesprochen hat?«

Wieder zucke ich mit den Schultern. »Ich nehme an, weil wir beide den gleichen Physikkurs besuchen.« Ich starre auf die Schale mit Gummibärchen, die er auf dem Couchtisch stehen hat. Vor meiner Lungenentzündung habe ich die in rauen Mengen gegessen, danach habe ich kein einziges mehr angerührt.

Dann plötzlich dämmert es mir: Vielleicht lassen sie

mich noch eine Weile herumstolpern, weil sie herausfinden wollen, was ich möglicherweise in Erfahrung bringe.

»Kennen Sie den Obdachlosen, über den wir schon gesprochen haben?«, erkundige ich mich. Mein Tonfall klingt in meinen Ohren angriffslustig. Ich bin mir sicher, jeder, der mir gerade zuhört, würde sich wünschen, ich würde einfach die Klappe halten.

»Natürlich.«

»Er hat gesagt, wir täten nichts, um die Pest zu verhindern oder irgendetwas besser zu machen. Er hat gesagt, wir würden es uns hier einfach nur gut gehen lassen.« Ich möchte eine Reaktion provozieren, aber Mr Robert hat sich ziemlich gut im Griff.

»Und glaubst du, was er dir gesagt hat?«

»Nein. Ich weiß nicht, ich glaube nicht. Doch selbst wenn er nicht richtig im Kopf ist, könnte es sein, dass er etwas weiß?«

»Glaubst du das?«

»Nein«, sage ich, diesmal mit mehr Überzeugung. »Aber ich habe angefangen, darüber nachzudenken. Unternehmen wir eigentlich etwas? Und wenn ja, was?«

Jetzt lehnt er sich zurück und verschränkt die Arme hinter seinem Kopf. Ich schaue in seine Achselhöhlen.

»Prenna, du musst uns vertrauen. Wir tun, was für die Gemeinschaft und die Welt am besten ist. Aber wie du weißt, müssen wir dabei unsere Regeln befolgen. Wenn du ein bisschen älter bist und beweisen kannst, dass du in der Lage bist, diese Regeln absolut und diskret einzuhalten, wirst du an unseren Bemühungen teilhaben.«

Ich lasse alles, was nach meinem Namen kommt, an meinen Ohren vorbeirauschen. Immer wenn er einen Satz mit meinem Namen beginnt, weiß ich, dass er lügt. Immer wenn er einen Satz nicht mit meinem Namen beginnt, weiß ich auch, dass er lügt.

»Gut, Mr Robert, ich habe verstanden«, sage ich.

Während er über die Wichtigkeit von Vertrauen schwadroniert, sitze ich da, starre auf die Gummibärchen, und mir wird endlich ein grundsätzlicher und fast unlösbarer Konflikt klar: Wie soll man etwas besser machen, wenn man nichts verändern darf?

Mr Robert kommt mit mir nicht weiter und ich nicht mit ihm. Aber wenn er mir freie Hand lässt, ein paar Informationen zu sammeln, dann sollte ich das vielleicht so lange tun, bis mich jemand aufhält.

Er schaut auf seine Uhr. »Okay, Prenna. Nimm deine Tabletten ein, bleib gesund und benimm dich.« Er sagt immer das Gleiche, wenn es für mich an der Zeit ist, zu gehen.

Er steht auf, ich stehe auf. Ich sehe ihn stirnrunzelnd an. »Sie sollten Katherine nach Hause lassen und stattdessen mich fortschicken.«

Er lockert seine Krawatte mit den Kleeblättern. Er hat genug von mir.

»Lass es nicht so weit kommen, Prenna.«

Ich nehme mein Handy aus den Osterglocken. In unserem Viertel beginnt es zu dämmern und ich gehe in den Park. Als alle Lichter an den Straßen und Gehsteigen gleichzeitig angehen, bleibe ich kurz stehen. Dann gehe ich weiter. Ich laufe zu dem Picknicktisch; wenn überhaupt, dann hält sich der alte Mann mit seinem Einkaufswagen, seinen Dosen und seinen schmierigen Pfauenfedern dort auf, aber er ist nicht da.

Ich setze mich hin und kontrolliere mein Handy – ein Anruf von Unbekannt und drei Nachrichten von Mr Robert. Ich lösche sie, ohne sie abzuhören. Ich versuche es unter Katherines alter Nummer, einfach so. Sie wird nicht antworten, das ist mir klar. Ich bin sicher, sie hat mittlerweile eine neue Nummer, wenn sie überhaupt ein Telefon hat. Ich höre ihre freundliche Wisperstimme auf der Mailbox. Dann rufe ich noch einmal an und höre ihr wieder zu und schließlich fange ich an zu weinen. Ich lasse mich nach hinten auf den Picknicktisch fallen und schaue den Blättern zu, die wie ein schwarzer Spitzenschleier vor dem dunklen Abendhimmel wehen.

Meine Gedanken wandern zu Aaron Green. Er hat versucht, hier klarzukommen. Er hat es wirklich versucht.

Ich möchte nicht so enden wie er. Niemand von uns ist frei, aber wenigstens kann ich in der Sonne spazieren und Blumen anpflanzen, Himbeeren essen und manchmal im Meer schwimmen.

Das dürfen sie Katherine nicht antun. Ich werde es verhindern. Ich werde ihr nie wieder etwas erzählen, wenn sie dafür nach Hause zurückkommen darf.

Kapitel 8

»Ich gehe davon aus, dass du Kopfhörer benutzt, wenn du diese Nachricht abhörst.«

Die geheimnisvolle Nummer erschien auf dem Display, als ich gerade in der Küche stand. Bevor ich die Nachricht abgehört habe, bin ich hoch auf mein Zimmer gerannt. Ich drücke auf die Handytaste, um die Nachricht des alten Mannes zu unterbrechen. Mein Herz klopft heftig. Ich spähe in den Flur, lausche auf die Stimme meiner Mutter, die unten im Haus ist. Ganz leise schließe ich die Zimmertür und schiebe die Ohrstöpsel noch tiefer in meine Ohren. Nicht einfach zu behaupten, dieser Mann würde nicht wissen, wovon er redet. Ich setze mich auf mein Bett und drücke die Handytaste, um die Nachricht weiter abzuhören.

»Ich hoffe, ich habe dir keine Angst eingejagt«, fährt er fort. »Ich weiß, es fällt dir schwer, zu glauben, was ich erzählt habe. Das ist nur allzu verständlich. Aber ich hoffe, du denkst darüber nach und vertraust auf deinen Verstand. Eure Gruppe von Zeitreisenden war nicht die einzige, die den Zeitpfad benutzt hat. Ich habe mich vierundzwanzig Jahre nach euch auf den Weg gemacht, allein, aber ich bin am selben Ort und zur selben Zeit angekommen wie ihr. Ich weiß, was ihr durchgemacht habt. Ich habe das Gleiche hinter mir – und Schlimmeres. Ich weiß, dass Katherine fort ist, Prenna, du musst dich einsam fühlen. Ich ermuntere dich, mit Ethan zu reden, was auch immer geschieht, und ihm die Wahrheit zu sagen. Er weiß bereits mehr, als du denkst. In der Zwischenzeit möchte ich dir etwas geben … für alle Fälle. Komm mich besuchen, wenn du kannst. Ach, Prenna, und setz diese Brille ab, die du immer trägst, und nimm diese Tabletten, die du einnehmen sollst, und wirf sie allesamt in den Müll.«

Wie kann er so etwas von mir verlangen? Weiß er nicht, dass wir feste Regeln haben? Ist ihm nicht klar, dass die Gemeinschaft, mein vergangenes und gegenwärtiges Leben auf dem Spiel stehen? Ich habe nur dieses eine Leben.

Ich höre mir die Nachricht noch zweimal an und lösche sie dann. Seine Stimme übt eine merkwürdige Anziehungskraft aus. Mir ist danach, ihn mit meinem alten Leben in Verbindung zu bringen, und zugleich habe ich Angst davor. Es ist so lange her, seitdem wir dort waren, und die Atmosphäre in meinem Leben war damals so anders, dass es fast unmöglich ist, irgendeine klare Erinnerung in dieses Leben hier herüberzuretten. Es ist, als hätten diese beiden Leben in unterschiedlichen Sprachen stattgefunden und als gäbe es keine Möglichkeit der Übersetzung.

Und dann ist da diese irre Hoffnung, dieser quälende Funke, der mich vom ersten Tag an zur Suche angetrieben hat und mich dazu brachte, einem Fremden in einer Anzugweste zu folgen. Ich habe schon so oft aufgegeben, mir fehlt die Kraft für einen neuen Versuch. Aber was, wenn es stimmt?

Ich soll Ethan die Wahrheit sagen, rät er mir. Ich versuche, mir das vorzustellen. Ich versuche, mir die Worte vorzustellen, die ich sagen würde: *Ethan, ich komme aus der Zukunft.* Ach ja?

Ich glaube, ich kann das nicht. Selbst wenn Mr Robert mich anrufen und mich dazu auffordern würde, weiß ich nicht, ob ich es könnte. Es wäre, wie mitten in der Schulversammlung in die Hosen zu machen. Es läuft allem zuwider, was ich weiß, und ich bin nicht sicher, dass ich körperlich dazu in der Lage wäre.

Und wie kann ich meine Brille und meine Tabletten einfach so wegwerfen? Will dieser Mann, dass ich sterbe? Es gibt einfachere und schnellere Wege, mich umzubringen. Wenn ich nur irgendetwas von dem befolge, was er mir sagt, werde ich sie kennenlernen.

Wie soll ich ihm vertrauen? Wer traut schon einem Obdachlosen, der Dosen sammelt und sich selbst Opernlieder vorsingt? Wer macht so was?

Da ist etwas an der Art und Weise, wie er meinen Namen sagt. *Was wäre, wenn …?*

Er hat gesagt, ich solle auf meinen Verstand hören. Und mein Verstand rät mir, nichts von dem zu tun, was er mir gesagt hat.

Ich werde nichts davon befolgen.

Unterdessen suche ich nach der Nummer und rufe zurück. Ich höre eine unpersönliche computergesteuerte Ansage, wie sie beim Kauf eines Telefons standardmäßig eingestellt ist. Ich klopfe mit dem Fuß auf den Boden und warte auf den Signalton.

»Es gibt Regeln, die ich zu befolgen habe«, sage ich. »Wenn ich sie breche, überlebe ich das nicht.«

Nach dem Abendessen habe ich eine Nachricht von derselben Nummer. Ich setze mich mit meinem Kopfhörer in den Schrank.

»Die Zeit hat ihre Regeln, Prenna, das will ich nicht bestreiten. Wirklichen Regeln kann man nicht entkommen – man kann sie nicht brechen, selbst wenn man es versucht. Du wirst erfahren, welche Regeln das sind, vielleicht auf eine schmerzhafte Art und Weise.

Man hat dir viele Regeln beigebracht, um dich zu kontrollieren und zu beherrschen. Nicht alle sind falsch. Du musst vorsichtig sein. Wir sind hier Eindringlinge und müssen umsichtig und bescheiden sein. Wir können hier furchtbaren Schaden anrichten, vielleicht haben wir das sogar bereits getan. Alles, was wir tun, hat seine Auswirkungen. Wir hoffen, dass einige positiv sein werden. Doch wir sollten in den Ablauf der Zeit nicht stärker eingreifen, als es erforderlich ist.

Ich wünsche mir, dass dir in diesem Leben alle Wünsche erfüllt werden, Prenna, doch befürchte ich, dass unserem Wünschen Grenzen gesetzt sind.«

Ich drücke auf die Auflegen-Taste, und während ich auf das Telefon starre, kommt mir ein Gedanke: *Was wäre, wenn?* Mir kommt noch ein anderer Gedanke: Was sollte das alles bedeuten?

Nach einer Weile kommt mir noch dritter. Ich öffne das Fenster und werfe mein Telefon wieder in die Osterglocken.

Juni 2012

Lieber Julius,

ich habe eine Mango gegessen. Das ist eine klebrige Frucht, sie ist süß-sauer, fasrig und in der Mitte hat sie einen kleinen, harten Kern. Sie schmeckt so gut. Sogar besser als Ananas. Ich glaube, ich würde sie selbst dann essen, wenn du mir sagen würdest, dass sie hochgiftig ist.

Ich kann an nichts anderes denken als daran, dass wir die Welt, wenn du geboren wirst, so in Ordnung gebracht haben, dass es immer noch Mangos gibt. Ich stelle mir vor, wie du davon abbeißt, Julius. Das macht alles wett.

Alles Liebe,
Prenna

Kapitel 9

In der Schule halte ich es kaum aus, denn ich weiß, wohin ich nach dem letzten Läuten gehen werde, und auch, was ich als Erstes frage, wenn ich dort ankomme.

Ethan sucht meine Nähe, aber ich gehe ihm aus dem Weg. Am Anfang der Mathestunde legt er mir ein Geschenk auf den Tisch. Ich werfe einen Blick auf die Tür. Mr Fasanelli hat sich verspätet, ich habe keine Möglichkeit, mich aus der Affäre zu ziehen. Ich starre sein Geschenk an. Es ist miserabel eingewickelt, das hat er bestimmt selbst gemacht.

»Soll ich es sofort aufmachen?«, frage ich.

»Nur zu«, meint er.

»Hübsch eingepackt«, sage ich.

Er zuckt mit den Schultern, er ist nicht sicher, ob ich das ernst gemeint habe. »Ich habe zu viel Tesafilm verwendet.«

Es ist ein brandneues Kartenset, noch in Zellophan eingewickelt. Ich nehme es und schlage damit gegen eine Hand, freue mich an seiner Kompaktheit und an den kitschigen Lilien, die auf der Rückseite abgebildet sind.

»Danke«, sage ich.

Er nickt, und an seinem Gesichtsausdruck kann ich ablesen, dass er mir mit dem Geschenk etwas sagen will.

Ich tu, als ob nichts wäre, sagt er mir. *Ich bring dir alles bei und stelle keine Fragen.*

Und hier ist etwas, merke ich, das nicht mehr rückgängig zu machen ist. Was soll man tun, wenn man sich jemandem öffnet und bestimmte Gefühle hat? Man kann das Ganze ignorieren, kann es vielleicht vergessen, aber man kann es nicht rückgängig und auch nicht ungeschehen machen.

Bist du ...?

Hast du ...?

Hast du damals ...?

Bin ich ...?

Die Frage ist schwer zu formulieren. Aber ich muss sie ihm stellen. Daraus würden sich normalerweise viele andere Fragen ergeben, aber das ist die erste und schwierigste.

Ich gehe gedankenverloren den Flur entlang und merke mit einem Mal, dass Ethan versucht, mich von hinten einzuholen.

»Warum folgst du mir?«, frage ich.

»Kann ich dich kurz sprechen?«

»Später?«

»Können wir nicht jetzt miteinander reden? Es ist ziemlich wichtig.« Es scheint ihn nicht zu kümmern, dass ich mich eilig von ihm entferne.

»Später?«

»Jetzt?«

»Jetzt geht nicht«, sage ich, aber ich rede nicht weiter. Es gelingt mir nicht, ihn links liegen zu lassen oder ihm absichtlich wehzutun.

»Prenna, ich weiß, es gibt eine Menge, worüber du nicht reden willst. Vielleicht glaubst du, du kannst es mir nicht erzählen. Kein Problem. Du musst mir nichts erzählen, was du nicht willst, aber weißt du …«

Ich laufe weiter. Ich kann es mir nicht leisten, mein Leben zu riskieren. Noch nicht.

»Weißt du …«

Ich biege um eine Ecke, mittlerweile renne ich fast.

»Weißt du, ich glaube, ich weiß ohnehin alles.« Ich werfe ihm einen verstohlenen Blick zu, seine Augen betteln um ein Gespräch zwischen uns.

Wenn irgendeiner der Jetztgeborenen die Wahrheit über dich herausfindet – egal wie freundlich und vertrauenerweckend er sich geben mag –, dann geht es dir an den Kragen. Selbst wenn er vorgibt, helfen zu wollen – er wird dich aus dem Weg schaffen, dich und uns alle.

Das ist die Lehre von meiner Mutter, von Mr Robert und von meinen Freunden, von allen, die ich kenne und auf die ich zähle.

Ich verlangsame meinen Schritt. Ich weiß nicht, wie lange ich noch davonlaufen kann. »Und woher?«

»Vor ein paar Tagen hat mir Ben Kenobi alles erzählt. Er hat gesagt …«

»Ist dir eigentlich schon aufgefallen, dass er nicht ganz richtig im Kopf ist?«, gehe ich auf ihn los.

»Ich habe mich viel mit ihm unterhalten. Ich glaube nicht, dass er verrückt ist.«

»Ach wirklich!« Ich schauspielere, aber leider nicht sehr gut.

»Wirklich.«

»Und was hat er dir erzählt?« Ich versuche, sarkastisch und gleichgültig zu klingen, doch mein Tonfall klingt falsch.

Ethan ist auf der Hut. Er sieht mich fragend an. Zu meiner Verblüffung greift er nach meiner Brille und nimmt sie mir ab. Er steckt sie hinten in seine Hosentasche. Als er wieder spricht, ist seine Stimme leise und ruhig. »Er hat mir erzählt, dass ihr nicht von einem anderen Ort kommt.« Er spricht so langsam, dass ich zwischen den einzelnen Wörtern meinen gehetzten Atem hören kann. »Ihr kommt aus einer anderen Zeit.«

Ich glotze ihn an und fühle, wie ich innerlich zusammensinke, ich kann kaum den Kopf oben halten vor Müdigkeit. Und jetzt? Eine unglaubliche Unverschämtheit! Ich sollte mich aufplustern, ich wünschte, es würde mir gelingen. »Und das glaubst du? Nur weil dir das ein Obdachloser mit Pfauenfedern erzählt hat?« Ich deute kraftlos auf seine Hosentasche. »Und hat er dir auch erzählt, dass sie uns mithilfe der Brillen überwachen?«

Ethan schweigt, und ich spüre eine drängende, panische Energie, die mich antreibt, einfach draufloszureden. »Wenn er Ben Kenobi ist, bist du dann Luke Skywalker? Und ich vielleicht Prinzessin Leia? Oder findest du, ich bin besser für die Rolle einer dieser komischen Typen in dieser Außerirdischen-Bar geeignet?« Ich will witzig sein, aber keiner lacht.

Ethan sieht verletzt aus. Er hätte verdient, dass ich ehrlich mit ihm bin, doch das werde ich nicht sein. Wir haben Regeln verletzt und damit gefährliches Terrain betreten. Ich muss vorsichtig sein.

»Ich werde ihm nicht glauben, wenn du mir sagst, dass ich es lassen soll«, sagt er, wieder so leise, dass ich ihn kaum höre. Er blickt mich unverwandt an. Er nimmt stets mehr wahr, als er sollte.

Jetzt wäre der richtige Zeitpunkt, die einzigartige Gelegenheit, das zu tun, was ich in dieser Situation vor allem tun sollte: ihm unsere Lügen auftischen, und zwar so, dass sie überzeugend klingen. Stattdessen stehe ich da wie angewurzelt und in meinen Augen brennen Tränen. Was bin ich nur für eine Versagerin. Ich lüge ihn nicht an, von überzeugen gar nicht zu reden. Ich stehe einfach nur da wie ein Idiot.

»Ach, Prenna.« Er bemerkt meine Tränen. Er will mir nicht wehtun, das weiß ich. Egal was die anderen behaupten.

Ich glaube, ich könnte alle anderen anlügen, sogar in gereimten Versen, ich könnte Mr Robert, Jeffrey und sogar meine Mutter anlügen. Ms Cynthia und Mrs Crew könnte ich in perfekter Sonett-Form anlügen. Aber Ethan brauche ich nur anzuschauen, und schon bringe ich keine einzige Lüge über die Lippen.

Er streckt seinen Arm nach mir aus, doch ich wische mir die Tränen fort und wende mich abrupt in die entgegengesetzte Richtung. »Ich muss gehen«, sage ich.

»Wir haben nicht mehr viel Zeit«, sagt er zu mir, als ich davoneile.

Ich bin etwa einen halben Häuserblock gegangen, da merke ich, dass ich nicht nur wegen der Tränen halb blind bin. Ich bin ohne meine Brille losgelaufen und jetzt kann ich nicht zurück. Ich bin zu stolz, zu ängstlich, zu starrköpfig, und wie die Betreuer mich immer wieder gerne erinnern, zu dumm. In mir herrscht Chaos, und ich wünschte, ich wäre freundlicher zu Ethan gewesen.

Im Park warte ich auf den alten Mann. Ich denke, er wird hierherkommen, denn hier ist es ruhiger und abgelegener als auf dem Parkplatz vor dem Supermarkt, und ich habe keine Idee, wohin er sonst gehen könnte. Ich setze mich an den Picknicktisch in der Nähe seiner Lieblingswiese. Dann laufe ich stolpernd zweimal um den gesamten Park, nur für alle Fälle.

Mir bleibt Zeit, um über sein Leben, die Orte, an denen er sich aufhält, und die Dinge, die er mit sich herumträgt, nachzudenken. Vorsichtig betrachte ich in meinen Gedanken alles, was er gesagt hat, von allen Seiten und erwäge die Möglichkeit, dass einiges davon wahr ist. Ich probiere es aus, als würde man Variable in eine sehr schwierige Gleichung einsetzen und schauen, was dabei herauskommt.

Wahrheit besitzt Kraft. Anders als die Lüge nimmt ihre Kraft mit der Zeit zu, und sie ist in der Lage, unterschiedliche Gefühle und Vorstellungen in sich zu vereinen, was die Lüge niemals schafft. Je länger ich über alles nachdenke, was er gesagt hat, desto mehr spüre ich darin die Kraft der Wahrheit.

Je weniger verrückt ich ihn mir vorstelle, desto tragischer wird er.

Und die Frage, *was wenn …?* Ich kann sie nicht weiterverfolgen, denn schon beim ersten winzigen Schritt quälen mich Hoffnung, Angst und eine Traurigkeit, bei der es mir den Boden unter den Füßen wegzieht.

Ich lasse in meinen Gedanken auch noch Raum für Ethan. Was soll ich tun? Einem Fremden unser Geheimnis anzuvertrauen, ist eine unvorstellbare Sünde. Doch was, wenn er es bereits kennt?

Ein paar Stunden verstreichen und es wird dunkel. Ich sitze so unbequem da, dass mir die Füße eingeschlafen sind. Zeit, mir die Beine zu vertreten und mich auf den Weg zu machen. Ich werde auf dem Parkplatz nachschauen. Dort habe ich in der Vergangenheit hin und wieder Dinge für ihn hinterlassen. Vielleicht erwartet er, dass ich dort nach ihm suche.

Ich schaffe es nicht, weit vorauszudenken. Ich schaffe es auch nicht, weit vorauszusehen. Ich kann jetzt nicht nach Hause gehen und meiner Mutter und Mr Robert gegenübertreten. Mein einziger Gedanke ist, Ben Kenobi zu finden, zu erfahren, was er mir geben will, und ihm meine Frage zu stellen.

Ich suche den Parkplatz Stück für Stück ab. Auf der Vorderseite des asphaltierten Geländes sehe ich ihn nicht, also laufe ich ein Stück um den Supermarkt herum. Hier ist es ruhig. Selbst auf den besten Parkplätzen stehen kaum Autos. Zu beiden Seiten des Ladens und auf der Rückseite des Gebäudes wird alles leer sein.

Plötzlich höre ich ein Geräusch. Es klingt kehlig und jagt mir Angst ein. Es ist kein gutes Geräusch und kommt vom hinteren Teil des Parkplatzes. Ich höre es wieder und dann einen wortlosen Ruf.

Ich renne los, halte meine Arme nach vorn gestreckt und folge mehr meinen Ohren als meinen Augen. Ich renne in Richtung des Geräuschs. Dort hinten ist es ziemlich dunkel, aber ich kann Schatten und Umrisse erkennen, die sich bewegen, und ich höre eine Stimme, die ruft.

»Wer ist da?«, schreie ich.

Beim Näherkommen erkenne ich die Umrisse einer Person, die sich über etwas beugt. Es ist ein Mann, da bin ich fast sicher, er ist nicht groß, aber dicklich. Auf seinem Kopf erkenne ich das Schild einer Baseballkappe. Er hält

inne und wendet sich einen Augenblick lang um. Hat er mich gesehen? Ich glaube schon, denn er richtet sich auf, rennt über den Parkplatz und verschwindet um die Ecke des Supermarkts. Wenn meine Augen besser wären oder das Licht heller, hätte ich sein Gesicht erkennen können.

Schemenhaft sehe ich etwas anderes, einen Einkaufswagen, und dann einen etwas dunkleren Schatten, der auf dem Boden liegt. Augenblicklich knie ich mich hin und strecke meine Hände nach dem Schatten aus. Ich höre Stöhnen. Und fühle etwas Warmes, Feuchtes an der Brust. Ich weiß, es ist Blut. Ich weiß, wer es ist.

Ich ziehe den alten Mann auf meinen Schoß und neige mich nah an sein Gesicht. Er atmet schwer und verschluckt sich an seinem Blut. Seine Kehle ist durchschnitten. Wer weiß, was ihm sonst noch alles fehlt.

»Prenna.«

Er schaut mich an und natürlich ist er es. Natürlich. Ich gehe nah an sein Gesicht heran und lege meine Wange an seine. »Ich bin's.«

Die Augen sind seine, sie sind ganz klar, obwohl ihm das Sprechen schwerfällt. »Weißt du …«

Ich will nicht, dass er sich anstrengt. »Ich weiß.«

»Ich wollte dich nicht … in diese Lage bringen …«

Ich umschlinge ihn mit meinen Armen. »Kein Problem. Ich habe alles verstanden, ich glaube, jetzt habe ich alles verstanden.«

Er schließt die Augen, dann blinzelt er kurz.

»Ich kümmere mich drum«, flüstere ich in sein Ohr. »Ich werde alles dafür tun.«

Ich weiß, dass ihn das tröstet, und spüre, wie sein Körper in meinen Armen erschlafft. Ich habe keine Ahnung, was ich da versprochen habe, aber ich weiß, dass ich es ernst gemeint habe.

Wieder schließt er seine Augen. Ich höre seine letzten Laute, seine letzten warmen Atemzüge, die sich mit der Luft vermischen.

Ich höre, wie sich Schritte nähern, doch ich bin unfähig, mich zu rühren. Bin außerstande, aufzustehen und ihn zurückzulassen. Mir ist egal, was mit mir passiert.

»Oh Gott.«

Ich höre Ethans Stimme und schaue auf.

Im nächsten Moment spüre ich seine Hand auf meinem Rücken. »Oh, Prenna.«

Ich kann den alten Mann nicht loslassen.

»Ist er tot?«

»Ja … gerade gestorben.«

»Hast du mitbekommen, was passiert ist?«

Ich brauche eine Weile, bis ich wieder eine Stimme habe. Fast ersticke ich an meinen Worten, als hätte man auch mir die Kehle durchgeschnitten. »Ich bin erst … ganz am Ende dazugekommen. Ich habe nicht gesehen, wer es war, er ist weggelaufen.«

Ethan legt die Arme um mich. »Hier kannst du nicht bleiben«, sagt er sanft. »Wir müssen gehen.«

»Ich kann nicht.«

»Du musst.« Er lässt mich los und geht zum Einkaufswagen. Er durchsucht ihn, nimmt einen Umschlag heraus und stopft ihn in seine Jacke. Dann kommt er zurück zu mir und hilft mir dabei, den alten Mann ganz langsam abzulegen. Anschließend hilft er mir auf die Beine. Ich schluchze, ich höre, wie ich schluchze. Wenigstens nehme ich an, dass ich das bin.

Ich wehre mich nicht und lasse mich von ihm tragen wie ein Baby. Ethan setzt mich in sein Auto und schließt die Tür. Nachdem er den Parkplatz und den Supermarkt hinter sich gelassen hat, fährt er langsam die langen Häuserblocks ab. In der Nähe eines verlassenen Grundstücks findet er endlich ein öffentliches Telefon. Mir ist klar, dass er den Notarzt rufen will.

Wieder im Auto, folgt er dem Highway ein paar Meilen, ehe er von ihm ab- und auf immer kleineren Landstraßen weiterfährt. Schließlich parkt er den Wagen am Rand einer abgelegenen Straße. Er stellt den Motor ab und streckt seine Hand nach mir aus. Er zieht mich an sich, bis ich fast auf seinem Schoß sitze, und hält mich fest umarmt. Er streichelt mir über das Haar und trocknet meine Tränen. Wir bleiben lange so sitzen.

Kapitel 10

»Du weißt es, stimmt's?«, fragt er mich, nachdem ich mich ausgeweint habe.

Ich habe mich mittlerweile aufgesetzt und bin auf meinen Sitz zurückgerutscht. Er hält immer noch meine Hand. Zu allem Überfluss sendet mein Verstand dumme Alarmsignale, dass ich ihm vielleicht Schaden zufüge, wenn ich ihm so nahe komme. Und vorne an meiner Kleidung, an meinen Armen und Händen ist angetrocknetes Blut. Auch an ihm klebt es. Ich bin dem Tod bereits begegnet und habe genug Blut gesehen. Selbstmord und sogar Mord sind mir nicht unbekannt. Aber zu wissen, wer da umgebracht wurde, jagt mir Angst und Schrecken ein. Und ich weiß es, auch wenn mein Verstand Poppy und diesen armen alten Mann einfach nicht zusammenbringt.

Ich nicke. Ich nehme an, das bedeutet, dass auch er es weiß.

»Tut mir leid.«

»Für uns beide«, sage ich.

»Für uns beide.«

»Ich wünschte, ich hätte mit ihm reden können … mit diesem Wissen.« Es ist so unfair, genau in dem Augenblick zu entdecken, dass der eigene Vater lebt, in dem er stirbt.

»Auch er hätte gern mit dir geredet.«

Ich versuche, das alles langsam auf mich einwirken zu lassen. Es ist alles zu viel auf einmal, und ich habe Angst, dass ich einfach dichtmache. Manchmal denke ich, unser Verstand hat ein Immunsystem, genau wie unser Körper, und deshalb muss man ihm Zeit lassen.

»Wie lange wusstest du das schon?«, frage ich ihn.

»Nicht lange, vielleicht zwei Wochen.«

»Du hast versucht, es mir zu sagen.«

»Wahrscheinlich. Ich wollte dir eine Menge Dinge sagen, aber ich wusste nicht, wie. Ich hätte dir viel zugemutet, und ich weiß, dass du mit mir ohnehin nicht reden darfst. Nicht wirklich.«

Ich nicke. Ich spüre immer noch die Wange des alten Mannes an meiner. »Am Ende wussten wir beide Bescheid.«

»Das ist gut. Und dass du bei ihm warst.«

»Ich wünschte, ich wäre früher gekommen.« Mir kommt ein Gedanke. »Warum bist du eigentlich dort hingekommen?«

»Er hat mich zweimal angerufen. Beim zweiten Mal habe ich Geschrei gehört und wusste sofort, dass da irgendwas nicht stimmt.«

»Glaubst du, er hat geahnt, was passieren würde?«

»Vielleicht. Er wollte nur noch die nächsten paar Tage überstehen, aber er wusste, dass ihn jemand beobachtet. Ich habe mir Sorgen gemacht. Um euch beide.«

Ich habe keine Ahnung, wie ich die Fassade weiterhin aufrechterhalten soll. Ich habe Ethan zwar nicht die Wahrheit über mich erzählt, aber abgestritten habe ich sie auch nicht. Ich weiß nicht, wie viel er weiß.

Das Komische ist, dass ich meine Geheimnisse alle für mich behalte, er jedoch anscheinend mehr weiß als ich. Er wirkt ganz sicher, wohingegen ich mir bei nichts mehr sicher bin. Ich kann nicht mehr unterscheiden, was angeblich wahr ist und was bestimmt wahr ist, beides klafft weit auseinander.

»Die werden hinter mir her sein«, sage ich leise.

Er nickt.

»Wo ist meine Brille?«

»Ich habe sie bei mir zu Hause getragen und dann bei meinem Vater in den Kofferraum gelegt, bevor er zum Squash nach Spring Valley gefahren ist. Ich hoffe, das bringt sie ein bisschen durcheinander.«

Ich denke darüber nach. Bei meinen Gedanken muss ich fast lächeln. »Und du glaubst, sie können uns jetzt weder sehen noch hören? Glaubst du, die Brille ist ihr einziges Mittel?«

»Kenobi …« Kaum dass er den Namen ausgesprochen hat, unterbricht er sich.

»Du kannst ihn ruhig Kenobi nennen«, sage ich. Ich bin zu unglücklich und verwirrt, um ihn bei seinem richtigen Namen zu nennen.

»Das war seine Theorie.«

Ich lege meine rechte Hand über einen Blutfleck am Knie, der inzwischen eingetrocknet ist. »Ich hatte schon lange die Brille im Verdacht. Es ergibt einfach Sinn. Ohne die Brille sind wir alle blind und wehrlos.«

»Das muss nicht so sein.«

»Was meinst du damit?«

»Er hat gesagt, sie würden euch alle diese Tabletten verabreichen. Angeblich um das Immunsystem zu stärken oder so was, aber in Wirklichkeit ruinieren sie damit euer Augenlicht und verhindern, dass ihr Kinder bekommt. Er meint – er meinte –, wenn du damit aufhörst, wirst du wieder gut sehen können.«

Wie soll ich das glauben? Ich ziehe meine Hand von ihm zurück. Meine Mutter arbeitet in der Klinik, die diese Tabletten ausgibt. Das würde sie nicht zulassen. Wieder verschiebt und verändert sich hinter meinem Rücken etwas in meinem Leben.

»Was ist mit deinem Telefon?«

»Das habe ich aus dem Fenster geworfen.« Ich schüttele den Kopf und versuche nachzudenken. »Aber Ethan, was ist, wenn er sich bei den Tabletten geirrt hat?«

»Hast du welche dabei?«

»Nein.«

»Dann wollen wir hoffen, dass er recht hatte.«

»Warum?«

»Weil wir sie nicht holen können. Uns bleiben nur noch drei Tage. Wir müssen los.«

Ich starre ihn an, fühle, wie mir wieder Tränen in die Augen steigen. »Glaubst du wirklich, dass das so einfach ist? Dass ich einfach so vor ihnen weglaufen kann, und los geht's?«

»Für ein paar Tage schon. Zumindest Kenobis Meinung nach. Er sagte, sie würden dich umbringen, wenn ihnen keine andere Wahl bliebe, doch das werde ich nicht zulassen. Ihre Macht hat Grenzen, hat er gesagt. In ihrer Welt sind sie allmächtig, aber nicht in meiner. Und wir brauchen nur ein paar Tage. Dann wird alles anders. Danach rede ich mit ihnen, wenn du willst.«

Ich schaue ihn verblüfft an. Ich höre, wie Ms Cynthia mir sagt, ich solle den Mund zumachen und versuchen, nicht wie ein Idiot dreinzuschauen. »Das zeigt nur, dass du keine Ahnung hast.«

»Vielleicht stimmt das, wir werden sehen.«

»Du glaubst wirklich alles, was er gesagt hat?«

»Ja.«

»Warum?«

»Weil ich in meinem Leben merkwürdige Sachen erlebt habe.« Ich spüre seinen eindringlichen Blick. »Ich habe sie zwar niemals begriffen, aber ich konnte sie auch nicht ignorieren. Was er mir erzählt hat, passt zu dem, was ich gesehen habe.«

»Vielleicht habt ihr beide den Verstand verloren.«

Er zuckt mit den Schultern. Der Gedanke scheint ihn nicht besonders zu beunruhigen. »Vielleicht. Darüber denke ich nächste Woche nach. Im Augenblick folge ich dem, was er gesagt hat. Wenigstens in den nächsten Tagen.«

»Wegen des siebzehnten Mais.«

Zum ersten Mal wirkt er erleichtert. Er atmet aus. »Ja, genau deswegen.«

Wir schweigen einen Augenblick.

»Ich kann dir gar nicht sagen, wie lange ich versucht

habe herauszufinden, was diese Zahlen bedeuten«, sagt er.

Bei seinem Blick wird mir schwindelig. »Weil er dir von ihnen erzählt hat?«

»Schon lange vorher. Ich hatte sie auf deinem Arm gesehen.«

Ich schließe die Augen. »Wie das?«

Er rückt näher und nimmt wieder meine Hand. Er streckt meinen Arm durch, schiebt den Ärmel zurück und fährt mit dem Finger über die Stelle, an der sie standen.

Mir läuft ein Schauer über den Rücken. Meine Haut erinnert sich noch daran, wie wund sie von all dem Scheuern war.

»Ich bin dir vor vier Jahren begegnet. Es muss zu dem Zeitpunkt gewesen sein, als du gerade angekommen bist. Du warst wie das Mädchen in dem Gedicht von Robert Burns, das durch den Roggen läuft: nass und schmutzig. Ich war damals dreizehn und fischte gerade zum ersten Mal alleine am Haverstraw Creek. Über dem Fluss gab es diesen merkwürdigen Luftwirbel, das Seltsamste, was ich jemals gesehen habe. Ben Kenobi meinte, das sei ein Ende des Zeitpfads gewesen. Auf dem seid ihr alle gekommen.«

Ich zittere immer noch. »Ich kann mich nicht erinnern.«

»Ich weiß, das ist mir klar. Dir ging es nicht gut. Du warst durchgefroren, allein, und auf deinen Arm war eine Zahl gekritzelt. Ich wollte dir helfen und habe dir mein Sweatshirt gegeben …«

Um mich herum dreht sich alles, ich schwebe, versuche zu atmen. »Du warst das.« *Natürlich.* Jetzt denke ich, *natürlich.*

»Die Luft um dich hat ganz merkwürdig gezittert. Du hattest Angst und wolltest nicht mit mir reden. Ich habe dir den Weg zur Flussbrücke gezeigt, dorthin müsstest du gehen, hast du gesagt.«

»Ich erinnere mich an nichts«, erwidere ich schwach. Wieder spüre ich, wie sich die Welt verschiebt und verändert. »Hast du außer mir noch andere gesehen?«

»Nein. Sie sind wahrscheinlich an anderen Stellen im Wald angekommen. Ich habe nur dich gesehen.« Ich kann seinen Gesichtsausdruck nicht deutlich genug erkennen, um ihn zu verstehen, doch ich spüre, dass er seine Worte abwägt. »Aber ich kann sie erkennen – die Leute, die gekommen sind. Bei manchen ist es einfacher als bei anderen.«

»Was meinst du damit?«

»Ich kann Zeitreisende erkennen. Es ist schwer zu beschreiben. Es ist, als ob sich die Luft um euch herum ein bisschen anders bewegen würde. Nicht so wie an dem Tag, an dem ihr angekommen seid, sondern in abgemilderter Form.«

»Jetzt, in diesem Moment, auch?«

»Bei dir kaum. Fast gar nicht mehr. Aber bei anderen mehr, besonders bei den Älteren. Bei Kenobi konnte ich das gut erkennen.«

»Können andere das auch sehen?«

»Niemand, den ich kenne. Ich habe mit nur ganz wenigen Leuten darüber gesprochen. Kenobi sagt, es wäre selten, aber manche Menschen sind sehr sensibel, was den Zeitfluss angeht. Vielleicht, weil ich an dem Tag dabei war, als der Pfad offen war. Einige Effekte des Zeitflusses existieren immer, aber die meisten bemerken sie nicht. Er meinte, es wäre wie mit diesem Psycho-Experiment, das sich alle Welt auf YouTube anschaut. Diese Leute, die den Basketball werfen? Das hast du bestimmt schon gesehen.«

Ich schüttele den Kopf.

»Also, es gibt zwei Basketball-Teams, eins in schwarzen T-Shirts, das andere in weißen. Man soll zählen, wie viele Male das Team in Weiß den Ball an das Team in Schwarz abgibt und umgekehrt. Am Ende wird einem die Antwort gesagt, und man wird gefragt: Hast du den Gorilla gesehen?«

»Den Gorilla?«

»Genau. Die meisten sind so damit beschäftigt, die Würfe zu zählen, dass sie den Typen im Gorillaanzug gar nicht bemerken. Während sich die Spieler den Ball zuwerfen, läuft er in die Mitte des Spielfelds, steht dort kurz herum und geht dann wieder. Die meisten sehen ihn nicht.«

Ich rücke näher an ihn heran und halte seine Hand. »Du siehst den Gorilla.«

Er klingt müde und zum ersten Mal merke ich ihm seine Trauer an. »Ich nehm's an.«

Ethan fummelt in seiner Tasche herum und zieht den Umschlag heraus, den er aus dem Einkaufswagen des alten Mannes genommen hat.

»Wollte er mir den geben?«

»Er sagte, er hätte etwas für dich – einen Schlüssel –, aber falls er dir den aus irgendeinem Grund nicht geben könnte, sollte ich ihn nehmen und sicherstellen, dass du ihn bekommen würdest. Ein Glück, dass du dem Mörder keine Zeit gelassen hast, sich umzusehen.«

Da hat er recht.

»Möchtest du ihn öffnen?«, fragt er, während ich den Umschlag in meinen Händen knete. Ich betaste ihn, schüttele ihn wie ein Weihnachtsgeschenk und würde gerne den Schock abfedern, wenn das geht. Drinnen steckt ein Brief und ganz unten ein Schlüssel. Den wollte er mir unbedingt irgendwie zukommen lassen.

Ethan dreht den Autoschlüssel halb in der Zündung und sofort erhellt die Innenbeleuchtung das Wageninnere. »Fertig?«

»Den musst du mir vorlesen«, sage ich.

Außer dem Brief und dem Schlüssel ist auch noch ein Blatt Papier mit einer Adresse in dem Umschlag, das um eine Magnetkarte aus Plastik gewickelt ist. Ethan liest, was dort geschrieben steht:

Secure Storage
200 East 139th Street
Bronx, NY 10451

Dafür ist der Schlüssel also.

Ich falte den Brief auf und kneife die Augen zusammen, um die Handschrift zu entziffern. Die Form der Buchstaben, die Unterschrift. Obwohl ich halb blind bin, wühlt mich die Handschrift auf. Ich schließe die Augen. »Okay, lies vor«, sage ich.

Meine liebe Prenna,

wenn du das liest, dann haben sich meine Ängste bestätigt. Ich werde bereits seit einiger Zeit verfolgt und weiß, dass mein Leben in Gefahr ist. Ich hätte keinen Kontakt zu dir aufgenommen, wenn ich es hätte vermeiden können. Dass ich dich in Gefahr bringe, gefällt mir ganz und gar nicht. Doch wenn du das hier liest, brauche ich deine Hilfe.

Ich bin dein Vater, du bist meine Tochter. Vielleicht weißt du das bereits.

Ich habe mich furchtbar verändert. Ich bin vierundzwanzig Jahre älter geworden, während die anderen Zeitreisenden nur um vier Jahre gealtert sind, wie du. Ich bin noch viel länger in dieser unwirtlichen Welt geblieben, bevor ich hierherkommen konnte.

Ich weiß, man hat dir erzählt, ich hätte mich an der Immigration nicht beteiligen wollen, aber das stimmt nicht. Freiwillig hätte ich dich und deine Mutter niemals ohne mich gehen lassen. Zwischen mir und den anderen Führern gab es Meinungsverschiedenheiten, was das Ziel dieser Reise angeht. Ich kenne die Regeln so gut wie alle anderen und auch der Gefahr, die von unkontrollierbaren Veränderungen ausgeht, bin ich mir bewusst. Aber einige Veränderungen – vor allem wenn es um eine einzige, wichtige geht – müssen sein. Sonst wissen wir, wie es endet. Ich war nicht der Einzige, der diese Meinung vertrat, aber der Unerbittlichste, nehme ich an. Man ließ mich als Einzigen zurück. Alle anderen, deine Mutter eingeschlossen, begaben sich auf die Reise, aber man nahm ihnen Einfluss und Mitspracherecht bei der Arbeit der Gemeinschaft.

Während du das liest, wirst du dich wundern, warum ich so gelebt habe, und ich bin nicht sicher, ob ich eine zufriedenstellende Erklärung finde. Ich habe nicht etwa auf der Straße und im Park gelebt, weil ich weder Geld noch Wohnraum zur Verfügung habe, sondern weil mein Einkaufswagen, der Schlafsack und die Pfauenfedern mich in gewisser Weise schützen. Bis vor Kurzem war ich in der Lage, sozusagen unterhalb des Radars der normalen Gesellschaft zu existieren. Ich konnte mich in der Nähe von dir und deiner Mutter aufhalten, ohne Gefahr zu laufen, von jemandem erkannt oder ernst genommen zu werden. Ich konnte in aller Ruhe mein Ziel verfolgen: die Zeitgabel finden und einschreiten.

Und ich glaube, das Ganze hat noch einen anderen Grund. Während der ersten beiden Jahre wohnte ich in einem Apartment ein paar Häuserblocks von deinem Zuhause. Im Winter war es dort heiß und im Sommer eiskalt, die Wohnung war komfortabel ausgestattet und hatte einen Fernseher mit einem geradezu erstaunlichen Angebot an Kanälen. Und irgendwann konnte ich das alles nicht mehr ertragen. Ich habe zu lange im Elend gelebt, um mich jemals wieder in die Zivilisation einfügen zu können. Mir wurde klar, dass ich, wenn ich nicht aufpasste, genau so bequem, egoistisch und korrupt werden würde wie alle anderen, welche die Reise hinter sich gebracht haben. Wenn ich unter den Sternen schlafe, erinnere ich mich daran, woher ich komme und was zu tun ist.

Indem wir verändernd eingreifen, öffnen wir den Weg in die Zukunft, aber wir verlieren zugleich unser exklusives Wissen und die damit verbundene Macht. Die Anführer unserer Immigration haben dazu keinerlei Lust. Sie nutzen dieses widernatürliche Schlupfloch aus. Sie verstecken sich hier und lassen es sich so lange wie möglich gut gehen. Sie werden alles verlieren, es sei denn, sie sorgen dafür, dass diese untergehende Welt intakt bleibt. Im Namen der Vorsicht predigen sie Passivität. Aber am Ende ist es nur Feigheit. Ihr Wissen, unser Wissen, ist gefährlich und unverdient. Lass uns wenigstens versuchen, es für einen guten Zweck einzusetzen.

Dein dich liebender Vater,
Jonathan Santander (Poppy)

Kapitel 11

Ethan möchte sofort zu der Lagerhalle in der Bronx fahren und mit der Arbeit anfangen, aber ich muss noch mal zu Hause vorbei.

»Nur ganz kurz«, sage ich zu ihm. »Ich will nur duschen und frische Klamotten anziehen. So kann ich nicht herumlaufen. Und bevor wir verschwinden, muss ich auch noch mit meiner Mutter reden. Das kann ich ihr nicht antun.«

»Das ist meiner Meinung nach keine gute Idee.«

»Ich bleibe nicht so lange, dass sie mich finden. Ganz bestimmt. Mit etwas Glück schauen sie sich gerade im Squashzentrum in Spring Valley um.«

Meine Mom ist das Wichtigste für mich. Ich möchte ihr unbedingt erzählen, was mit Poppy passiert ist und was ich erfahren habe. Ich kann nicht fortgehen, ohne dass sie das weiß. Und die Tabletten. Ich muss ihr auch von den Tabletten erzählen.

Am Ende ist Ethan damit einverstanden, um die Ecke auf mich zu warten. Ich verspreche ihm, in zehn Minuten oder auch weniger wieder zurück zu sein. Er umarmt mich. Ich spüre, dass seine Lippen kurz mein Ohr streifen.

»Bis gleich«, sage ich.

»In Ordnung.«

»Es ist wirklich in Ordnung.« Ich sage es vor allem zu mir selbst. Es fällt schwer, ihn loszulassen.

Als ich aufschließe, sehe ich, dass es im Haus fast dunkel ist. Ich befürchte schon, dass meine Mutter vielleicht nicht da ist, aber das stimmt nicht. Ich kann ihr Gesicht nur schwach erkennen, doch an der Art, wie sie auf mich zugeht, sobald ich die Tür aufgeschlossen habe, erkenne ich ihre Besorgnis.

»Prenna!«, schreit sie. Obwohl es dunkel ist, bemerkt sie die Flecken an meinen Kleidern. »Ist alles in Ordnung? Was ist passiert?«

Ich werfe mich in ihre Arme. Das ist ungewöhnlich für mich, aber sie zieht sich nicht zurück. Sie hält mich fest in ihren Armen. Ich fürchte, sie hat geweint.

»Molly, er war die ganze Zeit hier bei uns«, schluchze ich. »Poppy war hier. Er ist später gekommen als wir, und deswegen war er alt, aber er ist hierhergekommen. Heute Abend hat man ihn umgebracht, ich war dabei. Ich habe ihn in den Armen gehalten, als er starb.«

Es tut mir leid, dass ich sie dem gleichen Zwei-Phasen-Schock aussetze, den auch ich durchlitten habe: Poppy lebt, nein, Poppy ist tot.

Sie hält mich immer noch in ihren Armen, aber ihr Körper hat sich versteift. Auch sie weint. »Das ist unmöglich.«

»Ich muss dir so vieles erzählen«, fahre ich hastig fort. Ich sollte vorsichtiger sein – irgendwo im Hinterkopf ist mir das klar –, doch ich bringe es einfach nicht fertig.

»Wir haben keine Ahnung, was hier los ist. Die Tabletten schützen uns nicht, sie machen uns blind. Diese Tabletten, die du …«

»Das stimmt nicht!« Meine Mutter klingt verzweifelt. »Wer hat dir das erzählt? Dieser Mann, der behauptet hat, er wäre Poppy? Denn Poppy ist nicht mitgekommen, niemand außer uns ist mitgekommen.« Sie lässt mich los. »Bitte sag so was nie wieder! Bitte sprich nicht weiter.«

»Aber es muss sein. Ich habe nicht viel Zeit. Ich muss duschen und dann gehen und dabei muss ich dir noch so viel erzählen.« Ihre Worte sind ein einziges Durcheinander, genau wie meine. »Ich werde für ein paar Tage fortgehen und nicht erreichbar sein, aber ich komme zurück, mach dir keine Sorgen. Poppy hat gesagt, das wäre die kritische …«

»Hör auf, Prenna.« Sie ist in Panik. »Du vertraust den falschen Leuten! Bitte sei still.«

Plötzlich begreife ich ihren Tonfall. Ich nehme zwei Männer im Wohnzimmer wahr, ich höre sie mehr, als dass ich sie sehe. Ethan hatte recht. Ich bin dumm.

Ich werfe meiner Mutter einen Blick zu und schätze den Abstand zur Tür ab.

»Wir wollen, dass du mit uns kommst, Prenna«, sagt Mr Robert, während er auf uns zukommt. Der andere stellt sich vor die Tür.

An seiner Körpergröße erkenne ich, dass es sich um Mr Douglas, einen der anderen Betreuer, handelt. Er ist über eins achtzig groß und wiegt mindestens doppelt so viel wie ich. Er hält etwas in seiner Hand, das in meinen Augen wie ein Knebel aussieht.

Ich schaue zu meiner Mutter. »Das darfst du nicht zulassen.« Ich habe keine Ahnung, warum ich das sage. Ich muss den Verstand verloren haben. Sie kann mir nicht helfen, das weiß ich genau.

»Bitte mach mit, Liebling«, bettelt sie. »Sie werden dir nicht wehtun, wenn du mitmachst.«

»Du darfst nicht zulassen, dass sie mich mitnehmen«, schreie ich immer lauter. »Denen ist nicht zu trauen!«

»Beruhige dich, Prenna!«, befiehlt Mr Robert. Ich weiß, dass er eine körperliche Auseinandersetzung vermeiden will. Alles Unangenehme und Hässliche ist ihm zuwider.

Die Nachbarn fallen mir ein. Ich werfe einen Blick auf Mr Douglas und bekomme Angst. Er hat nicht die Hemmungen eines Mr Robert, fürchte ich.

Ich sehe mich panisch um. »Ich muss duschen und meine Sachen holen.«

»Wir haben alles, was du für den Augenblick brauchst. Deine Mutter kann später noch Sachen bringen«, sagt Mr Robert.

»Aber schauen Sie mich doch an.«

»Wo wir hinfahren, gibt es eine Dusche.« Mr Robert hat mich beim Arm genommen und führt mich Richtung Tür. »Machen wir es uns einfach«, sagt er.

Er schwitzt und atmet schwer und ich hasse ihn.

»Wir rufen dich morgen früh an, Molly, und informieren dich über die nächsten Schritte«, sagt Mr Robert zu meiner aufgelösten Mutter, als wir die Diele durchqueren.

Ich sitze hinten im Auto von Mr Douglas und habe die Arme um meinen Körper geschlungen. Ethan wird nicht lange brauchen, um zu begreifen, was passiert ist. Ich schäme mich.

Wird er versuchen, uns zu folgen? Mr Douglas sieht immer wieder in den Rückspiegel, als würde er damit rechnen. Was, wenn sie Ethan an einen geheimen, entlegenen Ort bringen und ihn ebenso erpressen wie mich? Die Betreuer haben kein Problem damit, uns Zeitreisende zu tyrannisieren, wie es ihnen gefällt, aber würden sie tatsächlich einen Jetztgeborenen anrühren? Damit würden sie so einige Regeln brechen.

Andererseits, so frage ich mich, nehmen eigentlich die Betreuer selbst die Regeln ernst? Und die Anführer? Sind sie wirklich von ihnen überzeugt? Halten sie sich auch dann noch daran, wenn das bedeutet, dass sie ihre Wünsche aufgeben müssen? Oder sind die Regeln nur dazu da, uns in Schach zu halten?

Während wir durch ein Wohnviertel nach dem anderen fahren, kommt mir ein Gedanke, bei dem mir übel wird: Sie haben Katherine geholt, aber mich haben sie dagelassen. Vielleicht haben sie mich nur so lange frei herumlaufen lassen, damit ich sie zu dem alten Mann führe. Ich bin für das verantwortlich, was mit ihm passiert ist, und jetzt, wo er tot ist, nütze ich ihnen nichts mehr.

Sie werden sie umbringen, wenn sie müssen. Er wusste, wozu sie in der Lage sind. Haben sie ihn getötet? Poppy, es tut mir so leid, sage ich in Gedanken zu ihm.

Ich strecke mich aus und lege meine warme Wange an

den Ledersitz. Ich ziehe die Knie bis zum Kinn, wie ein Kind im Mutterleib. Mr Douglas biegt immer wieder ab, im Auto ist es still. Ich sollte versuchen mir einzuprägen, wohin wir fahren, aber ich schaffe es nicht.

Wenn ich daran denke, wie Ethan mich zum Auto getragen, mich umarmt und mir über das Haar gestreichelt hat, blutet mir das Herz. Herzschmerz und Sehnsucht. Die Trennung tut körperlich weh.

Was, wenn das alles war? Nach Jahren, in denen ich mich verbogen habe, damit Ethan nicht erfährt, wer ich bin, stellt sich heraus, dass er es vom ersten Moment meiner Ankunft an wusste – sogar bevor es mir selbst klar war. Dieses Sweatshirt, mein verbotener Talisman, der die ganze Zeit über säuberlich gefaltet ganz oben in meinem

Schrank lag. Auch das war er.

Ich muss daran denken, wie die Augen des alten Mannes geblinzelt haben, Poppys Augen, dieser letzte Augenblick des Wiedererkennens.

Ich wünschte, ich hätte etwas, das mich glücklich macht und das mir bleibt.

Plötzlich spüre ich, wie Tränen über meine Nase laufen und in meinem Haar landen. Ich kehre zu einer meiner letzten Erinnerungen zurück, bevor wir die Reise hierher antraten. Ich war verzweifelt, weil ich mich von meiner Großmutter Tiny und meiner Freundin Sophia verabschieden musste. »Warum lassen wir sie zurück?«, fragte ich meine Mutter damals, daran erinnere ich mich.

Wir müssten ein paar Dinge in Ordnung bringen und die Welt für die Menschen, die wir lieben, verbessern, antwortete sie. Ich glaubte ihren Worten und damals glaubte wohl sogar sie daran.

Dabei war es von Anfang an nicht geplant gewesen, oder? Wir sind einfach nur Parasiten. Wir haben gar nichts in Ordnung gebracht. Wir haben nur uns selbst geholfen und alles andere dem Untergang geweiht.

Und die Geheimnisse? Die Schnüffelei, die Regeln? Sie dienen unserem Schutz, nur dazu sind sie da.

Diese Tage werden vorübergehen, und ich werde irgendwo in einem Speicher sitzen, oder in einem Keller oder einer Zelle, oder vielleicht wird man mich begraben. Der 17. Mai wird kommen und vorbeigehen und die Welt wird sich ihrem Untergang entgegendrehen.

Ich habe das Gefühl, dass jede Hoffnung und alles Gute in mir schwindet, so wie Blut, das aus einer Vene läuft. Ich bin mein Vater, stelle ich mir vor, und liege mit durchtrennter Kehle auf dem Parkplatz eines A&P-Supermarkts, und das Leben läuft aus ihm heraus, und da ist nichts Warmes mehr.

Wir gelangen an einen weit entfernten Ort, eine Art Farm. Keine fröhliche Variante mit Tieren oder so was. Lediglich ein paar Gebäude inmitten von Feldern und von riesigen, ausladenden Bäumen umgeben, die unheilvoll ihre Schatten werfen. Mr Douglas scheint sich auszukennen. Sie stecken mich in den Keller eines kleinen Hauses, vielleicht ein Gästehaus, das ein paar Meter von dem großen Haupthaus entfernt liegt. Es riecht nach frischem Anstrich und neuem Teppich. Es gibt ein Zimmer mit einem Bett, einem Schrank und einem Schreibtisch sowie ein kleines Badezimmer, das ist alles. Und zwei hoch gelegene kleine Fenster.

»Ich habe für dich ein paar Toilettensachen, Kleider zum Wechseln, deine *Ersatz*brille und Tabletten ins Badezimmer gelegt. Morgen hole ich noch ein paar Sachen von deiner Mutter. Mach dich bald bettfertig und lösch das Licht. Es gibt eine Gegensprechanlage, die mit dem Haupthaus verbunden ist, falls du etwas brauchst.«

Während ich mich aufs Bett setze, dreht Mr Robert sich in der Tür noch einmal um.

»Und, Prenna? Du musst die Tabletten einnehmen. Du glaubst zu wissen, wofür sie da sind, aber du hast keine Ahnung.«

Ich senke den Kopf, streiten ist sinnlos.

»Sonntagmorgen bringen wir dich weiter nördlich an einen bequemen Ort, wo du sicher bist und länger bleiben kannst.« Er ist schon fast draußen.

»Sie meinen, so ein wunderbares Internat?«

Er wendet sich um. »Nein, ich habe es dir schon gesagt. Katherine wird nicht bestraft. Bei dir sieht die Sache allerdings anders aus.«

Ich hasse ihn. »Wie bequem?«, frage ich. »So bequem wie der Ort, an den ihr Aaron Green gebracht habt?«

Er hasst mich ebenfalls, ich sehe es ihm an. »Das hängt ganz von dir ab«, antwortet er.

Ich nehme meine Vitamine nicht ein. Mir ist egal, was sie sagen. Zum ersten Mal seit meiner Ankunft nehme ich die kleine gelbe Pille nicht ein, sondern spüle sie die Toilette hinunter. Meine Brille setze ich im Moment noch auf. Ist es mit den Regeln wie mit den Vitaminen? Wem nützen sie, wem schaden sie?

Durch das hoch gelegene Fenster über meinem Schreibtisch kann ich ein kleines Stück Mond sehen. Das Fenster lässt sich offenbar nicht öffnen. Ich frage mich, wie schwierig es wohl wäre, die Scheibe einzuschlagen. Wahrscheinlich ziemlich schwierig. Würde ich dort hindurchpassen, falls ich es versuchte? Schwer zu sagen. Es ist wie beim Einparken, es ist nicht einfach einzuschätzen, wie groß man ist. Und dann frage ich mich, wie schnell die Betreuer hier wären, wenn sie über die Gegensprechanlage hörten, wie Glas zerbricht. Oder wenn ich die Anlage außer Betrieb setzen würde. Aber von der Anlage und meiner Brille abgesehen, haben sie irgendwo in meinem Zimmer wahrscheinlich auch noch eine Kamera und ein Mikrofon installiert.

Mir ist sogar egal, wohin sie mich am Sonntag schicken. Mir ist egal, wie es dort weitergeht. Ich habe keine Angst davor. Ich habe Angst vor Sonntag, weil es der 18. Mai ist. Ein Tag zu spät.

Ich dusche, ziehe mir frische Sachen an und kann nicht einschlafen. Ich denke an Ethan. Wo er jetzt wohl ist? Ob er gesehen hat, dass sie mich von zu Hause abgeholt haben?

Um sieben Uhr morgens öffnet Mr Robert meine Tür und reicht mir einen Teller mit Spiegeleiern und Toast.

Er trägt bereits eine Krawatte, heute in einem schlichten Marineblau. Ich stelle den Teller auf dem Schreibtisch ab. Ich werde nichts davon anrühren. Ich werde nicht schlafen und nicht essen. Das hier hat mit Leben nichts zu tun.

Ich möchte ihn zu den sogenannten Vitaminen befragen, zur Brille und den Plänen, die er die ganze Zeit versprochen hat, um die Katastrophe abzuwenden. Ich möchte ihn fragen, was mit meinem Vater wirklich passiert ist und wie es sich so anfühlt, wenn man den ganzen Tag lügt. Ich möchte ihm außerdem mit der Faust ins Gesicht schlagen.

Doch ich sitze einfach nur da.

»Versuch, nicht so dumm dreinzuschauen, Prenna«, sagt er.

Heute ist Donnerstag. Meine Hoffnungen schwinden. Samstag ist der große Tag. Ich stelle mich auf den Schreibtisch und presse mein Gesicht gegen das Fensterglas. Aus der Perspektive eines Käfers im Gras sehe ich ein Feld, einige Bäume und eine unbefestigte Einfahrt. Was soll ich tun?

Ich behalte die Einfahrt im Auge. Am späten Morgen fährt dort ein Auto entlang, biegt in die Straße ein und verschwindet in der Ferne. Es ist das einzige Geräusch, das ich bislang gehört habe. Die Gestalt auf der Fahrerseite könnte Mr Douglas sein.

Bei einer einzigen Sache habe ich ein klein wenig das Gefühl, etwas tun zu können. Ich setze meine Brille ab und schaue weiter aus dem Fenster. Ich bin immer noch wie ein Käfer im Gras, aber mit jeder Stunde sehe ich ein bisschen schärfer.

Kapitel 12

In dieser Nacht stehe ich auf dem Schreibtisch, starre aus dem Fenster und suche nach dem Mond. Der Himmel ist aus einem trüben Dunkelblau. Was, wenn ich den Mond niemals mehr sehe? Ich versuche, meine Verzweiflung zu unterdrücken.

Plötzlich werde ich von einem blassen Gesicht überrascht, das von oben hereinschaut. Das Gesicht kommt näher heran. Es ist das blassrosa Gesicht von Ethan. Er legt seine Finger ans Glas, fünf runde weiße Kreise. Ich lege meine Finger gegen seine. Mir ist zum Heulen zumute. Ich möchte so gerne hier raus.

Er winkt mir zu, ich solle vom Fenster weggehen, und ich begreife. Wir dürfen keine Aufmerksamkeit auf uns lenken. Also setze ich mich aufs Bett und halte die Luft an. Ich sehe kaum, was er da macht, es ist fast ganz dunkel, aber ich kann ganz leise den Glasschneider hören, als er damit an den Rändern des Fensters langfährt.

Ich muss etwas tun, um das Geräusch zu übertönen, auch wenn es nur ganz schwach ist. Singen oder Selbstgespräche werden sie mir nicht abnehmen. Und so mache ich, was ich bereits vorher in diesem Zimmer gemacht habe – ich weine, schniefe und schluchze. Dazu muss ich mir noch nicht mal Mühe geben. Vor meinem geistigen Auge sehe ich Mr Robert von der Gegensprechanlage zurücktreten. Emotionen sind ihm unangenehm. Ihm gefällt nicht, was sie hier mit mir machen.

Ganz langsam und vorsichtig schneidet Ethan so nah wie möglich an den Außenkanten entlang und nimmt das Fensterglas schließlich in einem Stück heraus. Ich gehe ins Bad, drehe die Dusche voll auf und schließe die Tür. Ich hoffe, dass das Licht und die Geräusche im Bad alle unsere Aktivitäten überdecken. Ich schleiche durchs Zimmer und steige auf den Schreibtisch. Ethan streckt mir seine Hand entgegen und ich ergreife sie. Wahrscheinlich ist es von Vorteil, dass ich seit zwei Tagen nichts gegessen habe.

Er legt seine Jacke über den unteren Rahmen, um die scharfe Kante abzudecken. Dann packt er mich bei der anderen Hand und zieht mich hoch, bis ich mit meinem Körper fast ganz draußen im Gras liege. Ich halte immer noch die Luft an. Das restliche Stück klettere ich alleine hinaus.

Dann folge ich ihm über die Wiese, begeistert und ängstlich zugleich. Ein paar Hundert Meter vor uns sehe ich den Wald. Ohne anzuhalten, nehme ich die Brille ab, zerbreche sie in Stücke und lasse alles ins Gras fallen. Ich hätte sie im Zimmer zurücklassen sollen, aber dorthin kann ich jetzt mehr nicht zurück.

Ethan umschließt fest meine Hand, und erst als wir tief im Wald sind, mehr als eine Meile von der Farm entfernt, werden wir langsamer. Ethan lockert seinen Griff etwas, und wir laufen weiter, bis wir etwa zwei Meilen später eine Straße überqueren. Wir gehen weiter, bis wir an einer Tankstelle ankommen. Meine Beine sind zerkratzt und tun weh und ich jubele innerlich.

»Hier habe ich geparkt«, sagt er. Er geht in den Laden und besorgt zwei Flaschen Wasser und ein paar Schokoriegel. Ich gehe hinter ihm die Straße hinunter zu einem neu aussehenden Honda Accord, nicht sein Auto.

»Ich hab mit dem Nachbarn getauscht«, erklärt er. »Damit tun sie sich schwerer, uns ausfindig zu machen, falls es dazu kommen sollte.«

Ich nicke. Ich warte ab, bis wir sicher im Auto sitzen, und frage dann: »Wie hast du mich gefunden?«

Er dreht den Schlüssel in der Zündung. »Nachdem sie Katherine abgeholt haben, hab ich einen Sender in die Sohle von deinen Turnschuhen gesteckt.«

Ich reiße die Augen auf.

»Ich weiß, tut mir leid. Das sind genau ihre Methoden«, sagt er.

Ich atme tief durch und werfe ihm einen Blick zu, ich bin den Tränen nahe.

»Weißt du, wie dankbar ich dir dafür bin?«

Er reicht mir einen Snickers-Riegel und ich wickele ihn hocherfreut aus. »Vielleicht muss man genauso denken wie sie, um sie zu besiegen.«

»Letzte Nacht bin ich erst mal gekommen, um mich umzusehen«, sagt er. »Ich fand heraus, wo du warst, und bin zurückgekommen.«

»Du bist schlauer als sie.«

»Sie sind nicht so vorsichtig, wie ich dachte«, antwortet er.

»Weil sie sich nicht vorstellen können, dass jemand sich außerhalb der Gemeinschaft nach Hilfe umsieht und dabei auf jemanden verlässt, der im Jetzt geboren ist.«

»Im Jetzt geboren?«

Ich hätte mir nie vorstellen können, dass ich diese Formulierung tatsächlich einmal gegenüber einem Jetztgeborenen verwenden würde – und dass das vielleicht überheblich klingen könnte. »Leute wie du, die hierhergehören, die nicht so sind wie wir«, erkläre ich. Zum ersten Mal seit vier Jahren lüge ich nicht, bin ich nicht dabei, mir irgendwelche Lügen auszudenken oder andere zu decken. Ich rede einfach drauflos.

»Deshalb durftest du nie mit mir reden.«

»Genau. Sie vertrauen Jetztgeborenen nicht, niemand von uns tut das, und es ist uns verboten, eine engere Beziehung zu ihnen einzugehen oder ihnen etwas von uns zu erzählen. Sie halten uns immer in Angst und von allem isoliert. Und sie wissen genau, dass niemand aus der Gemeinschaft mir helfen würde. Das macht sie ziemlich selbstgefällig.«

Ethan wirft mit einen Blick zu. »Wirklich *niemand* von euch traut uns?«

Ich zucke mit den Schultern und lächele. »Eine anscheinend schon, egal wie viel Ärger ihr das einbringt.«

Ethan zögert einen Augenblick, dann zieht er mich zu sich heran. Erschöpft und erleichtert zugleich presst er sein Gesicht in meinen Nacken, und ich wünschte, ich könnte einfach so bleiben. Ich atme seinen Geruch ein, aber nur ganz kurz. »Es gibt auch noch andere Probleme«, beginne ich behutsam und ziehe mich zurück.

»Was meinst du damit?«

»Es ist nicht gut, wenn du mir zu nahe kommst oder ...«

»Was?«

»Sich körperlich nahe zu sein ...« Ich bin plötzlich verlegen. »Ich will damit nicht sagen, dass du das gerade gedacht hast oder so was.« Ich sitze ganz nah bei ihm, weiß, wie sich seine Umarmungen anfühlen, und schäme mich für meine lustvollen Gedanken in Bezug auf ihn, als es noch ganz ungefährlich war.

Er blickt betroffen und ein bisschen schuldbewusst. »Also nicht, okay.« Ich kann nicht entscheiden, ob er mich ärgern will. »Aber warum erzählst du mir das? Niemand sieht uns. Du musst nicht mehr gehorchen, du bist eine Gesetzesbrecherin durch und durch.« Er unterbricht sich und lächelt. Sein Blick trifft meinen. »Ich hatte nicht die Absicht, das auszunutzen.«

Ich nicke langsam. »Das allein ist es aber nicht.« Ich suche nach den passenden Worten. »Es kann gefährlich werden, wegen unserer Herkunft.«

»Auf welche Weise?«

»Na ja, unsere Zellen und unser Immunsystem haben sich mit der Zeit verändert. Wir waren anderen Mikroben ausgesetzt als ihr – Viren, Bakterien und dergleichen, weißt du –, und deshalb sind wir gegen andere Einflüsse immun. Das ist einer der Gründe, warum wir uns hier nicht ärztlich behandeln lassen dürfen. Sie behaupten, dass ein Labortest von unserem Blut alle möglichen und unmöglichen Fragen aufwerfen könnte. Unsere Wissenschaftler hatten den Vorteil, dass sie die Krankheiten der Vergangenheit genau kannten – die von jetzt an, meine ich damit –, und so konnten sie uns gezielt Schutzimpfungen verabreichen. Sie impfen uns immer noch zweimal jährlich. Und die Tabletten, die wir einnehmen müssen, gehören auch dazu – wenigstens wird das behauptet.«

Er wirkt erleichtert. »Und damit bist du in Sicherheit.«

»Ich schon, aber du nicht.«

»Ich nicht?«

»Du bist vor mir nicht sicher. Du bist nicht immun gegen die Bakterien und Viren, die ich mit mir herumtrage. Ich komme aus einer Zeit, in der es Krankheiten gab, die du dir nicht einmal vorstellen kannst. Blutpestepidemien haben unsere Familien zerstört. Ich bin gegen die Pest immun – wie alle, die hierhergekommen sind, ansonsten wären wir tot. Doch wer weiß, auf welche Weise sich meine RNA verändert hat oder womit ich dich anstecken könnte?«

»Nur weil du mir nahekommst? Das glaube ich nicht.«

»Die Anführer gehen anscheinend davon aus, dass oberflächlicher Kontakt ziemlich ungefährlich ist. Aber sie warnen uns davor, darüber hinauszugehen. Das ist einer der Gründe, warum sie es mit der Regel, nach der man mit Jetztgeborenen keine engen Beziehungen eingehen darf, so ernst nehmen. Ihrer Meinung nach könnte das Gleiche passieren wie einst bei Cortés, der bei den Azteken ankam und sie durch die Pocken auslöschte.« Mir sinkt der Mut, während ich das alles sage. Es ist nicht sehr romantisch, dem einzigen Jungen, in den man jemals verliebt war, so etwas mitzuteilen.

Er sieht mich aufmerksam an, schweigt eine Weile und schüttelt dann den Kopf. »Ich habe keine Angst davor und ich habe keine Angst vor dir.«

Ich hole tief Luft. »Ich schon.«

Während unserer Weiterfahrt ist die Stimmung im Auto nüchtern. Als wir die Staatengrenze zwischen New Jersey und New York State überqueren, greift Ethan nach meiner Hand. Ich kann an seinem Gesichtsausdruck ablesen, dass er sich nicht geschlagen geben wird. Wir halten schließlich auf einem Parkplatz unweit von Palisades an. Die Lagerhalle macht erst um sieben auf und wir müssen schlafen. Vor uns liegen zwei entscheidende Tage.

»Was denken deine Eltern, wo du bist?«, frage ich ihn und wende mich ganz kurz einem durchschnittlicheren Alltag zu.

»Über ein langes Wochenende zu Besuch bei meiner Schwester in Bucknell.«

»Und was glaubt deine Schwester?«

»Dass ich heimlich verliebt bin.«

Er holt eine Decke aus dem Kofferraum und öffnet mir die Tür. »Du legst dich auf den Rücksitz und schläfst, okay?« Er reicht mir die Decke.

»Und du?«

Er setzt sich wieder auf den Fahrersitz. »Ich schlafe auch im Sitzen sehr gut.«

»Ganz sicher?

»Ja, und außerdem kann ich so dafür sorgen, dass wir im Notfall schnell abhauen können.«

»Glaubst du, die finden uns?«

»Das werden sie versuchen, denke ich, aber wir sind im Vorteil. Kenobi hat gesagt, sie wären zwar gut darin, ihre Untergebenen in Schach zu halten, würden sich jedoch in der realen Welt nicht allzu gut zurechtfinden. Da bin ich viel besser als sie.«

»Glaubst du?«

»Klar. Sie haben kaum Kontakte zu Jetztgeborenen, hast du gesagt.«

»Nicht wirklich, nein.«

»Aber du, meine Liebe, du auf jeden Fall schon.«

Er verriegelt die Türen von innen, im Auto ist es dunkel und still. Ich schaue zu, wie unser Atem an den Fenstern kondensiert. Ich höre, wie draußen Autos auf dem Palisades Parkway vorbeifahren. Es gibt keinen Grund, sich sicher und geborgen zu fühlen, aber so fühle ich mich.

Ich bin Ethan so nah, dass mir das Einschlafen schwerfällt. Ich höre, wie er vorn auf seinem Sitz herumrutscht und immer wieder eine neue Position sucht. Ich höre zu, wie er atmet.

Nachdem wir beide lange und schweigend nicht geschlafen haben, höre ich, wie er erst vorne, dann hinten die Autotür öffnet. Mein Herz macht einen Satz, als er einsteigt, obwohl mir klar ist, dass es das nicht sollte. Ich setze mich auf, um Platz für ihn zu machen.

»Nein, leg dich wieder hin«, sagt er. »Ist noch Platz für mich?«

Ich rutsche zur Seite. Er streckt sich neben mir aus und ich breite die Decke über uns beide.

»Ich kann im Sitzen nicht gut schlafen.«

Ich lache.

Zuerst liegen wir da wie zwei Sardinen, Rücken an Rücken auf der schmalen Sitzbank. Doch bald darauf dreht sich Ethan um, und ich spüre, wie er mich in den Arm nimmt. »Das ist ganz oberflächlich, okay?«

»Das haben sie, glaube ich, nicht damit gemeint«, erwidere ich. Er ist mir schon öfter so nah gekommen und es hat bislang keine schlimmen Folgen gehabt. »Aber ich glaube, das ist in Ordnung so.«

Kurz vor dem Einschlafen schieben sich seine Beine zwischen meine.

»Prenna, hey«, höre ich ihn in meinem Nacken flüstern.

»Ja?«

»Falls ich dich küssen dürfte«, flüstert er, »würdest du das wollen?«

Ich müsste jetzt eigentlich lügen, ich weiß, ich müsste es uns beiden einfacher machen. Aber ich habe angefangen, die Wahrheit zu sagen, und das ist mir zu Kopf gestiegen. »Mehr als alles andere«, flüstere ich gegen die Rückenlehne.

»Ich auch.« Ich spüre, wie er einen Kuss auf mein Schulterblatt drückt, dann legt er sich zurück und schläft ein.

Kapitel 13

Wir stellen das Auto auf einem Parkplatz in der Bronx ab und schauen uns auf seinem Handy den Stadtplan an. Vielmehr er, denn meine Augen sind noch nicht gut genug. Wir biegen einmal falsch ab, bevor wir an unser Ziel gelangen. Die Straßen sind heruntergekommen und verlassen. Den zerbrochenen Scheiben nach zu urteilen, dürften die meisten Gebäude hier unbewohnt sein. Ich fürchte mich nicht wirklich vor den Gefahren, die hier im einundzwanzigsten Jahrhundert so lauern, trotzdem bin ich froh, nicht allein zu sein.

Es ist ein kalter Morgen und der Wind bläst durch Ethans T-Shirt. Von den zwei Nächten, in denen er um die Farm geschlichen ist, sieht er schmutzig und abgerissen aus. Und müde. Aber er hüpft wie ein Verrückter auf dem Gehsteig auf und ab.

»Was machst du da?«

»Keine Ahnung, ich fühl mich so gesund, energiegeladen.« Er ist ein bisschen atemlos, doch er lächelt breit.

Ich schaue ihm zu, wie er noch ein paarmal herumspringt. »Ach wirklich?« Ich glaube, ich weiß worauf er anspielt.

»Überhaupt nicht krank.«

Ich schaue ihn misstrauisch an.

Er zuckt mit den Schultern. »Ich mein ja nur.«

Schließlich finden wir die Adresse. Es ist ein großes viereckiges Industriegebäude, das die Autos, die auf der höher gelegenen Schnellstraße vorüberrasen, mit einer hell erleuchteten Dachreklame auf sich aufmerksam macht.

Am Empfang sitzt ein gelangweilter Angestellter, um dessen Hals eine ID-Karte baumelt. Er heißt Miguel und setzt seine Kopfhörer ab.

»Ausweis?«

Ich reiche ihn ihm.

»Kann ich Ihren Schlüssel sehen?«

Auch den gebe ich ihm.

»Nummer des Lagerabteils?«

Ich überlege. Ich will ihn nicht misstrauisch machen. Dass wir, zwei schmutzige und erschöpfte Teenager, hier morgens ums sieben aufkreuzen, reicht eigentlich schon. »Fünf eins sieben.« Ich gebe mir Mühe, es nicht wie eine Frage klingen zu lassen.

Er schaut auf seinem Computer nach und schiebt mir das digitale Tablet rüber. »Hier bitte unterschreiben.«

Meine Unterschrift ist unleserlich, nicht schlimmer als sonst, wenn ich auf diesen Dingern unterschreiben soll.

»Aufzug in den Fünften, zweimal rechts und einmal links«, sagt er. Er lehnt sich wieder in seinen Stuhl zurück und setzt die Kopfhörer auf.

Der Aufzug ist groß genug für ein Auto. Im fünften Stock angekommen, halte ich die Karte vor das Lesegerät, um die Tür zum Stockwerk zu öffnen. Der Knopf leuchtet auf. Meine Hände schwitzen und ich kann vor Nervosität die Beine nicht stillhalten.

»Wir sollten uns hier nicht länger als unbedingt nötig aufhalten«, sagt Ethan, als wir den Flur aus Beton entlanglaufen. Mir ist klar, dass wir beide das Gleiche denken – vielleicht sind wir nicht die Einzigen, die von diesem Ort wissen.

Ich nicke. Es gibt ein paar dick verglaste Fenster, durch die das Scheinwerferlicht der auf der Schnellstraße dahinrasenden Autos einen Stroboskopeffekt erzeugt, bei dem einem schlecht wird.

Ich kneife die Augen zusammen und versuche, meine Hand ruhig zu halten, während ich den Schlüssel drehe. Der Knauf lässt sich bewegen, und ich schiebe die Tür auf, während ich den Schlüssel in meine Jackentasche zurückstecke.

Ethan tastet an der Wand nach einem Lichtschalter, dann erwacht stotternd und blinzelnd ein Neonlicht zum Leben.

Der Raum ist etwa eins achtzig breit und zwei siebzig tief. Rechts und links an der Wand befinden sich grobe Holzregale, die fast ganz leer sind. Lediglich auf dem mittleren Regelbrett des rechten Regals stehen vier Aktenboxen und ein roter Sammelordner.

Ich gehe hinein und Ethan folgt mir. Er dreht sich zur Tür um. »Sollen wir die offen lassen?«

Ich hätte klaustrophobische Beklemmungen, wenn wir sie schließen würden. Der Flur ist menschenleer. »Ja.«

»Fangen wir hier an?«, fragt er und greift nach der ersten Kiste.

Ich nicke. Ich muss meinen ganzen Mut zusammennehmen, um hier etwas anzufassen.

»Ein Haufen Zeitungen«, sagt er. Schwingt in seiner Stimme Enttäuschung mit? Vielleicht hatte er auf irgendeine ungewöhnliche technologische Entdeckung gehofft.

»Nicht sehr … futuristisch«, sage ich.

»Nein. Macht's dir etwas aus, wenn ich mir die anschaue?«

»Nur zu.«

Ich lege meine Hände um die zweite Schachtel. Ich muss mich regelrecht dazu überreden, sie einen kleinen Spalt zu öffnen. Nicht nur aus Angst, etwas zu erfahren, sondern als Folge von jahrelanger Gehirnwäsche – die Privatsphäre war heilig, Blicke auf Verbotenes waren tabu. Manche Gefühle, wie Vertrauen oder Geborgenheit, fallen uns schwer, andere, wie Schuld oder Misstrauen, sind jederzeit abrufbar.

Die Schachtel ist in mehrere Fächer unterteilt, und auf einem stehen in schwarzem Filzstift meine Initialen – meine alten Initialen. Wie die Immigranten, die einst in Ellis Island ankamen, hat keiner von uns seinen Nachnamen beibehalten, als wir hierherzogen.

Obenauf liegt ein schlichtes Blatt Papier mit einer Buntstiftzeichnung von einer Familie. Die einzelnen Figuren sind kindlich plump dargestellt, mit Beinen wie Besenstiele, ovalen Füßen, großen Händen mit runden Fingern und Köpfen, die aussehen wie Lutscher. Der Vater hat glattes schwarzes Haar und einen Bart, die Mutter gelbes Haar, sie hält ein eiförmiges blaues Baby im Arm, daneben steht ein großes Mädchen mit dem schwarzen Haar seines Vaters und graublauen Punkten als Augen, genau wie seine Mutter. Sie hält einen kleinen dunkelhaarigen Jungen an der Hand – oder vielmehr sind ihre beiden Hände übereinandergemalt.

Es bedarf einer seltsamen Selbstbesinnung, um diese Zeichnung mit mir in Verbindung zu bringen, um die schwache Erinnerung an das Malen dieses Bildes mit meinen Händen, meinen Augen und meinen Gedanken in Beziehung zu setzen. Ich versuche, das kleine Mädchen in meinen Erinnerungen mit meiner gegenwärtigen Person in Beziehung zu setzen.

Darunter liegt eine Geburtstagskarte für meinen Vater,
sie ist ebenfalls von dem kleinen Mädchen aus meinen Erinnerungen angefertigt worden, also von mir. Darunter noch eine und noch eine. Auf der ersten ist die Schrift ein ziemliches Gekrakel, mein Name steht dort in Blockbuchstaben, groß und nicht auf einer Zeile, die meisten von ihnen verkehrt herum und unten verwischt, so als hätte ich noch niemals zuvor etwas geschrieben. Das war ich. Dort steht mein Name. Ich habe für meinen Vater eine Karte geschrieben.

Ich setze mich auf den Boden und ziehe die Schachtel zu mir auf den Schoß. Da sind meine ersten Versuche, das Alphabet und die Zahlen bis zwanzig zu schreiben, Rechtschreibübungen, die mein Vater mir aufgegeben hat, eine halbe Seite, auf der ich meinen kleinen Bruder beschreibe, mein erste Zusammenfassung eines Buchs, *Misty of Chincoteague* hieß es.

Außerdem gibt es Aufsätze zu den Anfängen des Internets, zur Wasserkrise von 2044, dem großen Wirbelsturm von 2072, bei dem in einer einzigen Nacht an der Ostküste fast ein Meter zwanzig Schnee fielen. Ich muss sie fast gar nicht lesen, so gut erinnere ich mich an diese Arbeiten. Oben auf der Seite steht bei allen eine Note. Ich habe meinen Vater angebettelt, mir Noten zu geben, ich wollte wie eine richtige Schülerin sein, über die ich in Büchern las, und nicht irgendein Teenager, der am Küchentisch Aufsätze verfasste.

Es gibt auch einen Aufsatz über die Blutpest von 2087, ich habe ihn angefangen, aber nicht zu Ende geschrieben. Als Datum steht unter meinem Namen das Jahr 2095. Ich erinnere mich an den Vorwand, den ich angab, damit ich den Text nicht beenden musste, und auch an den wahren Grund. Die Pest war zurückgekehrt. Sie war nicht Geschichte, sondern sie lauerte und tobte draußen vor unserer Tür. Ich hatte beschlossen, dass es besser war, über Dinge zu schreiben, die vorbei waren, und es sah ganz so aus, als ob die Blutpest gerade erst Einzug gehalten hätte.

In einem anderen Fach befinden sich Sachen von meiner Mutter: Collegedokumente und medizinische Zeugnisse, verschiedene Urkunden und Auszeichnungen. Es rührt mich, dass mein Vater das alles aufgehoben hat. Ihr Labor schloss in den Siebzigerjahren und so gibt es danach nicht mehr viel. Ich finde einen Ausschnitt aus der Collegezeitung, und ich wünschte, ich könnte besser entziffern, was dort steht. Ich kann nur die in großen Lettern geschriebene Überschrift lesen, in der meine Mutter als die Gewinnerin eines Debattier-Wettbewerbs unter verschiedenen Colleges gefeiert wird. Sie, eine Rednerin! Ich kann mir das fast nicht vorstellen. Ich schaue mir das Bild von ihr an, sie lächelt breit und vertrauensvoll. *Und du willst meine Mutter sein?*, möchte ich die junge Frau auf dem Bild fragen.

Ich kann mir das alles nicht weiter ansehen. Die Erinnerungsstücke in der Schachtel holen nach und nach Erinnerungen in mir hervor und jede einzelne bindet mich wie mit Schnüren an mein altes Selbst. Jede erinnert mich an Poppy, der langsam und qualvoll die Gestalt des alten Mannes annimmt, der in meinem Schoß stirbt.

Hier ist die Vergangenheit, die ich vergessen soll. Hier ist sie, sie ist Realität. Sie ist ein Teil von mir und hat mich zu der gemacht, die ich bin.

Dass sie sich noch nicht ereignet hat, bedeutet nicht, dass sie nicht stattfand. Sie fand statt, sie ist Realität, mich gibt es wirklich. Ich bin nicht irgendeine Erfindung aus dem Nichts, durch die Zeit schwebend. Ich hatte eine Familie, die es wirklich gab. Ich hatte einst einen Ort, an den ich gehörte.

Hinter mir höre ich Papierrascheln. Ich drehe mich um und hole mich in die Gegenwart, in diesen Raum und zu Ethan zurück.

»Was hast du entdeckt?«, frage ich.

»Diese Zeitung ist von Dienstag.«

Ich erhebe mich und gehe zu ihm hinüber.

»Nicht vom vergangenen Dienstag, sondern vom kommenden.«

In der Tat sehe ich eine vergilbte und zerknitterte Ausgabe der New York Times, die über einen Tag berichtet, der noch nicht stattgefunden hat. Ich kneife die Augen zusammen und schaue auf das Datum. Ich kenne diesen Sonntag, ich habe viel über ihn nachgedacht, es ist der Tag, an dem alles zu spät ist.

»Was ist mit den anderen?« Ich bemerke einen Stapel, den er säuberlich auf dem Boden abgelegt hat.

Er reicht mir die Sonntagsausgabe. »Die lag obenauf. Mit der hat er sich offenbar am meisten beschäftigt, es sieht aus, als hätte er die Seiten immer wieder auseinandergenommen und gelesen.«

Ich nicke. Ich falte die Zeitung zusammen und stecke sie in die Reisetasche, die Ethan mitgebracht hat, falls wir schnell abhauen müssen.

»Es gibt ungefähr zehn Zeitungsausgaben. Eine von 2010 und eine für jedes Jahr bis heute.« Er schüttelt den Kopf, es sieht aus, als ob er leicht schielen würde. »Mir war nicht klar, dass sie über die Gegenwart hinausreichen würden. Sieh nur!« Er nimmt einen weiteren Stapel aus dem Regal und schaut sie vorsichtig durch. »Noch zwei von diesem Monat, dann eine später in diesem Jahr, eine vom nächsten Jahr, vom Jahr danach und dann …« Er sieht sich die letzte Zeitungsausgabe in der Schachtel an. »Unglaublich, vom Juni 2021.«

»Das ist eine der letzten Ausgaben überhaupt«, sage ich.

»Wie lange gab es noch welche?«

Ich versuche, mich an meinen Geschichtsunterricht zu erinnern. »Ich glaube, nach den frühen Zwanzigern gab es keine gedruckten Nachrichten mehr«, sage ich.

»Unglaublich«, kommentiert er. »Und danach war alles digital?«

»Im Grunde schon. Danach fand eigentlich die gesamte Nachrichtenerstattung nicht mehr im Zeitungsformat statt.«

»Deshalb überraschen mich diese Papierberge«, meint Ethan. »Sogar heutzutage sind Zeitungen veraltet. Ich hatte mir vorgestellt, er hätte alles auf irgendeinem irren technologischen Gerät gespeichert. Das wäre auch viel einfacher zu transportieren und aufzubewahren als dieses ganze Papier hier …«

Mich überrascht das nicht unbedingt. Mein Vater liebte Papier, sogar von vorher noch. »Denk mal drüber nach«, sage ich. »Papier ist ein Objekt, etwas zum Anfassen. Man kann das, was dort steht, nicht einfach manipulieren, überschreiben, updaten, neu herunterladen, hacken oder dergleichen. Papier ist zwar filigran, aber es ist eine authentische Momentaufnahme aus unserer Geschichte. Wir können sicher sein, dass diese Version von Geschichte tatsächlich so niedergeschrieben wurde.«

Ethan nickt. »Ich verstehe, was du meinst.«

»Im Augenblick sind die Leute von der digitalen Welt begeistert, riesige Datensysteme, die eigene Cloud und all das. Niemand hat viel für Papier übrig, doch ich glaube, die Begeisterung wird sich nach einer Weile legen«, erzähle ich ihm. »Mit der Zeit wissen die Leute – mein Vater auf jeden Fall – wieder die Verlässlichkeit von Dingen zu schätzen, die man anfassen kann.«

Ethan hebt die Ausgabe vom folgenden Sonntag auf. »Ich fürchte mich fast, mir die anzusehen. Weißt du, was das bedeutet?«

»Ich glaub schon.« Ich höre draußen die Autos vorbeifahren und mir wird kalt.

»Hast du eine Ahnung, wie viel Macht dir diese paar Seiten Papier geben?«

»Ja. Besonders wenn die Meldungen stimmen.«

»Warum sollten sie das nicht? Du hast gesagt, das hier wäre eine authentische Momentaufnahme aus unserer Geschichte.«

»Schon, aber es ist nur eine Momentaufnahme«, erwidere ich.

Ethans Gesichtsausdruck drückt Unbehagen aus. Er weiß bereits, worauf ich hinauswill.

»Diese Zeitung zeigt uns etwas viel Wichtigeres als Aktienkurse, Sportergebnisse und die Ereignisse des Tages, an dem sie gedruckt wurde«, sage ich.

»Und das wäre?«

»Ob wir wirklich was verändert haben. Wir sind aus der Zukunft gekommen und stellen hier alles Mögliche an – an dem Unterschied zwischen dem, was derzeit in der Welt passiert, und dem, was in dieser Zeitung steht, können wir ablesen, ob wir seitdem irgendwas bewirkt haben.«

»Was sagst du dazu?« Ethan reicht mir den roten Ordner, in dem sich ein Stapel loser Blätter befindet. Auf jedem klebt das Foto einer Person, darunter stehen einige gedruckte Informationen, meist Krankenprotokolle, und ein paar handschriftliche Notizen. Ganz obenauf liegt das Blatt über eine Frau namens Theresa Hunt. Sie wurde 1981 geboren. Ich habe Mühe mit dem Kleingedruckten, aber mein Blick wandert zu einer rot umrandeten Anmerkung: *Patient #1?*

Dann kommt ein dreijähriger Junge namens Jason Hunt. Ich nehme mal an, es handelt sich um Theresas Sohn. *Patient #2* ist dort angemerkt.

Es gibt mindestens ein Dutzend Blätter mit ähnlichen Informationen. Sie sind nicht alle als Patienten deklariert, gehören jedoch alle eindeutig zum selben Projekt. Sind diese Leute krank? Sind sie immer noch am Leben? »Vielleicht hat er versucht, die Anfänge der Pest zu dokumentieren. Ich bin mir nicht sicher.« Ich blättere zum letzten Blatt. »Ich hätte nicht gedacht, dass die Blutpest bereits so früh ausgebrochen ist, aber es ist nicht ausgeschlossen, nehme ich an. Vielleicht gab es eine Vorläuferepidemie.«

Ich weiß, dass sich die Seuche mehrfach verändert hat und sich mit jedem Mal verschlimmerte. Am Anfang breitete sie sich langsam aus, am Ende wurde sie von Mücken übertragen. Allerdings möchte ich Ethan die Details fürs Erste ersparen.

Ich stecke den Ordner in die Reisetasche, damit ich ihn durchschauen kann, wenn wir mehr Zeit haben und mein Augenlicht sich verbessert hat.

Dann nehme ich mir die dritte Schachtel vor. Ich öffne sie und ziehe hörbar die Luft ein.

»Was ist los?«, fragt Ethan.

»Hier ist Geld drin, Unmengen an Bargeld. Das meiste Fünfziger und Hunderter. Ich hoffe, er hat keine Bank ausgeraubt.«

»Das glaube ich nicht.«

Ich sehe in allen Fächern der Schachtel nach, überall ist Geld versteckt. »Mein Gott, das ist richtig viel.« Ich sehe nach dem Datum auf den Geldscheinen. Einige stammen aus den Jahren 2008/2009 und reichen bis in die Gegenwart. In einem Umschlag stecken Scheine vom nächsten und übernächsten Jahr. »Das muss er hierher mitgenommen haben.«

»Ich frage mich, wie er dazu kam. Das scheint richtig viel zu sein. War er reich?«

Ich versuche, mich an Gelerntes zu erinnern. »Nein, das ist es nicht. In den Fünfzigerjahren gab es eine unglaubliche Inflation des Dollars, glaube ich. Ich erinnere mich, dass mein Dad mir erzählt hat, dass 2056 eine Fahrt mit der U-Bahn zweihundertfünfzig Dollar kostete und ein Doughnut fünfhundert.«

»Du machst Witze. Wie teuer war das alles, als du klein warst?«

»Keine Ahnung. Die USA haben den Dollar abgeschafft und in den frühen Sechzigerjahren eine neue Währung eingeführt und in den späten Sechzigern noch einmal eine andere. Als ich klein war, hieß die Währung, die wir damals benutzten, Goldbacks. Das Geld war nichts wert, doch zu diesem Zeitpunkt waren Doughnuts sowieso unbezahlbar. Die alten grünen Dollarscheine hatte man zum großen Teil vernichtet, nehme ich an. Aber ich kann mich erinnern, dass ich sie manchmal noch irgendwo gesehen habe. Ich kann mich sogar erinnern, dass wir sie im Kamin verbrannten, sonst konnte man auch nichts mehr damit anfangen.«

Ethan kann es offenbar nicht fassen. »Hier kann man die gut gebrauchen.«

»Ich weiß. Als ich hier ankam, war ich ganz schön überrascht. Es fällt schwer, diese Papierscheine ernst zu nehmen, nachdem wir sie damals einfach in den Kamin geworfen haben.«

»Dein Vater muss die hier gerettet haben, weil er wusste, dass sie noch gut zu gebrauchen waren.«

»Verstehst du jetzt, was ich vorhin mit seiner Liebe zu Papier gemeint habe?« Ich reiche Ethan einen Stapel, damit er sich selbst überzeugen kann.

Er wirft einen schätzenden Blick darauf. »In dieser Schachtel liegen bestimmt einhunderttausend Dollar.«

»Ich steck ein bisschen was davon in unsere Tasche.«

»Pass auf, dass du nur Geldscheine einpackst, die auch wirklich bereits gedruckt wurden.«

Ich schaue auf das Datum des ersten Stapels, bevor ich ihn in der Tasche verschwinden lasse. »Man weiß nie, wofür man …«, ich versuche, rasch den Wert der Scheine abzuschätzen, »fünftausend Dollar gebrauchen kann.«

Er reißt die Augen auf. »Und was machst du mit dem Rest?«

»Im Augenblick nichts, wir haben Wichtigeres vor.«

Ich wende mich der letzten Schachtel zu und stelle fest, dass sich dünne, halb durchsichtige schwarze Karten darin befinden, die in Stapeln sortiert sind. »Die hier werden dir noch besser gefallen«, sage ich zu Ethan.

Er kommt zu mir, um sie in Augenschein zu nehmen.

»Das sind Erinnerungsspeicher, eine Karte für jeden Monat. Jeder Stapel umfasst ein Jahr.« Ich ziehe eine Karte heraus. »Ich habe keine Ahnung, mit welchem Gerät man die hier lesen kann, aber sollten wir eins finden, dann können wir in die Zukunft sehen.«

»Was meinst du mit Erinnerungsspeicher?«

»Die wird es bald geben, in den nächsten drei Jahren, wenn ich in der Geschichtsstunde richtig aufgepasst habe«, erkläre ich ihm. »Die Leute fangen an, ihre Erinnerungen zu speichern. Es ist ziemlich einfach. Die Technologie gibt es schon, jeder, der ein Telefon hat, besitzt sie bereits. Es ist das gleiche Prinzip, das unsere Betreuer mithilfe der Brillen einsetzen. Wenn du dein Telefon hochhältst und alles filmst, kannst du den ganzen Tag lang alles, was du tust, siehst und hörst, aufnehmen. Das ist natürlich ziemlich umständlich und keiner macht es, aber so funktioniert das Ganze.

Das erste Gerät, das groß in Mode kam, nannte sich iMemory und war eine winzige Kamera mit eingebautem Mikrofon, so groß wie eine Perle, die man als Ohrring tragen konnte oder als Kettenanhänger oder irgendwo anders. Nach einiger Zeit wurde das Ding noch kleiner und die Leute ließen es sich in ihre Ohrläppchen implantieren. Es nimmt automatisch alles auf, was man im Laufe eines Tages sieht und macht, und aktualisiert und speichert alle Daten automatisch in der Cloud. Das meiste ignoriert man natürlich, weil es stinklangweilig ist. Aber wenn du zum Beispiel deine Geldbörse verlierst oder die Schlüssel oder das Telefon, und du möchtest wissen, wo du sie hingelegt hast, ist es ganz nützlich. Oder du willst beweisen, dass du den Müll wirklich rausgetragen oder die Mathehausaufgabe wirklich gemacht hast oder dass deine Schwester dich zuerst gehauen hat, dann kannst du ganz leicht danach suchen. Man kann nach Datum, Zeitangaben oder Schlüsselbegriffen vorgehen. Man kann jede Minute seines Lebens nachverfolgen.

Natürlich nutzen es nicht sehr viele, aber den Leuten gefällt es, dass sie notfalls davon Gebrauch machen können. Am Anfang war es für die Leute angeblich so, als würden sie unsterblich, weil sie ihr ganzes Leben festgehalten hatten.

Im Augenblick mag das noch komisch klingen, aber bald werden das alle machen. Für manches ist es sehr nützlich – zum Beispiel für Verbrechensbekämpfung. Niemand kann sich mehr etwas ungestraft zuschulden kommen lassen. Die Probleme fangen an, wenn nicht nur du, sondern auch andere Zugang zu deinen Daten haben.«

Ich halte den Stapel hoch. »Die sind von meinem Vater. Der Stapel hier ist aus dem Jahr 2058. Das ist vielleicht der früheste – hier, der ist aus dem Jahr 2086. In dem Jahr bin ich geboren.«

Er zieht mich an einer Haarsträhne. »Heißt das, ich kann sehen, wie du auf die Welt kommst?«

»Vielleicht, wenn wir diese Woche überstanden haben.« Ich sehe die Jahrzehnte mit den Erinnerungen meines Vaters durch, darunter finde ich Stapel mit den Initialen meiner Mutter.

»Unglaublich«, meint Ethan.

Ich ziehe die Speicherkarten heraus und ordne sie nach Jahren. Meine Augen tun weh, aber ich strenge mich an, jeweils das Datum zu entziffern. Schließlich finde ich meine eigenen Erinnerungen, viereinhalb Stapel. Ich habe mit dem Speichern erst im Alter von sieben begonnen. Und ich bemerke einen unvollständigen Stapel mit dem kurzen Leben und den wenigen Erinnerungen von Julius. Ich lege alles zurück und verschließe die Schachtel. Erschöpft lege ich die Hände vor mein Gesicht. Wie wäre es wohl, die Welt durch seine Augen zu sehen?

Ich stehe auf. Mehr kann ich im Augenblick nicht ertragen.

Ethan untersucht gerade ein gelbes Blatt Papier, das er in der letzten Schachtel zwischen den Erinnerungsspeichern gefunden hat. Etwas an seiner Haltung beunruhigt mich.

»Ethan?«

Keine Antwort. Ich gehe zu ihm hinüber. Er starrt auf eine verblasste Zeichnung. Blinzelnd versuche ich, die Bleistiftlinien zu erkennen.

»Das sieht alt aus«, sage ich. »Was ist das?«

Immer noch keine Antwort. Ich lehne mich nach vorn,

um besser sehen zu können. Es ist die Skizze von irgendeinem Sturm, an einer Seite befinden sich Pfeile und Diagramme. Unten ist über die ganze Breite eine Landkarte gezeichnet.

»Alles klar?«, erkundige ich mich.

Ethan sieht von der Zeichnung auf. So hab ich ihn noch nie gesehen. »Weißt du, was das hier ist?«, fragt er.

»Nein.«

»Das ist von mir. Das ist die Zeichnung, die ich über jenen Tag am Fluss gemacht habe, ich habe dir davon erzählt. Der Tag, an dem du angekommen bist und an dem ich dich gefunden habe.«

»Hast du ihm die gegeben?«

»Nein. Genau das ist es, was ich nicht verstehe, Pren. Sie liegt zu Hause in der untersten Schublade von meinem Schreibtisch.«

»Jetzt, in diesem Moment?«

»Jetzt, in diesem Moment.«

»Bist du sicher?«

»Ich bin ganz sicher.«

»Hast du eine Kopie davon gemacht?«

»Es gibt keine Kopie.«

Ich überlege. »Du willst damit also sagen, du hast sie ihm noch nicht gegeben.«

Januar 2012

Lieber Julius,

Mom hat mich dabei erwischt, wie ich einen Brief an dich geschrieben habe. Sie hat gesagt, ich dürfte dir niemals mehr schreiben oder sie würde es Mr Robert sagen. Ich habe ihr gesagt, ich würde im Dunkeln schreiben und dass niemand davon wüsste, aber sie hat es mir trotzdem verboten.

Und damit ist das mein letzter Brief. Ich wollte dir nur noch sagen, dass es wunderschön ist, wo wir jetzt leben. Es gibt vieles hier, das nicht einfach ist, aber gestern bin ich nach der Schule im Schneefall durch den Park nach Hause gelaufen und fühlte mich überglücklich.

Das Schlimmste ist, dass du nicht hier bei mir bist, doch es ist nicht mehr so schlimm, wie es mal war. Damals war dein Leben vorbei, aber im Jetzt hat es noch gar nicht begonnen. Wir bringen alles in Ordnung, und wenn dann dein Leben wirklich anfängt, kannst du die schönsten Sachen machen. Du kannst im Meer schwimmen und so viel Mangos essen, wie du willst. Und du wirst Eichhörnchen sehen und Bienen und vielleicht hast du einen Hund als Haustier. Und ich werde dir zeigen, wie man diese Zwiebeln in die Erde einsetzt, die im Frühling zu Blumen werden.

Für uns wird das Leben besser sein. Diesmal lebst du weiter, das verspreche ich dir.

Alles Liebe,
Deine Schwester Prenna

Kapitel 14

Es ist immer noch Freitag. Wie in einem Traum fahren wir den Meadowbrook Parkway entlang. Die Sonne scheint, und ich halte einen Fuß aus dem Fenster und spüre, wie der Wind mir durch die Zehen fährt.

Wir halten am nächsten Supermarkt an, um ein Handy mit Prepaid-Karte zu besorgen.

»Nur zu, keine falsche Bescheidenheit«, scherzt Ethan, als ich zwei hochhalte und ihn fragend anschaue. Schließlich hat man nicht jeden Tag Tausende von Dollars zum Ausgeben.

Eins der Handys benutze ich, um meine Mutter anzurufen. Ich habe mich schon gefragt, ob sie über alles Bescheid weiß und dass ich entkommen bin. Ich weiß, dass sie Fehler nicht gerne zugeben oder auch nur den Eindruck erwecken, als hätten sie nicht alles im Griff.

»Ich kann nur ganz kurz mit dir reden, Molly«, sage ich atemlos, als sie antwortet. Mir wird angst und bange bei dem Gedanken, dass sie uns irgendwie ausfindig machen können, wenn ich zu lange telefoniere.

»Prenna! Wo steckst du?«

»Mir geht's gut. Ich hab's geschafft, Mr Robert davonzulaufen, es ist niemand verletzt. Ich muss was erledigen, von dem Poppy mir erzählt hat, aber ich bin spätestens am Sonntag wieder zurück.« Im Hintergrund höre ich Stimmen, sie ist offenbar nicht allein. »Mom?«

»Prenna?«, sagt eine andere Stimme. Ich glaube, jetzt ist Ms Cynthia am Telefon, ihre Stimme lässt mir das Blut in den Adern gefrieren. »Kannst du mich hören, Prenna? Das Leben wird für deine Mutter nicht sehr angenehm, wenn du so weitermachst. Und für Katherine auch nicht.«

Das ist einfach absurd, was sie da sagt. Ich sollte das Gespräch beenden. »Sie haben nichts getan.«

»Dann solltest du umso mehr Rücksicht auf sie nehmen.«

»Ich will ihnen bestimmt nicht wehtun!« In mir erwacht die einst Zwölfjährige zum Leben, um uns gegen die heimtückische Ms Cynthia zu verteidigen. Sie fängt erneut an zu reden, aber ich unterbreche sie.

»Ich bin in zwei Tagen wieder zurück. Wenn Sie die beiden in Ruhe lassen, komme ich direkt zu Mr Roberts Büro und ergebe mich. Sie können dann mit mir machen, was Sie wollen. Aber wenn Sie ihnen auch nur ein Haar krümmen, lasse ich alles hochgehen, darauf können Sie sich verlassen.« Ich beende das Gespräch, zerbreche das Telefon an dem Scharnier zwischen Bildschirm und Tastatur und werfe es über den Parkplatz.

Dann laufe ich ein paar Meter vom Auto weg, gehe in die Knie und verberge mein Gesicht in den Händen. Kurz darauf spüre ich Ethans Hand auf meinem Rücken.

»Das ist nicht gut gelaufen.«

»Nicht ganz so gut.« Ich wische mir über die Augen. »Aber es wird schon gut gehen.«

»Bestimmt?«

»Bestimmt.« Und tief in mir weiß ich, dass das stimmt, denn zum allerersten Mal war nicht meine Stimme voller Angst. Sondern die von Ms Cynthia.

Möglicherweise ist das in meinem Leben hier die erste Stunde in Freiheit, und deshalb beschließen wir, uns den Atlantik mit eigenen Augen anzusehen. »Wir scheinen am richtigen Ort zu sein«, meint Ethan philosophisch, und damit hat er recht.

Mein Augenlicht wird tatsächlich besser und es fühlt sich wunderbar an. Es ist anders und klarer als jemals zuvor, als ich noch diese blöde Brille getragen habe. Als wir unter blauem Himmel und einer dunstig gelben Sonne am Meeresufer entlangfahren, mit den Dünen des Atlantischen Ozeans direkt vor meinem Autofenster, macht die Erde den Eindruck, als wäre sie frisch geschrubbt und wunderschön.

Ethan wirft mir einen Blick zu und lächelt.

Wir fahren zum Jones Beach, Field Two, und stellen den Wagen neben einem Imbiss ab. Der Strand füllt sich, und warum auch nicht? Heute ist ein schöner, sehr warmer Maitag.

»Das ist einfach perfekt«, ruft Ethan aus, während wir zuschauen, wie Gruppen von Leuten in Strandkleidung vorbeilaufen, mit Kühltaschen, Sonnenschirmen und ein paar kleinen Kindern beladen. »Es gibt keinen besseren

Ort für zwei Leute, die um ihr Leben rennen und sich über das Schicksal der Menschheit den Kopf zerbrechen, findest du nicht?«

Für den Augenblick bleiben wir aber noch im Auto. Ethan nimmt die New York Times vom nächsten Sonntag heraus und teilt sie zwischen uns beiden auf.

»Du kannst inzwischen scharf sehen, oder?«, fragt Ethan und beobachtet mich, wie ich das Kleingedruckte auf Seite eins entziffere. Er ist so stolz, als hätte er mir das Lesen beigebracht.

Wir geben uns gelassen, doch ich weiß, dass uns beiden ziemlich unbehaglich zumute ist und wir uns davor fürchten, die Ausgabe aufzuschlagen und sie zu lesen. Als meine Familie emigrierte, haben wir Zeitreisende so wenig mitgenommen, dass mir diese Zeitung ebenso merkwürdig vorkommt wie Ethan.

Ich fange mit dem Wetter oben an. »Mithilfe dieser Zeitungsausgaben könnte ich Karriere als Wetterexpertin machen«, sage ich.

Ethan überfliegt beklommen die Sportseiten. »Und bei Sportwetten könnte man sich eine goldene Nase verdienen. Ich fange immer mit dieser Seite an, aber eigentlich ist sie so unwichtig.«

»Ich weiß, was du meinst.« Ich nehme den Sport- und den Wirtschaftsteil und lege sie zur Seite. »Lass uns die für den Moment mal vernachlässigen.«

Zusammen durchforsten wir die ersten Seiten. Wir überfliegen Überschrift für Überschrift, Spalte für Spalte, aber mir fällt nichts ins Auge, was aus der Fülle von Nachrichten herausragen würde, jedenfalls nicht, soweit ich das beurteilen kann. Offenbar ist es denen von der Immigration gelungen, hier bislang so rein gar nichts in Ordnung zu bringen. Vielleicht haben sie es auch geschafft, unabsehbare Veränderungen zu verhindern.

Irgendwann lässt Ethan die Zeitung sinken und schaut mich an, als wollte er sagen, *was machen wir eigentlich hier?* Er tut mir leid. Ich bin daran gewöhnt, dass die Welt auf dem Kopf steht.

Unwillkürlich denke ich an seinen Gesichtsausdruck, als er in Poppys Schachtel seine Zeichnung von damals gefunden hat. Er hat für heute ganz schön was hinter sich und es ist noch nicht einmal Mittag.

Ich berühre ihn leicht am Handgelenk. »Tut mir leid, dass ich dich da mit hineinziehe.«

Eine Sekunde lang schaut er mich so an wie immer. »Ich stecke bereits bis über beide Ohren drin, Henna. Seit dem ersten Tag, an dem ich dich gesehen habe. Zum Abhauen ist es zu spät.«

»Ich glaube, wir sollten uns den Lokalteil vornehmen«, schlage ich vor, nachdem wir uns ein Sandwich, eine Tüte Chips und eine Limonade vom Imbiss geteilt haben und wieder im Auto sitzen. Ich lege die Seiten ausgebreitet vor uns hin. Auf einer unteren Seitenhälfte steht ein großer Artikel mit den Fotos von einem Mann und einer Frau.

Ethan beugt sich vor. »Das kann nicht wahr sein. Weißt du, wer das ist?« Er meint die Frau. Ich rücke zur Seite, damit er den Text lesen kann. Sein Finger verharrt bei ihrem Namen in der ersten Spalte. »Auf jeden Fall, das ist sie!«

»Wer?«

»Mona Ghali, die Wissenschaftlerin, die diesen Artikel geschrieben hat, von dem ich dir erzählt habe. Aus dem Labor, wo ich im letzten Sommer ein Praktikum gemacht habe.«

»Den Bericht, den du Ben Kenobi zeigen wolltest?«

»Genau die.«

»Mein Gott, was ist mit ihr?«

Wir sind beide so aufgeregt und außer uns, dass wir den Bericht nur schnell überfliegen. Erst dann werfe ich einen Blick auf die Überschrift. »Ich glaube, sie ist tot.« Ich lese laut vor: *»Liebesstreit mit tödlichen Folgen.«* Ich versuche, mich zu beruhigen und die ersten beiden Absätze langsam und konzentriert zu lesen. »Soweit ich sehe, ist der Streit für sie tödlich ausgegangen.« Ich zeige auf den Mann. »Dieser Typ« – ich suche nach dem Namen – »Andrew Baltos hat sie umgebracht.«

Ethans Gesichtsausdruck ist entsetzt. Er hat aufgehört zu lesen. »Sie ist tot?«

Ich schaue noch mal aufs Datum, um ganz sicher zu sein. »Nein. Im Augenblick lebt sie noch. Aber am Samstagabend gegen neunzehn Uhr vierundvierzig wird sie nicht mehr am Leben sein.«

Ethan starrt auf den Artikel, doch er bringt es nicht fertig, ihn selbst zu lesen. »Warum? Warum sollte sie jemand umbringen?«

»Hier steht, dass dieser Andrew ihr Lebensgefährte ist

und dass sie aneinandergeraten sind.« Ich lese etwas weiter. »Der Typ streitet die Tat nicht ab. Angeblich war es Selbstverteidigung, sie hätte ein Gewehr gehabt.«

Ethan lässt das einen Moment sacken. »Meinst du, das könnte es sein?«

Wir beide wissen, was mit *es* gemeint ist. Das hier ist so bedeutsam, das kann kein Zufall sein. »Ich nehme es an.« Meine Hände zittern nervös, während ich die Zeitung so glatt streiche, dass in der Mitte des Fotos keine einzige Knitterfalte mehr ist. »Wusste mein Vater davon?«

»Ich habe ihm von ihrer Arbeit erzählt. Nicht von ihrer Forschung zur Wellenenergie, sondern zur Dunklen Materie, mit der sie sich nebenbei beschäftigt hat. Ich weiß nicht, ob ich ihren Namen erwähnt habe. Auf jeden Fall hatte ich keine Gelegenheit mehr, ihm den von ihr verfassten Artikel zu geben.«

Ich ruhe einen Moment lang meine Augen aus, bevor ich weiterlese. »Und es war an ihrem Geburtstag.«

»Sie wurde an ihrem Geburtstag umgebracht? Ich meine, *wird* umgebracht?«

»Wie Shakespeare. Auch er ist an seinem Geburtstag gestorben.« Ich lese den Artikel zu Ende. »Ich hatte gedacht, wir würden nach einem politisch motivierten Mord Ausschau halten oder vielleicht sogar einem wirtschaftlich motivierten. Verstehst du, was ich meine? Ich hatte mir nicht unbedingt eine junge Frau vorgestellt, die sich an ihrem Geburtstag mit ihrem Freund streitet.«

Ethan starrt auf den Artikel. »Na ja, diese junge Frau *ist* ungewöhnlich.«

Ich wende mich wieder der Zeitung zu. »Das Labor ist in Teaneck?«

»Ja.«

»Dort ist es also passiert … ähm, passiert es.«

Er schüttelt den Kopf. »Verrückt, ich war unzählige Male dort.«

»Das könnte uns nützlich sein, oder?« Ich breite die Zeitung auf dem Armaturenbrett aus, damit ich das Foto des Mannes aus der Nähe und bei Sonnenlicht betrachten kann.

»Wir müssen herausfinden, wer dieser Typ ist, wirklich alles, was wir über ihn in Erfahrung bringen können.«

Ethan nickt. »Ich trage ihren Artikel immer noch in meinem Rucksack herum, ich kann nicht glauben, dass sie tot ist.«

»Ist sie auch nicht.«

»Dass sie bald sterben wird, habe ich gemeint.«

»Wir werden dafür sorgen, dass sie am Leben bleibt. Vergiss das nicht!«

Um auf der sicheren Seite zu sein, durchforsten wir den Rest der Ausgabe vom 18. Mai und überfliegen die anderen drei Zeitungen, die wir dabeihaben, und damit sind wir am Monatsende angelangt.

Fast sofort sticht uns eine Nachricht ins Auge. In der Ausgabe vom 21. Mai beschreibt ein Artikel, der sich im Lokalteil versteckt, eine ungewöhnliche Wende im Fall Mona Ghali und Andrew Baltos. Was zu Beginn nach einem Streit zwischen Liebhabern und Tötung aus Notwehr aussah, scheint in Wahrheit komplizierter zu sein. In Mona Ghalis Büro wurden die Daten von zwei Computern komplett gelöscht und ein Aktenschrank ausgeraubt.

In der Ausgabe vom 28. Mai steht, dass auch in Mona Ghalis Wohnung eingebrochen wurde – noch am Abend, als sie starb, war dort alles sorgfältig durchsucht worden.

Außerdem wird ein Bericht vom 27. Mai erwähnt, den wir nicht zur Verfügung haben. Sobald sich die Tatbestände verdichteten, verschwand Baltos, bevor ihn die Polizei in Untersuchungshaft nehmen konnte. Sie gehen davon aus, dass er das Land mit einem gefälschten Pass verlassen hat.

»Das hätte nicht passieren dürfen«, kommentiert Ethan, als ich ihm das Ganze vorlese.

»Klingt nach einem mysteriösen Burschen«, sage ich und blicke von der Zeitung auf. »Er ist kein US-Bürger, sie kennen seinen wirklichen Namen nicht und haben keine Ahnung, wie er ins Land gekommen ist. Vermutlich illegal.«

»Vielleicht ist es tatsächlich eher so, wie du dachtest«, meint Ethan, als ich ihm alles vorgelesen habe, was über den Mordfall in der Zeitung steht. »Baltos wollte sie umbringen – will sie umbringen –, und zwar wegen ihrer gegenwärtigen und zukünftigen Forschungsarbeit, und genau deswegen müssen wir sie retten.«

»Aber dieser Typ kennt doch die Forschungsergebnisse noch gar nicht, zu denen sie in der Zukunft gelangen wird. Er verfügt nicht über das Wissen, das wir haben. Er hat keine Ahnung, dass das hier die Zeitgabel ist, an der sich alles entscheidet.«

Ethan starrt wieder auf das Foto des Mannes. »Bist du dir da sicher?«

»Zu unserer Immigrantengruppe kann er nicht gehören.«

»Woher weißt du das?«, fragt Ethan.

»Weil er in dieser Zeitung auftaucht. Die Ausgabe wurde verfasst und gedruckt, bevor wir hier ankamen.«

»Stimmt, natürlich.« Ethan schüttelt den Kopf, als wolle er Klarheit in seine Gedanken bringen.

»Trotzdem kann man diese Zeitgabel verursachen, ohne dass man sich dessen bewusst ist«, sage ich. »Und er muss geahnt haben, dass sie etwas Wichtigem auf der Spur war. Warum sonst hätte er ihre Forschungsarbeiten entwenden sollen? Um sich mit fremden Federn zu schmücken?«

Ethan denkt darüber nach. »Falls er das versucht hat, war er nicht sehr erfolgreich. Die Zukunft ist laut Ben Kenobi eine einzige Klimakatastrophe. Es klingt nicht so, als hätte man von der Revolution der schadstofffreien Wellenenergie profitiert.«

»Nein, stimmt. Hat man nicht. Kein Ruhmesblatt.«

»Vielleicht betreibt er Wirtschaftsspionage und arbeitet im Auftrag eines Ölkonzerns. Weißt du, irgend so ein geldgeiler Ölkonzern, der alles daransetzt, eine neue Technologie kaputt zu machen, welche die eigene Existenz gefährden würde. Manchmal liest man so was … aber vielleicht gibt es das auch nur im Film.«

Ich starre nachdenklich auf meine Zehennägel. »Guter Einfall, aber schwer zu beweisen.«

Ethan zuckt mit den Schultern. »Zu dumm, dass wir im

Internet nicht die nahe Zukunft recherchieren können. Immerhin sind es nur noch zwei Tage bis dahin.«

Ich lache. »Tja, stimmt. Nicht einmal nach dem morgigen Tag kann man googeln. Wer hat eigentlich behauptet, das Internet könne alles?«

Wir lassen die Zeitungen im Auto zurück und diskutieren bei einem Spaziergang am Strand, wie wir weiter vorgehen sollen. Wir rennen in die Wellen hinein und wieder zurück auf den Strand und machen große Pläne, »große, kühne Pläne«, wie Ethan sich ausdrückt.

Aber als wir damit fertig sind, merken wir, dass das Meer mehr Spaß macht, wenn man einen Badeanzug anhat.

Ich glaube, ohne viele Worte zu machen, haben wir beide das Gefühl, dass morgen zwar ein wichtiger Tag ist – immerhin wird er den Lauf der Welt verändern –, aber dass auch heute schon wichtig ist. Nur ein bisschen Zeit klauen, bevor wir uns wieder dem Leben stellen müssen.

Auf Ethans Drängen verlassen wir Long Island und fahren durch Brooklyn, Staten Island und anderthalb Stunden an der Küste von New Jersey entlang, bis wir zu einem rosafarbenen Hotel kommen, das genau an der Promenade vor einem langen, überfüllten Strand liegt.

Das Hotel ist nicht besonders hübsch. Es ist ein Klotz aus den Siebzigerjahren mit viel Außenputz und Balkonen, aber irgendwie ist es perfekt.

Mit dem Check-in klappt es nicht auf Anhieb. Ethan geht selbstbewusst zum Empfang und kommt kleinlaut wieder zurück. »Es gibt nur noch ein Zimmer mit einem extragroßen Doppelbett und einer Ausziehcouch. Ich nehm die Couch. Hast du was dagegen, das Zimmer mit mir zu teilen?« Das Thema ist für ihn so neu, dass ihm dazu noch keine Witze einfallen.

»Nein, alles okay.«

Unser Zimmer liegt im siebten Stock und hat teilweise Meeresblick, was bedeutet, dass man hinaus auf den winzigen Balkon gehen und sich den Hals verdrehen muss, damit man auf der rechten Seite ein winziges Stück Wasser sehen kann. Man blickt vor allem auf den Parkplatz und einen IHOP, was meine kühnsten Erwartungen übertrifft, denn ich liebe Pancakes über alles.

Ich kann es kaum glauben. Ein einziger Tag brachte

mich von einer Situation totaler Hoffnungslosigkeit in einem Keller hierher, in die Nähe des Meeres, in die Nähe eines Pancake-Restaurants, und das mit einem Menschen, den ich vielleicht wirklich liebe. Zu wissen, dass ausnahmsweise mal niemand sieht, was ich sehe, und niemand mithört, wenn ich etwas sage, ist merkwürdig und aufregend zugleich.

Bevor ich vor Begeisterung abhebe, denke ich an Katherine und wünsche mir, sie könnte das auch erleben.

Zwei Zimmerwände sind weiß, zwei hellblau wie Wasser. Der Bettüberwurf ist aus einem elastischen geblümten Stoff, und das Sofa sieht ziemlich unbequem aus, aber das Zimmer ist hell und sauber. Unter meinen Füßen liegt eine grobe Strohmatte, die nach Strand riecht. Ich gehe ins Bad, um es mir anzuschauen, und bin ganz begeistert von den kleinen Seifenstücken und den Shampoos.

Habt ihr alle eigentlich eine Ahnung, was das hier für mich bedeutet?, will ich ganz laut sagen. *Ich kann sehen! Ich kann sagen, was ich denke! Ich kann eine kleine Shampooflasche benutzen und die andere mit nach Hause nehmen!* Ich kann mir vorstellen, wie sich die Zukunft so weit öffnet, dass niemand von uns mehr weiß, was passieren wird.

Ethan wirft die Reisetasche aufs Sofa und macht sie auf. Im Kleiderschrank befindet sich ein Safe. Ich überlasse es ihm, herauszufinden, wie er funktioniert, und er legt das Geld und die Zeitungen hinein. Als er damit fertig ist, steckt er mir ein Bündel Fünfziger und Zwanziger zu. Er sagt mir die Zahlenkombination, die wir uns merken müssen.

»Wir müssen uns ein paar Klamotten zum Wechseln besorgen«, meint er. »Du stinkst.«

Er mustert meinen erschrockenen Gesichtsausdruck.

»Ich mach Witze, Penny.« Er lacht. »Du stinkst überhaupt nicht. Oder nur ein bisschen.«

Ich werfe einen Blick auf meine Trainingshose und das ärmellose T-Shirt, beides habe ich vor zwei Tagen zum Schlafen angezogen. »Du bist auch kein Meister der Hygiene«, versuche ich zu scherzen. Es war einfacher, unbeschwert zu sein, als das Galgenspiel das Wichtigste war, was uns verband.

»Auf geht's. An der Promenade gibt es Läden.«

Ich überlege. Das Ganze könnte ungemütlich werden. Ich habe keine Ahnung, was er für mich ist. Ich bin nicht mit ihm zusammen, aber ich fühle ich mich sehr zu ihm hingezogen, das ist nicht zu leugnen. Ich kann seine Augen, seine Lippen und Hände nicht ohne Gefühle betrachten, doch ich kann ihn auch nicht einfach hinhalten. Mir fällt immer öfter auf, wie er mich ansieht, besonders wenn er glaubt, dass ich es nicht sehe.

»Einverstanden«, sage ich schließlich. Ich wasche mir das Gesicht und wünschte, ich könnte mir die Zähne putzen. Dann machen wir uns auf den Weg in die Stadt.

In einem grell erleuchteten Drogeriemarkt erstehe ich ein paar Toilettensachen. Ethan kommt mit, als ich eine Zahnbürste, Zahnpasta und eine rosa Haarbürste aus Plastik kaufe. Im Hinterkopf lauern die alten Gedanken: Mach ich das hier richtig? Würde sich das jemand in meinem Alter kaufen? Verrate ich mich?

Er weiß doch alles, rufe ich mir zu. *Er wusste es von Anfang an.*

Ethan verschwindet in einem Gang, und ich nutze die Gelegenheit, um Baumwollunterhosen im Dreierpack und einen Rasierer für meine Beine zu besorgen. Nicht zu fassen, dass ich in dieser Situation an eine Beinrasur denke, aber so ist es eben. Er trifft sich mit mir an der Kasse und hält triumphierend ein Paar grellorange Flip-Flops, ein Telefon als Ersatz für das kaputte und ein Kartenset hoch.

Als Nächstes gehen wir in eine Boutique, in der es unzählige Modelle von Sonnenbrillen und haufenweise Strandbekleidung zu kaufen gibt. Ich schaue mich unsicher um. Ich bringe es kaum fertig, allein etwas einzukaufen, in Begleitung eines Achtzehnjährigen ist es schier unmöglich.

Ethan bricht das Eis, als er ein blödsinnig ausgefranstes T-Shirt mit einer riesigen Sonne auf dem Rücken anprobiert.

Ich lache.

»Nein?«, fragt er und tut überrascht.

Ich suche mir einen orangen Sarong, ein paar Baumwollshorts, ein weißes Trägershirt, ein graues Sweatshirt, einen Strohhut mit breiter Krempe und einen Bikini aus. Jetzt haben wir alles, stimmt's?

Ethan probiert gerade eine überdimensionale weiße Sonnenbrille aus Plastik an, als ich meine Sachen auf die Theke werfe.

»Fertig«, sage ich.

»Probierst du gar nichts davon an?«, fragt Ethan enttäuscht.

»Brauch ich nicht«, antworte ich rasch.

Ethan nimmt den Sarong und hält ihn verwirrt hoch. »Was macht man mit diesem Ding?«

»Den bindet man sich um.«

»Zeig mal.«

Ich binde ihn wie einen Rock um seine Hüften.

Die sonnenverbrannte Angestellte um die fünfzig greift nach dem Bikini. »Den kann man nicht umtauschen, Schätzchen, und er fällt ziemlich groß aus. Vielleicht solltest du den anprobieren.«

Ich schaue Ethan misstrauisch an, er wirkt erfreut. Es sieht fast so aus, als würden er und die Angestellte unter einer Decke stecken. Er zuckt unschuldig mit den Schultern.

Mit dem Bikini in der Hand trotte ich Richtung Umkleidekabine im hinteren Teil des Ladens.

Was ist schon dabei? Er wird mich ohnehin bald in Badesachen sehen. Trotzdem glühen meine Wangen, als ich versuche, den Vorhang über die ganze Länge der Kabine zuzuziehen. Warum gibt es in Umkleidekabinen niemals Vorhänge, die vernünftig schließen?

Schnell schlüpfe ich aus meinen Klamotten und zieh mir die elastische Bikinihose an. Im Schritt ist ein Plastikstreifen aufgeklebt, der bei jeder Bewegung knistert. Das Top wird vorne durch einen braunen Ring aus Schildplatt zusammengehalten. Natürlich gibt es keinen Spiegel. Ich muss raus zu dem langen Spiegel, der zwischen den beiden Kabinen angebracht ist.

Muss ich wirklich schauen, ob er passt? Ich denke an Ethan, der da draußen steht und wartet. Nein, wird schon so in Ordnung sein.

»Und wie passt die Größe?«, fragt die Angestellte in der Nähe der Kabine.

»Ganz gut.«

»Na, dann versteck dich doch nicht!«, tönt sie laut. »Du kannst dich da drinnen ja nicht einmal anschauen.«

Ich mustere meine Haut, sie ist bläulich und fleckig. Na super.

Die Atmosphäre in dieser Stadt ist ziemlich entspannt. Wenn die Leute hier abends zum Essen ausgehen, haben sie wahrscheinlich Bikinis an, die nicht einmal halb so groß sind wie meiner. Wahrscheinlich gehen sie sogar knapper bekleidet als ich in die Kirche. Sie sind daran gewöhnt, alles zur Schau zu stellen, ihr Inneres wie ihr Äußeres, und ich bin gewöhnt, alles zu verbergen.

Beim Verlassen der Kabine versuche ich, mich nicht zu sehr nach vorne zu beugen.

»Sehr hübsch!«, ruft die Angestellte. Zu meinem großen Entsetzen dreht sie mich, um mich von allen Seiten in Augenschein zu nehmen. »Du hast eine Superfigur!«, ruft sie laut, ein Wort, bei dem ich innerlich immer zusammenzucke.

Mein Blick Richtung Ethan soll bedeuten, *Schau dir die an!,* aber sein Gesicht hat mehr Farbe als gewöhnlich.

Wir verlassen das Geschäft mit einer prall gefüllten Einkaufstüte, in der auch das Fransenshirt und die überdimensionale Sonnenbrille stecken.

Ethan jubelt, und auch ich muss lächeln, als wir dahinspazieren. »So viel Spaß hat mir Einkaufen noch nie gemacht«, sagt er.

Wir entdecken ein Restaurant direkt am Strand, wo wir uns Burger und Milchshakes gönnen. Danach gehen Ethan und ich ans Wasser und ziehen unsere Schuhe aus. Ich krempele mir die Trainingshose bis zu den Knien hoch, er rollt seine Hosenbeine auf und wir waten ins Wasser.

Es ist weich und durchsichtig und das Sonnenlicht fällt bis auf den Grund. Ich grabe mit meinen Zehen im feinen, nassen Sand und versuche, an nichts anderes zu denken als an das wohlige Gefühl an meinen Füßen.

Ethan ergreift meine Hand. Es ist das erste Mal, dass er das macht und mich dabei nicht aus einem Fenster zieht oder an einem schäbigen Ort tröstet. Dieses Mal hält er meine Hand nur aus Freude.

Ich lasse das wohlige Gefühl auch in meine Hände wandern, an die Stellen, an denen mein Arm seinen zufällig berührt. Ich ziehe uns ein wenig tiefer ins Wasser hinein. Mir ist egal, wenn meine Hosen nass werden, es fühlt sich schön an. Und außerdem habe ich ja Kleider zum Wechseln.

Wir gehen ins Wasser, bis es uns an die Hüften reicht, die Kleider hängen schwer an uns herunter, und mein Herz ist so leicht, wie es noch nie war und niemals wieder sein wird, glaube ich.

Die erste größere Welle kommt auf uns zu. Ich schreie auf und er lacht und wir tauchen beide darunter hindurch.

Schnaubend und lachend tauchen wir wieder auf.

Wir gehen noch weiter ins Meer hinein und lassen uns lange in der Sonne treiben. Ich weiß, unten im Wasser sind furchterregende Lebewesen mit scharfen Zähnen und langen, stechenden Tentakeln, aber ich habe keine Angst davor. Die Wasseroberfläche ist zu ruhig und schön, um in diesem Moment daran zu denken.

Irgendwann schleppen wir uns nass an den Strand zurück und legen uns in den Sand. Wir bleiben lange dort liegen und lassen uns langsam von der Sonne trocknen.

Ethan stützt sich auf einen Ellenbogen und lehnt sich über mich. Seine Finger wandern an meinem Arm hinauf. Er zieht mein feuchtes, salziges Trägershirt bis zu den Rippen hoch und betrachtet diesen neuen Teil meines Körpers. Er lässt seine Hand über meine Hüften und den Bauchnabel gleiten.

Ich versuche, nicht die Luft anzuhalten. »Du machst es uns nur noch schwerer, wenn wir mit allem aufhören müssen«, sage ich zu ihm.

»Es ist jetzt schon schwerer«, erwidert er.

Er setzt sich auf und ich schaue auf seinen kräftigen Rücken und den Bund seiner geflickten armeegrünen Hose. Ich will ihn schon so lange nach diesen Hosen fragen, habe mich aber nie getraut. Wenn man jemandem eine Frage stellt, ist das wie eine Einladung an den anderen, ebenfalls etwas zu fragen, und das konnte ich mir nie leisten. Es war nur eine Frage von vielen, die ich bislang nicht zu stellen gewagt habe.

Ich setze mich auch auf. »Woher sind diese Hosen?« Die Frage ist etwas so Kostbares, Verbotenes, dass ich die Worte kaum über die Lippen bringe.

Ich glaube, auch Ethan ist überrascht. »Was hast du gefragt?«

»Diese Hosen, die du immer trägst.«

»Also …« Er schaut an sich hinunter. Ich habe ihn noch niemals verlegen erlebt, doch jetzt ist er es ein bisschen. »Mein Großvater war in den Dreißiger- und Vierzigerjahren Mitglied der Irischen Streitkräfte. Die sind von ihm.«

»Ach was.«

»Ja, ich habe auch sein Mützenabzeichen. Sein Vater, also mein Urgroßvater, hat im Irischen Unabhängigkeitskrieg gekämpft. Er hat dabei einen Arm verloren. Mein Vater hat zu Hause noch irgendwo seine Kriegsmedaillen.«

Ich nicke. »Und dein Vater?«

»Der arbeitet bei Ernst und Young in der Buchhaltung.« Er verzieht leicht das Gesicht.

»Und deine Mutter? Die ist Designerin, stimmt's?« Ich finde allmählich Geschmack an der Fragerei.

»Genau.« Er zuckt mit den Schultern. »Ihre Familie ist auch ziemlich ungewöhnlich.«

»In welcher Hinsicht?«

Er hält sein Gesicht in die Sonne. »Ihr Vater war ein Jude aus Ungarn. Er und sein Vater wurden 1944 von den Nazis in ein Konzentrationslager geschickt. Mein Großvater konnte im Frühjahr 1945 fliehen, er versuchte, auch seine Frau zu retten, aber sie war bereits tot. Er ist durch halb Europa gelaufen, hat sich durch Wälder geschlagen,

Flüsse überquert und kam irgendwann nach Paris. Dort war er bis Kriegsende Mitglied des Widerstands und ist dann hierhergezogen.«

»Traurig.«

»Aber er hat's geschafft. Er hat wieder geheiratet, und zwar meine Großmutter, und ein Geschäft aufgebaut, er hat Kinder und Enkel.«

»Das macht nichts von dem wieder gut, was er durchlitten hat.«

»Nein, natürlich nicht. Er hat die Nummer an seinem Arm, die ihn immer daran erinnert.«

Ich höre mich seufzen. Ich lausche den Wellen, wahrscheinlich mein liebstes Geräusch auf dieser Welt. »Danke«, sage ich.

Er rollt sich auf die Seite. »Wofür?«

»Dafür, dass ich dir diese Fragen stellen durfte. Ich wollte das schon so lange.«

»Wann immer dir danach ist.«

Ich strecke meine Hand aus und Ethan ergreift sie. Er dreht sich auf den Rücken und unsere Hände ruhen auf seiner Brust. Für lange Zeit verlieren sich meine Gedanken in dem Auf und Ab seines Atems.

Wenn ich so daliege, kann ich mir Glück vorstellen. Kein aufregendes, strahlendes Glück, sondern ein rundes, fast schmerzvolles, das sowohl Dunkel als auch Licht umschließt. Ich schaffe es, die ganze Welt so zu sehen. Ich kann mir vorstellen, wie ich dieses Gefühl auch an anderen Orten und zu anderen Tageszeiten haben kann, wie ich es wie eine Linse in meiner Tasche aufbewahre und es hervorhole und hindurchsehe und mich immer wieder erinnere, wie sich die Welt anfühlt.

Kapitel 15

Nach dem Mittagessen entwerfen wir in unserem Hotelzimmer eine Strategie. Ethan ruft bei der Privatnummer an, die wir unter dem Namen Mona Ghali gefunden haben. Er gibt sich als freier IT-Spezialist namens Jack Bonning aus, der für ihre Firma arbeitet. Während der Fahrt an der Küste entlang haben wir uns überlegt, was genau wir sagen wollen.

»Ms Ghali?«, fragt Ethan. Er hebt die Augenbrauen, um
mir zu bedeuten, dass sie abgenommen hat. Er senkt die Stimme, damit sie ihn nicht erkennt, und wenn ich nicht so nervös gewesen wäre, hätte ich gelacht.

Beeindruckend sachlich teilt er ihr den falschen Namen und seine Funktion mit. Ich nicke ihm ermunternd zu.

»Uns liegen ernst zu nehmende Meldungen vor, denen zufolge Hacker sich in den Firmenserver eingeloggt haben«, erklärt er ihr. »Deshalb bitten wir alle Angestellten, ihre Daten zu sichern und besonders sensible Daten auf einem anderen Server abzuspeichern.«

Ethan ist ein cleverer Gesprächspartner. Was sie sagt, kann ich nicht hören, doch er lässt sich durch ihre Antworten nicht beunruhigen oder aus der Fassung bringen.

Ethan gibt ihr die Zugangsdaten zu dem Ersatzserver.

Wir hatten uns überlegt, dass sie ihre Daten auf einem Netzserver ihrer Fakultät am MIT speichern sollte, das soll sie beruhigen. In Wahrheit ist es aber kein MIT-Server. Ethan ist ein ziemlich kompetenter Programmierer und geübter Hacker, aber das wäre eine Nummer zu groß für ihn gewesen. Nun sieht die Adresse zwar aus wie die von einem MIT-Server, doch die Daten wandern auf einen Account, den Ethan eingerichtet hat.

Ethan wirft mir einen Blick zu, das Ganze scheint zu funktionieren.

»Und machen Sie bitte mit den Daten auf ihrem privaten Computer das Gleiche«, fügt er hinzu, bevor er das Gespräch beendet.

Von unserem zweiten Telefon rufe ich Mona Ghali eine Dreiviertelstunde später nochmals an und gebe mich als Assistentin der Personalabteilung aus. »Vielleicht haben Sie gehört, dass wir hier einige Probleme mit der Datensicherheit haben«, sage ich. »Haben Sie bereits mit Mr Bonning von der IT-Abteilung gesprochen?«

Das hätte sie, erwidert sie. Ich habe den Eindruck, dass sie nicht länger als nötig mit mir reden will, was ich verstehe. Ich versuche, nicht zu viel nachzudenken und mich nicht verrückt zu machen, weil ich weiß, was morgen mit ihr und uns geschehen wird.

»Wissen Sie, es scheint, als wären auch ein paar Ordner, und ich rede von tatsächlichen Aktenordnern, aus unserem Büro hier in Braintree entwendet worden, und wir sind besorgt, dass dasselbe vielleicht auch in den Büros in New Jersey passieren könnte.«

»Das ist ziemlich beunruhigend, davon habe ich noch nichts gehört«, antwortet Mona Ghali.

Ich halte mich genau an den Plan, den Ethan und ich vorbereitet haben, und der sieht unter anderem vor, dass sie ihre Büroschränke abschließen soll. Ich warte gespannt auf ihre Antwort.

»Kein Problem, meine Aktenschränke haben ja Schlösser. Normalerweise schließe ich sie nie ab, aber ich werde heute damit anfangen«, sagt sie.

Selbst Minuten, nachdem ich das Gespräch beendet habe, hämmert mir das Herz noch immer in der Brust. Phasenweise war ich richtig froh, nicht lügen zu müssen.

An diesem Nachmittag kaufen Ethan und ich uns einen billigen Sonnenschirm, schlüpfen in unsere Strandklamotten – in seinem Fall Shorts, die er vorausschauend in die Reisetasche gepackt hat –, stibitzen ein paar Hotelhandtücher und setzen uns unweit vom Wasser (und als uns einmal eine Welle erwischt, sitzen wir tatsächlich im Wasser) unter den Schirm.

Wir spielen ein paar Stunden Karten und währenddessen planen wir auch gleich unsere Strategie für den kommenden Tag. Beim Kartenspielen machen wir es so: Ethan bringt mir jeweils ein neues Kartenspiel bei, das spielen wir so lange, bis ich ihn schlage und damit in seinen Augen gut genug geworden bin, und weiter geht's zum nächsten Spiel. Er verliert nicht gern und so sind wir mit Mau-Mau, Schwarzer Peter und Quartett schnell fertig. Beim Skat schlage ich ihn erst nach fünf Runden. Bloody

Knuckles bedeutet mehrere Leidensrunden, doch als ich endlich gewinne, zieht er eine Königin, und ich darf ihm daraufhin mit den Karten zwölfmal auf die Fingerknöchel schlagen. Ich halte mich nicht zurück.

Ethan behauptet, bei Rommé wäre er unschlagbar, und als ich ihn in der zweiten Runde besiege, ist er so sauer und überrascht, dass wir noch drei weitere Runden spielen müssen. Er windet sich förmlich vor innerer Pein, als ich ihn jedes Mal schlage.

»Ich glaube, ich bin besser, wenn es um Geschicklichkeit und nicht um Glück geht«, sage ich.

»Halt bloß die Klappe«, erwidert er und schüttelt den Kopf. »Ich habe ein Monster gezüchtet.«

Ethan meint, sein Ego wäre gerade nicht auf der Höhe,

um mir Hearts beizubringen, und so gehen wir schwimmen. Die Wellen werden immer höher und ich bin keine besonders gute Schwimmerin. Dort, wo ich herkomme, sind wir nicht zum Vergnügen schwimmen gegangen. Es war einfach so, aus tausend verschiedenen Gründen. Als ich zum ersten Mal in dem Pool im Nachbarsgarten geschwommen bin, war ich schon zwölf. Aber ich will kein Feigling sein und so folge ich Ethan ins tiefe Wasser.

Ich werde von einer Welle überrascht und verliere fast meine Bikinihose. Schnell wende ich mich von Ethan ab, ertaste den Boden unter meinen Füßen, gehe ein paar Schritte auf den Strand zu und versuche währenddessen, meine Badebekleidung wieder so in Form zu ziehen, dass meine kritischen Körperteile bedeckt sind.

Eigentlich hätte mir klar sein müssen, dass als Nächstes

eine riesige Welle heranrollt, wenn das Wasser sich hinter mir so weit zurückzieht. Ich schaue nach hinten und sehe sie auf mich zukommen, doch es ist bereits zu spät, um darüber hinweg- oder darunter hindurchzutauchen.

Die Welle trifft mich mit voller Wucht am Rücken, drückt mich nach vorne und schleudert mich herum wie eine Socke in der Waschmaschine. Das Schleudern dauert eine ganze Weile.

Mal schramme ich mit dem Rücken am Sandboden lang, mal mit meiner Wange. Ich habe die Orientierung verloren und keine Ahnung, wo oben und damit Luft zum Atmen ist. Was für eine blöde und peinliche Art, zu sterben, denke ich – im seichten Wasser –, und dann fühle ich, wie eine Hand mich am Oberarm packt und in eine Richtung zieht … hoffentlich in eine, in der es Luft gibt.

Ich schaue auf die Hand, schiebe einen Fuß unter meinen Körper und mache endlich einen tiefen Atemzug. Hustend und spuckend schwanke ich neben Ethan in Richtung Strand.

Er schüttelt nur den Kopf über mich, aber nicht ganz ohne Mitgefühl.

Ich streiche mein Haar aus dem Gesicht und versuche, wieder normal zu atmen.

Als wir knöcheltief im Wasser stehen, legt Ethan beide Hände um meine Taille. Ich sehe ihn an, er beugt den Kopf nach unten und küsst mich auf die salzigen Lippen.

Das ist alles. Er lässt mich los und wir laufen aus dem Wasser zu unserem Sonnenschirm.

Gott sei Dank sitzt mein Bikini mehr oder weniger wie und wo er soll. Ich ziehe ihn zurecht, befühle die Schürfwunden an meiner Wange und streiche über meine brennenden Handrücken. Ich spüre immer noch den Kuss. Ich weiß nicht, was ich tun soll.

»Was ist los?«, erkundigt er sich, während er mich mustert, ob ich irgendwo verletzt bin. Offenbar erwartet er Protest wegen des Kusses. Ich schaffe es nicht.

»Meine Knöchel tun weh«, sage ich.

Am späten Abend liege ich auf der Tagesdecke, tippe Suchwörter in den Laptop, den Ethan mitgenommen hat, und schaue zu, wie das rosafarbene Licht der fast untergegangenen Sonne über den Fußboden kriecht. Möge dieser Tag niemals zu Ende gehen. Ethan liegt nur ein paar Zentimeter entfernt neben mir und hat sich in die Zeitungen aus der unmittelbaren Zukunft vertieft.

Ich habe viel Zeit damit verbracht, Mona Ghalis Einträge in diversen sozialen Netzwerken zu durchforsten, mir Notizen zu machen und Details für morgen einzuprägen. Ethan war auf Facebook bereits mit ihr befreundet, das macht alles einfacher.

Auf Ethans Computer ist seine Facebook-Seite geöffnet und unweigerlich bemerke ich seine unzähligen Freunde und die Nachrichtenflut von glücklichen, sorgenfreien Teenagern. Und ebenso unweigerlich kommt mir der Gedanke: Was will er eigentlich mit mir? Warum gibt er das alles auf, um sich mit mir auf diese abgedrehte Odyssee zu begeben?

Ich stütze mein Kinn auf eine Hand und sehe ihn an. »Was entgeht dir alles, während du hier bist?«

Er sieht stirnrunzelnd von der Zeitung auf. »Was mir entgeht? Nichts.«

Ich neige mich zu ihm. »Du hast ein Leben, du bist ein normaler Mensch. Was würdest du machen, wenn du jetzt nicht hier wärst?«

»Lass mal überlegen.« An seinem Gesichtsausdruck kann ich erkennen, dass er mich auf den Arm nehmen will. »Heute Abend hat meine Mutter ihren Lesekreis. Mir entgehen acht Damen um die vierzig und eine Menge Chardonnay.«

»Wirklich?« Ich lache.

»Und mir entgeht die schlechte Laune meines Vaters, dem der Damen-Leseklub ebenso missfällt wie das Fast Food vom Chinesen. Er würde mich ins Kino einladen, um sich mit mir einen Actionfilm reinzuziehen.«

»Und, würdest du mitgehen?«

»Vielleicht. Jamie Webb hat mich zu einem Spiel der Yankees eingeladen, und Veronique Lasser gibt eine Party, glaube ich.«

Ich verspüre unweigerlich Sehnsucht. »Das klingt richtig schön.«

Er zuckt mit den Schultern. »Ich bin ein Fan von den New York Mets und Veroniques Partys taugen nichts.« Er langt nach meinem nackten Fuß. »Weißt du, wo ich heute Abend gerne sein möchte?«

Ich fühle mich wie ein Hungernder bei einem Festessen. »Wo denn?«

»Hier.«

»Wirklich?«

»Nirgendwo sonst.«

»Wirklich?«

»Wirklich.«

»Ich auch.«

Wir machen uns wieder an die Arbeit.

Ich suche im Netz nach Andrew Baltos, finde aber nichts. Er scheint jemand zu sein, der geschickt seine Spuren verwischt. Am Ende stehe ich vom Bett auf und nehme den roten Ordner aus dem Safe. Ethan ist immer noch in die Zeitungen vertieft. Ich berühre mit meinen Zehen sein Knie, einfach so.

»Lenk mich bloß nicht ab, Jamesie«, warnt er mich, ohne von den Seiten aufzublicken.

»Ich weiß, wir sind am Arbeiten, tut mir leid.« Trotzdem spüre ich seine Hand unter dem Hosenbund meiner Shorts. Wir machen es uns nicht leicht.

Als Erstes gehe ich auf das Facebook-Profil von Theresa Hunt. Es ist seit einigen Monaten nicht mehr aktualisiert worden, und ich frage mich, ob es ihr gut geht. Ich lasse wahllos ihre Bilder über den Bildschirm laufen, sehe Fotos von ihr mit ihrem Sohn. Vom Alter her könnte es sich tatsächlich um Jason Hunt handeln.

»Und, schon was gefunden?«, erkundigt sich Ethan.

»Bis jetzt nicht. Ich bin auch nicht sicher, wonach ich eigentlich suche. Du?«

»Ich mache mich gerade verrückt.«

Ich durchforste ihre Fotos bis zu der Zeit, als Jason noch im Babyalter war. Damals sah Theresa jung und glücklich aus. Ich gehe wieder ein Stück nach oben und halte inne. Ich erschrecke, klicke auf ein Foto, glaube meinen Augen kaum zu trauen. Ich schiebe den Computer rüber zu Ethan. »Wer ist das deiner Meinung nach? Dieser Mann neben Theresa?«

Er vergrößert das Foto, betrachtet es und verkleinert es dann wieder. »Glaubst du, das ist Andrew Baltos?«

Ich habe heftiges Herzklopfen. »Du?«

Er schaut noch mal drauf, geht weiter nach unten. »Hier ist noch ein Foto von ihm. Es ist markiert, Andrew steht dort.«

»Ich bin ziemlich sicher, dass er es ist.«

»Und wer ist sie?«, fragt Ethan nach.

»Sie ist in dem roten Ordner als Erste dokumentiert. ›Patient Nummer Eins‹, hat mein Vater mit Fragezeichen auf ihre Seite geschrieben. Ich glaube, er hat versucht, dem erstmaligen Auftreten von Symptomen, die sich später zur Blutpest entwickelten, auf die Spur zu kommen. Was allerdings Theresa Hunt mit Andrew Baltos zu tun haben soll, verstehe ich nicht.«

Ethan schaut sich weiter die Fotos an. »Ich denke, die beiden waren ein Paar, zumindest sieht es danach aus.«

»Stimmt. Wow.« Auf einem Foto sind sie in unmissverständlicher Pose vereint. »Unverkennbar.« Mein Verstand macht Gedankensprünge. »Und was bedeutet das? Vielleicht hat sie ja Andrew Baltos angesteckt?« Ich überlege, ob das vom Zeitraum her überhaupt möglich ist, am

Anfang hatte die Krankheit eine viel kürzere Inkubationszeit. »Doch was hat das mit Mona Ghali zu tun? Ist auch Mona Ghali erkrankt? Hat der Mord etwas damit zu tun? Ich dachte, ihre Forschungen zur Energie hätten sie zur Zielscheibe gemacht. Die ganzen Daten, die er ihr vom Computer geklaut hat…«

»Aber es kann sich nicht um einen Zufall handeln.«

»Nein, keine Ahnung.« Ich lege mich aufs Bett zurück, das Ganze ist anstrengend. »Ich glaube nicht.«

»Vielleicht war dein Vater dem auf der Spur.«

»Ich bin nicht sicher, dass er die Verbindung zu Mona Ghalis Mord herausgefunden hatte.«

»Wir haben immerhin Fortschritte gemacht.«

»Ja.« Ich schiebe den Computer weg, strecke mich auf dem Rücken aus und lege die Hände über mein Gesicht. »Ich wüsste nur gern, in welche Richtung.«

Ethan rollt sich auf mich. Wie lange gelingt es uns, zusammen in einem Bett zu liegen, ohne dass etwas passiert? Ich umarme ihn, spüre seine Schultern, seinen Rücken. »Ist das hier eine gute Idee?«, frage ich mit leicht erstickter Stimme.

»Ja.« Er stützt sich neben meinem Kopf auf einen Ellbogen, um etwas von seinem Gewicht von mir zu nehmen. »Eine Superidee.« Dann beugt er den Kopf nach unten und küsst mich lang und ausgiebig. Ich sehne mich so sehr danach, dass es mir Angst macht. Ich schiebe ihn fort und setze mich auf.

»Nein, Ethan, das geht nicht.«

Auch er setzt sich auf. »Weißt du, was ich gerne wissen möchte? Warum glaubst du ihnen alles, was sie sagen? Und diese Geschichte, dass du mich angeblich in Gefahr bringst – was veranlasst dich zu dem Glauben, dass das nicht eine von ihren Lügen ist, um dich einzuschüchtern und zu isolieren? Warum sollte sich diese Behauptung von allen anderen unterscheiden?«

»Vielleicht ist es eine Lüge, das habe ich auch schon überlegt.« Ich lege meine Hand auf sein Knie. »Aber was ist, wenn nicht?« Meine Stimme klingt angespannt. »Ich komme von einem schrecklichen Ort, du kommst von hier, wo es schön ist. Ich habe Angst vor allem, was ich von dort mitgebracht habe und was dich in Gefahr bringen könnte. Wir sind schon viel zu weit gegangen.«

Er setzt sich rittlings auf meine Beine, legt seine Hände um mein Gesicht und sieht mich eindringlich an. »Prenna,
hör zu. Weißt du überhaupt, seit wann ich dich schon liebe? Mit dir zusammen zu sein, wird mir nicht schaden. Ich weigere mich, das zu glauben.«

»Aber was ist, wenn …«

»Und soll ich dir noch etwas sagen?«

»Was?«

»Wenn ich jetzt sofort mit dir schlafen könnte, wäre es mir egal, wenn ich sterben würde.«

In meinen Augen stehen Tränen, aber ich muss trotzdem lächeln. »Also mir nicht, mir wäre es überhaupt nicht egal.«

Wir essen auf der Terrasse eines mexikanischen Restaurants, das mit funkelnden weißen Lichtern geschmückt ist, zu Abend. Ethan zückt seinen gefälschten Ausweis und kommt mit einem mit Sangria gefüllten Glaskrug zurück.

Wir schlingen zufrieden unsere Enchiladas hinunter, als eine Mücke auf Ethans Arm landet. Ich habe nicht mit dem Adrenalinschub gerechnet, der durch meinen Körper schießt – unwillkürlich schnellt meine Hand vor und erschlägt das Insekt mit voller Wucht.

Ethans Gesichtsausdruck ist überrascht und fast ängstlich.

»Tut mir leid«, sage ich. In meinem Kopf dreht sich alles. Vielleicht war der Sangria doch keine so gute Idee. Ich bin heute Abend ohnehin viel zu emotional. Ich schaue mir meine Hand an, an der das verschmierte Insekt klebt, und halte sie Ethan unter die Nase. »Getroffen.«

Er reißt die Augen auf. »Das auf jeden Fall. Ich hoffe, es ist nicht auch noch mein Arm gebrochen.«

Ich stehe auf und legte meine Serviette auf dem Tisch ab. »Bin sofort zurück.«

Auf der Toilette wasche ich mir die Überreste des Untiers mit Seife gründlich von der Hand ab. Anschließend betrachte ich mich im Spiegel und bemerke Tränen in meinen Augen. Ich fühle mich merkwürdig durcheinander. Wie kann ich überhaupt glücklich sein? Mich verlieben? Glauben, dass ich weiß, was Glück ist?

Ich kehre an den Tisch zurück, versuche, wieder so auszusehen wie das unbeschwerte Mädchen vom Strand, aber es klappt nicht.

»Alles klar?«, erkundigt sich Ethan. Er liest mir wie immer alles an den Augen ab.

»Doch, ich glaube schon. Tut mir leid wegen deinem Arm.«

»War es wegen der Mücke?«, fragt er. Er schaut betroffen.

Ich stütze meine Ellbogen auf den Tisch und lege den Kopf in meine Hände. Beim Anblick der Enchiladas, die eben noch sehr appetitlich aussahen, wird mir jetzt fast übel. »Ja, irgendwie schon.«

Er bedrängt mich nicht weiter mit Fragen. Er wartet auf das, was ich ihm erzählen will.

Ich will offenbar eine Menge erzählen, denn ich öffne den Mund und schon sprudelt es nur so aus mir heraus.

»Ich hatte zwei jüngere Brüder«, beginne ich. »Sie sind während der Pest gestorben. Mein Bruder Julius war zwei Jahre jünger als ich. Ich stand ihm näher als irgendjemand anders. Bei seinem Tod war er fast sieben, mein Bruder Remus war noch ein Baby.«

Ethan ergreift meine Hand.

»Das war nicht sein offizieller Name, wenigstens nicht, wenn es nach meiner Mutter geht. Während der schlimmsten Jahre der Epidemie gaben Eltern ihren Neugeborenen keine Namen mehr, weil so viele starben, aber mein Vater fertigte für jeden von uns eine offizielle Geburtsurkunde an und bestand darauf, dass wir selbst nach dem Tod meiner Brüder ihre Namen benutzten.«

»Deine Mutter hat das nicht gemacht?«, fragt Ethan nach.

Ich schüttele den Kopf. »Seit unserer Ankunft hat sie meine Brüder nur ganz selten erwähnt und niemals mit

Namen. Ich verstehe das, auch ihr hat es das Herz gebrochen.«

Ethan wirkt wie am Boden zerstört. Sein Gesichtsausdruck spiegelt wohl meinen.

»Ich erinnere mich noch, wie ich voller Schrecken den geschwollenen roten Fleck an Remus' Wange bemerkte. Die Pest hatte bereits in anderen Familien gewütet, aber in unser Haus war sie noch nicht gekommen. Niemand hat die Mücke gesehen, die Remus gestochen hat. Überall waren Netze, wir alle haben unter Netzen geschlafen und uns tagsüber darunter aufgehalten. Wir zogen an unseren Netzen immer die Reißverschlüsse hoch, sprühten uns mit giftigen Sprays ein und beteten, denn Mücken waren Todesboten. Es ist schwer, das alles zu vergessen, selbst

jetzt. Damals war die Welt viel feuchter und wärmer. Alle Ängste und alles Unglück der Welt, und davon gab es viel, nahm die Gestalt einer Mücke an.«

Ich schließe die Augen. Ein Bild steigt in mir auf, doch ich schiebe es beiseite. »Ich war wie besessen von dem roten Punkt an der Babywange. Vielleicht ein Pickel oder ein Stich von einem anderen Insekt, meinte meine Mutter. Aber am vierten Tag zeigten sich die verhängnisvollen Symptome – Fieber, Hautausschlag und gerötete Augen. Remus lächelte immer noch. Er hatte keine Ahnung, was ihn ereilt hatte. Das hat mich fertiggemacht. Und es gab nichts, was wir hätten tun können.«

Ethan drückt meine Hand.

Ich bin überrascht, woran ich mich erinnere. Die Erinnerung ist wie ein tiefer Brunnen, nehme ich an, und man hat keine Ahnung, was sich auf seinem Grund verbirgt, bis man den Eimer hinabsenkt und ihn wieder heraufzieht. »Es war nichts Ungewöhnliches. Das ist das Absurde. Man konnte sich nicht selbst bemitleiden, denn überall passierte das Gleiche. Man durfte sich nicht unterkriegen lassen, denn man hatte keine Ahnung, wer als Nächstes dran war, vielleicht die eigene Mutter oder der eigene Vater oder man selbst. Im Rückblick hat man die Tragödie von Anfang bis Ende im Blick und alles hat seinen Platz, doch damals war man einfach panisch. Wann hatte alles begonnen, wann würde es zu Ende sein? Würde man sterben oder alles überleben? Man wünschte sich weder das eine noch das andere. Ich kannte einen Jungen, der innerhalb eines Tages beide Eltern verlor. Er saß zu Hause auf dem Fußboden bei ihren Leichen. Er wusste nicht, was er tun sollte.«

»Oh Gott«, sagt Ethan.

»Nach Ausbruch der Pestsymptome durfte man die Opfer nicht mehr anfassen. Sie waren unter Quarantäne zu stellen und die Leichen so schnell wie möglich zu entsorgen. Bevor die Mücken die Krankheit übertragen haben, konnte der Erreger von Mensch zu Mensch weitergegeben werden.« Ich rede hastig weiter, denn ich weiß, ich finde keinen neuen Anfang, wenn ich mich unterbreche. »Natürlich hatten die Leute Panik davor, sich an öffentlichen Orten aufzuhalten, einander nahe zu kommen oder sich um Kranke zu kümmern. Unser Nachbar war Arzt, einer der wenigen Überlebenden der Epidemie, und angeblich immun. Er nahm uns das Baby fort, um es mit

Dutzenden anderer Kranker in seinem Garten sterben zu lassen. Ich wollte ihn nicht gehen lassen, die Vorstellung, dass der Kleine von einem Fremden weggeholt wurde, war unerträglich für mich. Und so verfolgte ich den Nachbarn und nahm das Baby wieder mit zu uns. Ich glaube, ich war damals acht. Ich versorgte den Kleinen in unserem Garten und er starb in meinen Armen. Mir war es egal, ob auch ich sterben würde.«

Ethan scheint meinen Schmerz in sich aufzunehmen. Er schüttelt den Kopf. »Aber du hast dich nicht angesteckt.«

»Nein, der arme Nachbar starb noch im selben Monat, aber ich war, glaube ich, wirklich immun. In der Nacht, als ich das Baby in meinen Armen hielt, wurde ich von einer Mücke gestochen. Ich erzählte niemandem davon

und wartete auf meinen Tod. Vielleicht wollte ich sterben. Doch es kam nicht so.«

Er sieht traurig aus und senkt den Kopf.

»Aber mein Bruder Julius starb.« Ich schaue in den Himmel, das helle Sternenlicht wirkt im Vergleich zu den strahlenden Lichtern am Strand blass und verschwommen. Mehr bringe ich zu diesem Thema nicht mehr über die Lippen.

Ich wische mir ungeduldig die Tränen ab. »Wenn ich mich wirklich mal quälen will, dann stelle ich mir Remus' Lächeln an dem Tag vor, als er krank wurde.«

Ethan schüttelt den Kopf. »Warum willst du dich überhaupt quälen?«

Bei der Antwort muss ich nicht nachdenken. »Weil ich hier bin und er nicht. Weil ich am Leben bin.«

Kapitel 16

Ich dusche heiß, putze mir übergründlich die Zähne. Ich versuche, einfache Freuden wie frisch gewaschenes Haar und brandneue Klamotten zu genießen. Ethan nimmt mich kurz in die Arme, als ich, in mein Handtuch gewickelt, aus dem Bad komme. »In meinen Ohren ist kein einziges Sandkorn mehr.«

Er lacht, doch ich merke, wie behutsam er ist. Eine Geschichte, wie ich sie erzählt habe, hebt eben nicht gerade die Stimmung.

Ich bemerke, dass er die ungemütliche Couch mit einem Laken, Kopfkissen und einer Decke in ein Bett verwandelt hat. »Sie lässt sich nicht ausziehen?«, frage ich.

»Nein, offenbar nicht. Aber das macht nichts«, antwortet er zuversichtlich.

Es ist eher ein Zweisitzer-Sofa als eine Schlafcouch. Er wird sich zusammenfalten müssen, um dort draufzupassen.

Schuldbewusst schaue ich auf das riesige Bett. »Bist du sicher?«

»Ja, wirklich kein Problem.«

»Angeblich kannst du ja gut im Sitzen schlafen.«

Wieder lacht er und geht ins Bad. Ich höre zu, wie er sich die Zähne putzt.

Ich lösche das Deckenlicht, wickele mich aus meinem Handtuch und ziehe mir ein Trägershirt und frische Unterwäsche an. Ich nehme die elastische Tagesdecke vom Bett und lasse mich unter knisternde weiße Laken und die Decke gleiten. Dann drehe ich meinen Kopf auf dem Kissen so, dass meine mittlerweile ausgezeichneten Augen durch die Balkontür nach unserer teilweisen Aussicht aufs Meer Ausschau halten können.

Ethan kommt in seinen Boxershorts aus dem Bad. Er macht die letzte Lampe aus, und ich beobachte mitleidig, wie er sich zusammenkrümmt, um auf das kleine Sofa zu passen.

Ich liege da und überlege, was ich sagen soll. Schließlich stütze ich mich auf einen Ellbogen. »Willst du nach mei-

ner Geschichte von heute Abend immer noch mit mir das Bett teilen?«

Sofort springt er von der Couch auf. »Lieber als alles andere.«

Ich lüfte die Laken und er steigt ins Bett und legt sich auf mich. Ich glaube, das ist das Schönste, was ich in meinem Leben jemals gefühlt habe. »Nach meiner Geschichte von heute Abend halten wir die Sache oberflächlich, Ethan Jarves«, flüstere ich gegen seine Wange.

»Oh, nein, bitte!«

»Entweder so oder du wanderst sofort wieder auf die Couch.«

»Meinetwegen. Du bist wirklich grausam!«

Ich spüre, wie sich seine Hände langsam über meinen Körper bewegen und unter das Trägershirt schieben.

»Ethan«, flüstere ich und lege meine Hand auf seine. »Wenn das oberflächlich sein soll, was ist dann bei dir intim?«

»Das wollte ich dir gerade zeigen.«

Ich sollte wirklich nicht lachen. »Zurück auf die Couch.«

»Schon gut.«

Ich wache mit den ersten Sonnenstrahlen auf und versuche, diesen Moment auszukosten. An so vielen Morgen bin ich aufgewacht und war wie erschlagen von Verlust und Trauer. Heute Morgen bin ich froh. Ich betrachte Ethans verstrubbeltes Haar, nehme seinen Körpergeruch wahr, sehe die Sommersprossen auf seinen Schultern und fühle seine Beine, die mit meinen verschlungen sind. Ich möchte, dass nichts davon verschwindet.

Aber irgendwann muss ich Pipi machen. Vorsichtig entwinde ich mich seinem Körper, glücklicherweise schläft er tief und fest. Ich bleibe noch kurz auf der Bettkante sitzen und genieße, wie ungeniert er sich über das Bett ausgebreitet hat. Es fällt schwer, ihn nicht zu berühren, jetzt, wo ich das tun kann. Es fällt schwer, mich von ihm zu entfernen.

Ich gehe ins Bad und putze mir die Zähne. Ganz leise öffne ich den Safe und setze mich neben der Balkontür, wo es am hellsten ist, auf den Fußboden. Ich lese die erste Nachricht zum Tod von Mona Ghali in der morgigen Ausgabe noch einmal und dann die anderen Artikel in der Rubrik – über einen tödlichen Autounfall in Ossining, bei dem ein Vater und zwei Kinder ums Leben kommen, und einen anderen über einen Hausbrand in Montclair.

Ich überlege, ob ich die Nummer des Autofahrers aus Ossining ausfindig machen und ihn anrufen soll. Natürlich kann ich ihm nicht sagen, was ich weiß – er würde mir ohnehin kein Wort glauben –, aber ich könnte mir etwas ausdenken, um ihn an diesem Abend von der Straße fernzuhalten. Ich müsste ihn noch nicht mal anrufen, sondern könnte einen seiner Autoreifen zerstechen oder ihm Zucker in den Benzintank schütten. Ich könnte die Sache einfach selbst in die Hand nehmen.

Und was ist mit den Leuten, deren Haus niederbrennt? Ich könnte anonym die Gefahr eines Elektroschadens melden oder versuchen, ihnen einen Sachverständigen vom Feuerschutz ins Haus zu schicken. Oder ich könnte mich am Telefon als Sachverständiger ausgeben und sie wenigstens dazu bewegen, die Batterien in ihren Rauchmeldern auszutauschen.

Mit einem Mal bin ich das futuristische Mädchen von der Bürgerwehr, der Star in meinem nicht sehr ruhmreichen Superhelden-Comicstrip.

Selbstverständlich fällt mir sofort Regel Nummer vier ein. Eine der wichtigsten Regeln. Die Betreuer erwähnen sie nicht so oft, aber irgendwie ist sie selbstverständlicher als die anderen.

Ich blättere zur letzten Zeitungsseite mit den kleingedruckten Todesanzeigen. Bei einigen wenigen stehen ein paar Zeilen über Leben und Tod des Verstorbenen, bei den meisten finden sich nur die Lebensdaten und die Namen der Hinterbliebenen. Zumeist waren es alte, wahrscheinlich kranke Menschen, deren Tod sich nicht hätte verhindern lassen. Doch was ist mit den anderen?

Die Vorstellung, Leute vor dem Tod zu retten, Tragödien zu verhindern, an einem kritischen Punkt einzugreifen und das Leben in eine andere Richtung zu lenken, ist geradezu berauschend.

Und was, wenn es noch andere Momente gibt, in denen niemand stirbt, die aber wichtig sind, Momente der Niederlage oder der Mutlosigkeit, in denen man leicht in den Lauf der Dinge eingreifen könnte? Die stehen nicht unbedingt in der Zeitung.

Mit meinem Finger fahre ich die Spalte mit den Todesanzeigen ganz nach unten, bis ich beim jüngsten Verstorbenen angelange. 2. Januar 1996 – 17. Mai 2014. Mein Blick bleibt an diesen Daten kleben. Ich beginne zu frösteln, fahre mit meinem Finger in der Spalte nach links: *Ethan Patrick Jarves, unser geliebter Sohn.* Verwirrt reiße ich mich von der Zeitungsseite los. Ich spüre, wie mein Blick, mein ausgezeichneter Blick verschwimmt. Das darf nicht wahr sein.

Ich schaue auf die andere Seite des Zimmers, auf den geliebten Sohn, geliebten Freund, geliebten Geliebten, der nach allen Seiten ausgestreckt auf dem Bett liegt, das wir eben noch geteilt haben, und so braun gebrannt, kräftig und gesund ist, wie ein allseits Geliebter nur sein kann.

Das darf nicht wahr sein. Wieder schaue ich in die Zeitung und erwarte tatsächlich, dass dort jetzt etwas anderes steht, aber es ist immer noch das Gleiche.

Ethan Patrick Jarves, unser geliebter Sohn. Die Hinterbliebenen, die Eltern und die Schwester.

Meine Augen scheinen in ihren Höhlen zu flimmern, mein Herz tobt in meiner Brust, als wäre es dort gefangen.

Ethan gibt im Schlaf einen Laut von sich und streckt ein Bein unter dem Laken hervor.

Die Zeitung in den Händen, springe ich auf. Ich gehe so leise ich kann ins Bad, ziehe meine Shorts an und verlasse das Zimmer. Mit noch immer verschwommenem Blick laufe ich zum Aufzug.

Ich halte die Zeitung fest in den Händen, gehe durch die Lobby und den Strandweg hinunter. Ich laufe zu der kleinen Anhöhe am Meer. Es ist noch früh, und der Strand ist bis auf die Möwen, die in überquellenden Abfalleimern herumpicken, leer.

Ich falte die Zeitung so zusammen, dass sie nicht herumfliegt. Ich habe immer noch die Vorstellung, dass etwas anderes drinsteht, wenn ich sie noch mal aufschlage, und dass der geliebte Ethan Patrick Jarves dort nicht mehr erwähnt wird.

Das hier ist nicht real, es ist noch nicht geschehen. Das hier ist eine mögliche Zukunft und es gibt zahllose Varianten. Das hier ist definitiv nicht die Zukunft. Ich weigere mich, das zu glauben.

Und obwohl ich es nicht glauben will, drehen sich meine Gedanken nur noch darum. Wie stirbt er? Woran? Es ist genau der Todestag von Mona Ghali – gibt es da einen Zusammenhang? Denn die Zukunft in dieser Zeitung wird nicht die gleiche Zukunft sein, zu der jetzt auch ich gehöre. Ich war damals nicht dabei und auch mein Vater nicht. Damals bestand nicht die Möglichkeit, dass Ethan und ich uns zusammentun würden, um einen Mord zu verhindern.

Die Zukunftsvariante, in der Ethan am 17. Mai stirbt, kann mit mir nichts zu tun haben. Doch was ist mit Mona Ghali? Er kennt sie. Er hält sich oft in ihrem Labor auf.

Ich wünschte, ich hätte mehr Informationen. Aber ich habe keine andere Zeitungsausgabe aus der Zukunft, um die Fakten gegenzuchecken. Und ich kann auch nichts über einen Todesfall herausfinden, bevor er sich nicht ereignet hat.

Ich merke, dass ich weine. Tränen laufen über mein Gesicht, tropfen auf die gefaltete Zeitung und meinen Handrücken.

Warum kann ich niemanden halten, den ich liebe?

Ich habe lange aufs Meer hinausgesehen, als Ethan, mein Geliebter, neben mir erscheint. In der Zwischenzeit habe ich versucht, nicht mehr zu weinen.

»Du bist früh aufgestanden«, sagt er vorwurfsvoll. »Ich wache nicht gerne ohne dich auf.« Er lacht über sich selbst. »Tut mir leid, ich habe mich schon an dich gewöhnt.«

Ich stehe auf und umarme ihn keck. Eigentlich ist es gar nicht keck, ich möchte vor allem vermeiden, dass er mir ins Gesicht sehen kann. »Ja, ich bin früh aufgestanden«, sage ich, »und ich wollte, dass du weiterschläfst.«

Er küsst mich auf den Nacken, hinter ein Ohr und dann ganz aufmüpfig auf den Mund. »Hab ich eigentlich schon erwähnt«, fragt er ein wenig atemlos, »dass ich mich überhaupt nicht krank fühle? Mir ging's nie besser.«

Ich lächele und gebe mir Mühe, ein frohes Gesicht aufzusetzen.

»Nur so nebenbei.«

Mir bricht das Herz.

»Man kann sich heute Morgen am Frühstücksbuffet bedienen und so viel essen, wie man möchte. Magst du?« Er sagt es, als hätten wir einen Preis gewonnen.

»Meinetwegen«, antworte ich. Ich fürchte mich immer noch davor, was sein Blick in meinem Gesicht lesen könnte.

Er freut sich so sehr über das Buffet, dass mir das Herz blutet. Er nimmt sich vier riesige Waffeln, zwei Donuts,

eine Schüssel Müsli, einen Becher Joghurt, einen Beilagenteller mit Bratwurst und Schinken, ein großes Glas Milch und einen Orangensaft.

»Henny, die haben hier diese kleinen Schokoladentörtchen«, ruft er mir gut gelaunt quer durchs Restaurant zu.

Ich lege eins von den Törtchen und ein paar Früchte auf meinen Teller und weiß schon jetzt, dass ich kaum einen Bissen runterbekommen werde.

Wir sind fast allein. Wir sitzen an einem Tisch mit zwei Gedecken an einem Fenster mit Meeresblick. Das Wasser leuchtet besonders hell und hat die grünliche Farbe von Mundspülung.

»Heute ist unser Tag«, verkündet Ethan zwischen zwei Bissen von seiner Waffel.

Gestern Abend war ich noch so aufgeregt bei dem Gedanken, gemeinsam in den Tag zu starten. Jetzt ist mir das Herz schwer.

»Wir sollten uns nach dem Frühstück auf den Weg machen und am frühen Nachmittag in der Nähe von Teaneck ankommen.« Er spießt ein Stück Wurst auf. »Und in den Pausen bringe ich dir Hearts bei.«

»Man muss Prioritäten setzen«, sage ich.

»Genau. Denn sobald du Hearts beherrschst, bist du Profi.«

»Dann bin ich ein Mädchen aus dem einundzwanzigsten Jahrhundert, wie es sich gehört?«, frage ich. Mir ist zum Weinen. Ich will kein Profi sein.

»Jawohl, gnädige Frau.«

»Aber es muss doch noch andere Sachen geben, die du mir beibringen kannst, das kann doch nicht alles gewesen sein.«

Er hört einen Moment auf zu kauen und betrachtet mich aufmerksam.

»Machst du Witze? Das ist noch nicht mal der Anfang, es gibt noch vieles, was ich dir beibringen kann.«

Ich sehe ihm zu, wie er das Buffet abräumt, die meiste Zeit mit einem Tropfen Sirup am Kinn, und ich schwöre mir etwas.

Ich werde nicht zulassen, dass er stirbt. Koste es, was es wolle. Mir sind alle Zukunftsvarianten egal, außer der einen, die ich gestalte, und bei der wird Ethan nicht sterben. Weil ich es verhindern werde.

Kapitel 17

Ethan behält die Straße im Blick und ich behalte Ethan im Blick. Ich habe Angst, ihn aus den Augen zu lassen. Er dreht sich ganz kurz zu mir um und schaut mich an.

»Alles klar?«

Soll ich es ihm erzählen? Ich verschränke nervös meine Finger ineinander. Vielleicht sollte ich, aber ich kann nicht. Wenn ich die Worte ausspreche, dann werden sie in einem Maße real, wie ich es nicht zulassen will. Im Augenblick handelt es sich um etwas, das nur für mich und als winziger Einzeiler in einer Zeitung existiert, die bald aktuell sein wird. Niemand anders muss davon erfahren.

Und überhaupt, was wäre, wenn dieses Wissen Ethan hoffnungslos macht und er sich resigniert seinem Schicksal ergibt? Oder wenn er alles daransetzt, dass die Meldung sich nicht erfüllt, und dann passiert es trotzdem?

Nein, ich bringe die Worte nicht über die Lippen. Und weil ich die Einzige bin, der sie bekannt sind, und weil meine Liebe zu ihm mich fast um den Verstand bringt, werde ich heute sein Schutzengel sein.

Ich zwinge mich, ihn nicht weiter anzustarren. Meine ausgezeichneten Augen verfolgen jetzt die Ausfahrten, die vom Garden State Parkway abgehen, und nehmen die eigenartige Poesie der Ortsnamen wahr: Manahawkin, Forked River, Island Heights, Pleasant Plains, Asburg Park, Neptune. Mir fällt etwas ein.

»Kannst du hier abfahren?«, frage ich.

»Hier bei dieser Ausfahrt?«

»Ja.«

»Genau hier?«

Ich lese alle Schilder, die ich finden kann. »Ja, ich glaube hier war es.«

Ethan biegt ab. »Und was ist dort?«

Ich wende mich in meinem Sitz nach allen Seiten um. »Ich erkenne ein paar der Namen wieder, aber alles andere hat sich verändert.«

»Okay.« Ethan fährt an eine Kreuzung heran. »Wo lang?«

Ich schaue mir die Schilder an, ich muss überlegen. »Vielleicht links.«

»Also vielleicht links.«

»Fahr weiter«, fordere ich ihn auf.

Er fährt eine Meile weiter und dann erinnere ich mich. »Bieg genau hier ab.«

»Okay.«

»Fahr weiter geradeaus.« Ich kauere im Sitz auf meinen Knien. »Genau hier, siehst du das Haus da?«

»Diese Schule?«

»Ja, kannst du anhalten?«

Ethan fährt an die Seite und parkt genau vor dem Gebäude. Es ist Sonntag und deshalb ist niemand dort.

»Ich fass es nicht«, sage ich leise und steige aus dem Auto.

Ethan folgt mir über den Rasen auf eine kleine Anhöhe, von der aus man den hinter der Schule gelegenen Spielplatz sieht. »Weißt du, wo wir hier sind?«

»Nein.«

»Das war die örtliche Grundschule, hier in der Nähe haben wir gewohnt. Vorher, bevor wir emigriert sind.«

Ethan reißt die Augen auf. »Wirklich, genau hier?«

»Ich bin mir fast sicher.« Im Schulhof blühen die Bäume und die Sonne scheint sanft auf uns herab. Die mit diesem Schulgebäude verbundenen Erinnerungen sind verstörend, aber der Ort selbst hat etwas merkwürdig Beruhigendes. Er gibt mir ein Gefühl von Kontinuität, das ich sonst nur sehr selten habe.

Ich möchte hierbleiben, wird mir klar. Denn was sollte Ethan hier Schlimmes widerfahren? Wir könnten den ganzen Tag im Gras sitzen und den Wolken und den Vögeln am Himmel nachsehen. Hier bestünde nicht die Gefahr eines Autounfalls oder eines Mordes, der schiefgelaufen ist. Ich könnte ihn in meinen Armen halten, bis dieser Tag heute vorüber ist.

»Bist du auf diese Schule gegangen?«, fragt er und hält meine Hand.

»Nein. Ich sollte, ich wollte auch, aber sie wurde geschlossen, bevor ich alt genug für den Kindergarten war. Nur vorübergehend, hieß es, doch sie ist nie wieder eröffnet worden.« Und schon taucht der Eimer wieder in den tiefen Brunnen lang vergangener Erinnerungen. Ich bin selbst überrascht, was er heraufholt.

Ethan sieht mich erneut mit diesem neugierigen und

zugleich zögerlichen Blick an. »Wo bist du dann zur Schule gegangen?«

»Nirgendwo. Wir sind zu Hause unterrichtet worden. Mein Dad hat das sehr ernst genommen. Du ziehst mich immer mit meinem Superhirn auf – das habe ich alles meinem Vater zu verdanken, der Lehrer war, aber nirgendwo sonst unterrichten konnte, sowie der Tatsache, dass wir Kinder nicht vor die Haustür durften.«

»Dein Dad war ein toller Lehrer.«

Ich nicke. »Das stimmt. Trotzdem wollte ich *unbedingt* zur Schule gehen. Ich habe alle möglichen Bücher gelesen, in denen Kinder Schulen besuchten, und habe immer so getan, als ob das bei mir auch so wäre.«

»In welchem Jahr wurde sie geschlossen?«

»Die erste richtige Pestepidemie war 2087. Sie war immer mal sporadisch ausgebrochen, doch es gelang ihnen, sie zu bekämpfen und unter Kontrolle zu halten. Erst als die Mücken den Erreger übertrugen, brach die Hölle los.«

»2087.«

»Ja, ich glaube, sie haben sie dann im Laufe der zweiten Epidemie 2091 geschlossen.«

»Da warst du … ungefähr fünf?«

»Genau.«

Er denkt stirnrunzelnd darüber nach. »Weißt du, du bist eigentlich ein bisschen zu jung für mich.«

Ich lache. »Und du bist älter als meine Oma.«

»Bist du hier in der Nähe geboren?«

»Nicht weit entfernt.«

»Waren das hier immer noch die USA?«

»Ja, ich bin keine illegale Außerirdische, nicht in dieser Hinsicht jedenfalls.«

»Also gab es dieses Land wenigstens noch.«

»Ja, aber es lief nicht gut.«

Sein Gesichtsausdruck wirkt immer betrübter.

»Überall sonst lief es ebenfalls nicht gut«, sage ich. »Auch wenn das kein Trost ist.«

»Und wann seid ihr fort?«

»2098, und im Jahr 2010 sind wir angekommen.«

»Warum genau in jenem Jahr?«

»Warum 2098? Ich nehme an, man hatte zum ersten Mal herausgefunden, wie der Zeitpfad funktioniert, sodass wir eine reale Möglichkeit hatten, wegzukommen. Mein Dad erzählte mir, dass es während der späten Siebziger- und Achtzigerjahre einen Wettlauf um die Suche nach alternativem Lebensraum gab. Zu diesem Zeitpunkt war den meisten klar, dass der Planet ziemlich rapide unbewohnbar wurde.«

»Ich nehme an, ab einem bestimmten Punkt kann das niemand mehr leugnen.«

»Einige Wissenschaftler haben das sehr lange bestritten, und sie hatten eine ziemlich große und überzeugte Gefolgschaft – ich weiß nicht, ob Optimismus oder Zynismus der Grund waren –, aber als die Probleme sich verschlimmerten, machten sie sich lächerlich.«

Ich höre mir selbst zu, als wäre die, die da redet, eine andere Prenna. Im Hinterkopf glaube ich zu begreifen, was diese andere Prenna versucht. Wenn sie weiter so drauflosplappert, wird Ethan vielleicht nicht merken, dass Teaneck, New Jersey, nicht näher rückt.

Und so fabuliert diese andere Prenna weiter. »Manche Ärzte und Wissenschaftler versuchten, die Probleme zu lösen, doch den meisten war klar, dass es dafür zu spät war. Sie waren nur noch damit beschäftigt, einen Ausweg zu finden. Es gab Pläne, den Mond zu bevölkern, oder den Mars, oder eine Station im All. Alles große und ehrgeizige Pläne, aber es fehlte an Zeit. Die Menschen starben. Das einzige Kolonialisierungsprojekt, das funktionierte, war zugleich das einfachste – nämlich die Vergangenheit zu kolonialisieren.«

»Wie viele Male ist dieser Zeitpfad benutzt worden?«

»Bis vor ein paar Tagen hätte ich behauptet, nur ein einziges Mal. Aber er muss noch einmal benutzt worden sein, denn mein Vater ist ebenfalls hierhergekommen.«

»Ins Jahr 2010.«

»Ja. Ich kann mir nicht einmal vorstellen, wie die Welt aussah, die er verlassen hat.«

»Vielleicht gab es noch weitere Zeitreisen.«

Mir läuft es kalt den Rücken herunter. »Es gibt die Legende vom Zeitreisenden Nummer eins. Nicht jeder glaubt daran.«

»Und wer ist dieser Zeitreisende Nummer eins?«

»Jeder von uns hat eine Nummer, von unserem Hauptbetreuer, dem Zeitreisenden Nummer zwei, über meine Mutter und mich – ich habe übrigens die Nummer 971 –, bis hin zu Ashley Myers, dem jüngsten Zeitreisenden, Nummer 996. Zeitreisender Nummer eins beschritt den

Zeitpfad angeblich als Erster und lernte alles über die Zeit und ihre Gesetze. Er war wie Moses für uns und hinterließ uns die zwölf Regeln.«

»Und dann zog man seine Nummer aus dem Verkehr.«

»Genau.«

»Das bedeutet, dass er hier irgendwo sein muss.«

»Falls er wirklich existiert und alle 2010 hier angekommen sind, dann trifft das zu.«

»Ich hätte ihm im Wald begegnen können.«

»Das bezweifele ich. Ich nehme an, bei allem Respekt, dass er nur so etwas wie eine Metapher ist. Man hat ihn geschaffen, um die Regeln zu legitimieren. Damit es nicht so aussieht, als hätte man sich alles bloß ausgedacht.«

Wir laufen um die Schule herum zu dem kleinen Spielplatz. Ich war nur wenige Male dort, bevor man ihn abbaute. Man wollte Kinder nicht ins Freie locken.

»Weißt du, was mich am meisten überrascht?«, frage ich, als wir uns beide auf die Schaukeln setzen.

»Was?«

»Dass alle Bescheid wissen.«

Ethan tritt mit den Schuhen gegen die Erde unter seiner Schaukel. »Was meinst du damit?«

»Jeder hier weiß, was passieren wird. Bevor wir hierherkamen, dachte ich, dass die Menschen im späten zwanzigsten und frühen einundzwanzigsten Jahrhundert keine Ahnung hatten, was sie mit der Welt anstellten, denn sonst hätten sie doch nicht so weitergemacht. Dabei wissen sie es genau. Sie haben keine präzise Vorstellung davon, wie sich alles weiterentwickelt, aber sie wissen sehr viel.«

»Ja, du hast recht, wir wissen Bescheid.«

»Die Menschen aus den Achtzigerjahren schauen auf unsere Gegenwart und die Folgejahrzehnte als das Goldene Zeitalter der Wissenschaft zurück. Als das Goldene Zeitalter für viele Dinge, übrigens. Du kannst dir nicht vorstellen, wie sehnsüchtig man auf diese Zeit zurückblickt. Die Wissenschaft ist weit genug, um Prognosen über die nächsten hundert Jahre abzugeben. Und nicht nur eine Handvoll Wissenschaftler haben dieses Wissen, sondern praktisch jedermann. Ich lese und höre darüber, erfahre jeden Tag im Fernsehen davon. Man wird von allen Seiten gewarnt.«

»Nicht jeder ignoriert die Warnungen.«

»Nein, das stimmt. Aber die Leute hier haben merkwürdige Vorstellungen von dem, was man tun kann. Da gibt es diesen Tag der Erde und alle möglichen Bioprodukte, mit denen die Leute ihr Gewissen beruhigen – als ob Bettwäsche aus ökologisch angebauter Baumwolle und Hanfsocken alle Probleme lösen würden. Doch niemand wagt sich an harte Entscheidungen ran. Nicht, wenn sie einen Preis haben. Niemand verlangt wirkliche Opfer ab. Die Politiker sind nicht gerade mutig. Sie werden irgendwann Opfer verlangen, das müssen sie, da wird ihnen nichts anderes übrigbleiben, aber dann wird es zu spät sein.«

Ethan sieht niedergeschlagen aus. »Das wird also passieren.«

»Genau das wird passieren.«

Er schweigt eine Weile. »Und eure Anführer wissen das alles und sie unternehmen nichts?«

»Im Gegenteil. Sie stellen sicher, dass niemand etwas unternimmt. Du hast den Brief von meinem Vater gelesen. Als wir ankamen, führten sie sich auf, als würden sie die USA neu erfinden, ganz mutig und innovativ. Am Anfang habe ich ihnen das alles abgenommen, aber es stimmte nicht. Alles, was sie wollten, war Geheimhaltung und Manipulation – sie erfanden Geburtsurkunden, Pässe, Kreditauskünfte und Familien, die es nicht gab. Sogar alte Familienfotos. Sie versuchten, Erinnerungen an unser altes Leben zu unterdrücken, doch das hat nicht wirklich funktioniert. Mit Ausnahme der Reise und ein, zwei Tage danach erinnere ich mich an fast alles. Und sie versuchten, uns das Leben hier anzutrainieren, Erfahrungen einer ganzen Kindheit in zwei Tage zu packen. Sie waren gründlich, aber sie haben doch ein paar Dinge übersehen.« Ich
nage an meiner Unterlippe. »Wie uns das Kartenspielen beizubringen, beispielsweise.«

Ethan lächelt mich an und ich erwidere sein Lächeln. Er schwingt die Beine vor und zurück, um die Schaukel in Gang zu bringen, und ich tue es ihm gleich. Ich glaube, ich würde am liebsten bis Mitternacht mit ihm hier schaukeln, vielleicht sogar bis zum Lebensende.

»Und sie haben etwas Wichtiges übersehen, nämlich Freiheit. Wir mussten Geheimnisse hüten und Regeln befolgen, aber wir hatten keine Freiheit. Damit wäre Benjamin Franklin sicher nicht einverstanden gewesen.«

»Nein, vermutlich nicht.«

»Vielleicht war am Anfang noch etwas mehr Idealismus im Spiel, doch als sie herausgefunden hatten, wie bequem, sicher und nett es hier ist, haben sie den verloren, glaube ich. Sie verwandelten uns in Parasiten. Sie verlassen sich zu sehr auf die Zukunft, als dass sie sie ändern wollten.«

»Trotz allem …«

»Trotz allem.« Ich zucke mit den Schultern. »Ich wollte ihnen lange trauen. Die Gemeinschaft war meine Welt – viele der Menschen dort mag ich, einige liebe ich. Sie alle befolgen, was die Anführer erzählen, oder versuchen es wenigstens. Aber ich schaffe das nicht mehr. Sie sind genau so selbstgefällig, kurzsichtig und egoistisch wie alle anderen. Und noch viel korrupter.«

»Oh Gott, das ist wirklich übel.«

»Trotzdem, keiner kann sich die Zukunft richtig vorstellen, stimmt's? Es ist wie mit dem eigenen Tod. Man schafft es einfach nicht. Keinem gelingt das. Nicht einmal uns, die wir sie mit eigenen Augen gesehen haben.«

Natürlich erscheint vor meinem inneren Auge sofort der kleine, grauenvolle Einzeiler aus der morgigen Zeitungsausgabe. Noch ein Tod, den ich mir nicht vorstellen kann, nicht vorstellen will.

Er schweigt einen kurzen Moment. »Traut deine Mutter ihnen noch?«

»Sie protestiert nicht, so viel weiß ich zumindest. Ich habe keine Ahnung, ob aus Zustimmung oder Angst.«

»Glaubst du, sie wusste von deinem Vater?«

»Das glaube ich nicht.« Ich schließe die Augen. »Beziehungsweise *möchte* ich das glauben.« Ich fahre mit den Fingern über die rostige Kette der Schaukel. »Weißt du, meine Mutter hat viel mitgemacht. Leid macht einen widerstandsfähiger und klüger, sagt man, doch ich fürchte, oft macht es einen vor allem schwächer und ängstlicher. Sie will uns nur sicher über die nächste Stunde, den nächsten Tag bringen, das allein zählt für sie.«

»Wie traurig, aber wahrscheinlich ist das für die meisten Menschen so«, meint Ethan.

Ich starre ihn an und mir kommen die Tränen. Mir wird klar, wie recht er hat. Auch ich bin schwach und ängstlich. Wegen dieses Einzeilers in der Zeitung ist das auch für mich alles, was zählt.

»Aber du bist anders, du weißt, wie viel uns eine einzige weitere Stunde kostet«, sagt er ernst. »Und auch ich habe mich verändert. Uns beiden ist klar, was geschieht, wenn wir nichts unternehmen.«

Ich wische mir die Nase am Ärmel ab. Ich möchte anders sein, doch im Augenblick habe ich Angst.

Er gleicht sich dem Rhythmus meiner Schaukel an, ergreift meine Hand und wir schwingen im Gleichtakt. Man hat das Gefühl, dass ihm niemand jemals den Besuch auf einem Spielplatz verboten hat.

Geübt hält er die Schaukeln an und zieht mich nach oben, bevor ich mein Gleichgewicht wiedergefunden habe. Zielstrebig steuert er mich in Richtung Auto. »Wir wissen es bis zum heutigen Tag«, meint er. »Und genau darum geht es heute.«

Ich weiß, dass er recht hat. Wir müssen unser Ziel weiterverfolgen.

»Gab es bei euch denn gar nichts Cooles, Schönes?«, fragt Ethan mich irgendwo zwischen Asbury Park und Freehold.

Ich möchte ihm gerne alles von mir geben, was er möchte, ihm alles erzählen, was ihn interessiert. Er hat seine Neugier so lange gezügelt. Ich wünschte nur, ich hätte Angenehmeres zu berichten.

Er wirft mir einen Blick zu. »Du musst mir nicht sofort antworten. Keine Eile. Ich habe vor, dir während der nächsten achtzig Jahre Fragen zu stellen.«

Mir schnürt es vor Schmerz die Kehle zu bei diesen Worten, ich kann meine Gefühle kaum verbergen. »Ich habe von ein paar coolen Dingen gehört«, antworte ich und versuche, meinen Kehlkopf zu entspannen, damit die Worte hindurchpassen. »Ich habe auch ein paar gesehen, aber die meisten haben nicht besonders gut funktioniert, als ich auf die Welt kam. Die Computertechnologie kam ungefähr ab 2020 ohne Hardware aus. Man konnte Bilder überallhin projizieren, auf Bildschirme, die dünn wie Papier oder beweglich wie Gardinen waren. Man konnte Informationen oder Bilder direkt mithilfe der Hände, der Augen und mitunter sogar per Verstand manipulieren.«

Ethan nickt begierig und zufrieden. »Das sieht man schon alles kommen.«

»Mithilfe einer besonders coolen App konnte man sich unsichtbar machen. Ich hab das niemals live miterlebt, aber ich habe darüber in Geschichten aus den Zwanziger- und Dreißigerjahren gelesen. Ich glaube, sie verfeinern gerade die Technologie – während du dich bewegst, verfolgen Sensoren deine Umrisse und projizieren den Hintergrund auf deinen Körper, sodass du dich sozusagen nahtlos in deine Umgebung einfügst.«

»Ich habe darüber gelesen«, sagt Ethan. Er wirft mir wieder einen Blick zu. »Lustig, dich über die Zukunft reden zu hören, als wäre sie Vergangenheit, oder jedenfalls merkwürdig.«

»Ich weiß, ich tue mich schwer mit den Zeiten.«

»Und was noch?«

»Also, es wurden Unsummen für Forschung und Entwicklung ausgegeben und jede Menge wissenschaftliches Hirnschmalz für Pillen und einfache plastische Operationsmethoden verschwendet, damit die Leute so viel in sich hineinstopfen konnten, wie sie wollten, und trotzdem nicht dick aussahen. Und man machte auf dem Gebiet der plastischen Chirurgie insgesamt enorme Fortschritte, damit die Leute ihren Körper genau so formen konnten, wie sie ihn haben wollten, und superjung aussahen, obwohl sie schon siebzig waren. Um ehrlich zu sein, es war ziemlich grauenvoll.«

Ethans Gesichtsausdruck ist nüchtern. »Was für eine Verschwendung. Und während der ganzen Zeit geht die Welt kaputt.«

»Gegen Ende der Vierziger hatten alle diese Verrücktheiten ein Ende. Und das ist nicht ohne Ironie, denn in den Fünfzigern wurden Nahrungsmittel knapp, und die meisten Leute, sogar hier in diesem Land, hatten nicht mehr genug zu essen, um überhaupt fett zu werden.«

Ethan schüttelt den Kopf. »Das ist einfach nur tragisch.«

Ich höre immer noch, wie Poppy das alles leidenschaftlich an unserem Küchentisch beschreibt. Ich denke an den alten Mann, der im Dunkeln unter dem Tisch im Gemeindezentrum sitzt und mir von der Zeitgabel erzählt. Aus seiner Stimme höre ich immer noch meinen Poppy heraus.

»Und was ist, wenn wir heute, also heute Abend, tatsächlich an der Zeitgabel angelangen?«, fragt Ethan. »Wie soll sich die Geschichte verändern? Ist Mona Ghalis Forschung wirklich so wichtig? Ich bezweifele, dass ihre Arbeit diese Pillen gegen Fettleibigkeit aus der Welt schafft.«

Auch ich habe darüber nachgedacht. »Ihre Forschung beschäftigt sich mit Energie.«

»Genau. Sie erforscht, wie man die Wellen an der Meeresoberfläche in nutzbare Energie umwandeln kann.«

»Und was ist, wenn es funktioniert?«

Ethan überlegt. »Warum erzählst du mir nicht, wie die Geschichte unserer Welt von jetzt an weitergeht?«

Das sollte ich alles auswendig wissen, es sind lehrreiche Geschichten, wie sie uns Poppy liebend gern erzählte. »Okay. Also, bis jetzt sind die Wetterverhältnisse für die Landwirtschaft noch relativ stabil und so, wie sie lange Zeit waren, und die Leute nehmen das als gegeben hin. Der Golfstrom erwärmt Europa und es gibt regenreiche Gegenden und trockene. Okay?«

»Okay.«

»Aber dann verändert sich alles mehr oder weniger so, wie man es voraussagt. Das Polareis schmilzt, das Ewige Eis zerfällt und der Wasserpegel steigt auf der ganzen Welt. Am Anfang passiert das noch so langsam, dass die Leute denken, sie kommen damit zurecht. Ich erinnere mich an die Ruinen von einigen ziemlich verrückten Dämmen, die man in den Vierzigern errichtet hatte. Doch dann geht alles sehr schnell. Innerhalb von fünfzehn Jahren verändert sich die Welt. Trockenheit, Überflutungen und Orkane zerstören den fruchtbaren Mutterboden. Sobald sich die Menschen von einer Katastrophe erholt haben, kommt schon die nächste. Die Preise für Grundnahrungsmittel wie Weizen und Reis schießen in die Höhe, und Regierungen werden gestürzt, weil die Leute Hunger haben.« Ich schaue auf, ich rede hastig, merke ich. »Das war es auch schon – ein Schnelldurchgang durch die nähere Zukunft. Der Untergang der Menschheit in dreißig Sekunden.«

»Und dann sind da die Mücken.«

»Dazu muss man zwanzig, dreißig Jahre überspringen, aber du hast recht.«

»Das hat sicher zum Teil auch mit den Klimaveränderungen zu tun.«

»Auf jeden Fall.«

»Wenn Mona also eine saubere, billige Energiequelle ausfindig macht, dann würde das viel bewirken.«

»Ja.«

»Und falls Mona diese Erfindung für ein amerikanisches Labor patentiert, dann hilft das vielleicht dabei, die Finanzen in diesem Land in Ordnung zu bringen, weil man nicht mehr in riesigen Mengen Öl importieren muss, sondern Technologie exportieren kann.«

»Es wäre schön, wenn man diese Perspektive mit einer anderen und besseren Variante von Zukunft vergleichen könnte, aber es klingt plausibel.«

»Trotzdem hilft es nicht gegen diese Schlankheitspillen.«

»Na ja, wir können von Mona nicht verlangen, dass sie sich um alles kümmert.«

Ethan überlegt einen Augenblick. »Und was ist, wenn die Zukunft gar nicht verändert werden möchte, wenn sie sich nach ihrem eigenen Willen entwickeln will? Wenn es keinen Unterschied macht, was jeder Einzelne von uns unternimmt, wenn es egal ist, ob wir Helden sind oder Feiglinge?«

Mir gefällt dieser Gedanke nicht. An diesem wichtigen

Tag heute habe ich davor so viel Angst, dass ich ihn einfach verbanne. »Die Zukunft hat keinen Willen«, sage ich, ein bisschen zu energisch. »Wir machen die Zukunft.« Das will ich auf jeden Fall glauben.

Ich denke an Ethan und die achtzig vor uns liegenden Jahre voller Fragen. Ich denke an Poppy und welches Opfer er dafür gebracht hat.

Kapitel 18

Bei labbrigen Pommes frites und furchtbaren Hamburgern auf einem Parkplatz am Garden State Parkway bringt Ethan mir Hearts bei, er hat darauf bestanden. Ethan langt bei seiner Portion herzhaft zu. Seufzend legt er die Schachtel zur Seite. Mir bleiben die Bissen im Halse stecken.

»Das war der schlechteste Bacon Cheeseburger in meinem Leben«, sagt er, »aber es war trotzdem ein Bacon Cheeseburger.«

Uns bleiben noch sechs Stunden bis zu unserem Rendezvous mit dem Schicksal. Ich bin heute beim Kartenspielen nicht so geistesgegenwärtig wie gestern und ertappe mich immer wieder dabei, wie ich Ethans Lippen, seine Finger, Unterarme und sein Kinn anschaue.

»Also, was würdest du diesmal ablegen?«, fragt er begeistert.

Die Karten verschwimmen in meiner Hand.

»Die … mmmh … Zehn?«

»Karo? Nein! Du willst doch nicht gleich gegen den Buben verlieren. Versuch's noch mal.«

Ich nicke. Ich wünschte mir, ich hätte keine Magenschmerzen und könnte mich konzentrieren. »Vielleicht die hier?« Ich zeige ihm eine Kreuz Vier.

»Ich nehme an, das ist bei nur drei Blatt okay. Versuch es.«

Ich wünschte, ich wüsste, wovon er redet. Ich lege die Vier ab und sofort legt er eine Herz Sieben drauf.

Ich schaue auf seine Wimpern, um die ihn jedes Mädchen beneiden würde. »Das ist nicht gut, stimmt's?«, sage ich.

»Stimmt. Herz bringt Punkte. Und die sind nicht gut, du willst keine Punkte bekommen.«

»Keine Punkte, verstanden.« Ich schaue auf meine Karten, auf sein Ohr, ich betrachte die Sommersprossen auf seiner Nase.

»Herz ist schlecht«, wiederholt er. »Pik-Dame ist ganz schlecht. Punkte sind schlecht. Am Ende solltest du so wenig Punkte haben wie möglich.«

Ich nicke ergeben. »Ich glaube, mir gefallen Spiele, bei denen man Punkte gewinnen muss, besser als die, bei denen man aufpassen muss, keine zu gewinnen.«

Er wirft mir ein verschmitztes Lächeln zu. »Siehst du«, meint er. »Genau deswegen ist Hearts das tollste Kartenspiel.«

Ich bin nicht überzeugt.

»Denn der normale Weg, um bei Hearts zu gewinnen, besteht darin, keine Punkte zu bekommen und keine Tricks anzuwenden und so unauffällig und einfach zu spielen wie möglich. So gewinnen die meisten Leute.«

»Okay«, sage ich.

Er runzelt die Stirn. »Aber es gibt noch einen anderen, viel gewagteren und tolleren Weg, den sich die meisten

Hearts-Spieler allerdings nicht auszuprobieren trauen. Und wenn du auf die Art gewinnst, dann zwingst du alle anderen in die Knie und beweist, dass du der Größte bist.«

Ich liebe sein Lächeln. Ich versuche, mehr Begeisterung aufzubringen.

»Den Mond abschießen, heißt dieser Trick, und später bringe ich ihn dir bei.«

»Warum später? Warum nicht jetzt?«

»Vielleicht ist mein umwerfendes Aussehen daran schuld, aber im Augenblick bist du beim Kartenspielen einfach nicht bei der Sache.«

Um 17:55 Uhr parken wir vor einer Bäckerei in Teaneck, New Jersey. Laut Plan soll Ethan dort einen Kuchen besorgen und mir ist ganz schlecht vor Angst. Ich rate ihm, ihn nicht mit Monas Namen in Zuckerguss verzieren zu lassen, das würde doch etwas zu weit gehen.

Unser Plan sieht außerdem vor, dass ich in dieser Zeit einige Recherchen voranbringe und ein bisschen herumtelefoniere, aber ich möchte ihn keine Sekunde aus den Augen verlieren. Was, wenn ihm dort drinnen etwas zustößt, ein tödliches Unglück in der Bäckerei? Kann das Schicksal so grausam sein?

Mir gefällt überhaupt nicht, dass ich Ethan noch nicht von dem Einzeiler erzählt habe. Mir gefällt überhaupt nicht, dass etwas zwischen uns steht. Doch ich kann auch nicht einfach damit herausplatzen. Meine Magenschmerzen werden schlimmer. Ich fühle mich niedergeschlagen und meine Nerven liegen blank.

Ethan mustert mich, während er den Motor abstellt. »Alles klar, Pren?«

»Ach.« Ich zucke mit den Schultern. »Ich hab nur gerade gedacht … na, du weißt schon.«

»Du hast an die arme Mona Ghali gedacht.«

Ich nicke.

»Und dass sie keine Ahnung hat, was auf sie zukommt.«

Verstört sehe ich Ethan an. Ich kann nicht anders. »Sollen wir es ihr sagen?«, frage ich.

»Wenn du glaubst, dass wir sie so am besten schützen.«

»Keine Ahnung, vielleicht besser nicht. Aber mir gefällt nicht, dass wir etwas über sie wissen, was sie selbst noch nicht weiß. Vielleicht könnte sie den Menschen, die sie liebt, noch ein paar wichtige Dinge mitteilen. Nur für den Fall.«

Ethan stimmt zu. »Ich würde das, glaube ich, wollen.«

»Ja?«

»Ja. Aber ich zögere, weil ich nicht sicher bin, dass sie uns glauben würde. Es würde zu viel Zeit beanspruchen, sie davon zu überzeugen, und wenn uns das nicht gelingt, dann vertraut sie uns wahrscheinlich hinterher nicht mehr genug, um sich helfen zu lassen. Sie würde wahrscheinlich eine einstweilige Verfügung erwirken oder so.«

Ich verschränke meine Hände, damit er nicht sehen kann, wie sehr sie zittern. Ich schlucke und versuche, meine Stimme unter Kontrolle zu halten. »Was würdest du wollen, wenn du an ihrer Stelle wärst?«

»Wenn ich an ihrer Stelle wäre?« Er will schon etwas

Witziges darauf erwidern, doch dann sieht er mein verzweifeltes Gesicht und schwenkt um. »Im Ernst?«

»Ja.«

»Wenn ich wüsste, dass ich bald sterben werde?«

»Ja.«

Er überlegt eine Weile und sein Blick haut mich um. »Bist du sicher, dass du die Wahrheit hören willst?«

Ich nicke mit aufeinandergepressten Lippen.

Anscheinend versucht er, meine Belastbarkeit für ehrliche Aussagen abzuschätzen. »Also, wenn du darauf bestehst. Wenn ich bald sterben würde, dann gäbe es nichts, was mich davon abhalten würde, dich ganz zu haben und alles mit dir zu tun, und du könntest mir keinen Grund mehr nennen, der dagegen spricht.«

Ich starre ihn mit unbewegter Miene an.

»Ja, also, das wär's. Wenn ich noch eine Nacht wie die letzte mit dir verbringen dürfte, aber zwischen uns wäre nichts mehr verboten, dann würde ich glücklich sterben.«

Tränen schießen mir in die Augen und das Blut strömt heiß in meinen Kopf.

»Um ehrlich zu sein, wäre es echt Mist, ohne das zu sterben.« Er zuckt mit den Schultern. »Ich habe es mir so oft vorgestellt, dass es geradezu eine Tragödie wäre.« Er lächelt. »Aber glücklicherweise ist mein Ende noch nicht gekommen.«

Um 18:10 Uhr sitzt Ethan mit einer Schachtel voll Schokoladenkuchen wieder im Auto, und ich bin dabei, den Verstand zu verlieren.

»Ethan?«

»Was ist?«

»Kannst du mir beibringen, wie man den Mond abschießt?« Warum nicht das Unmögliche wollen? Warum nicht versuchen, nach den Sternen zu greifen?

»Jetzt sofort?« Er sieht nach der Uhrzeit.

»Ja, ich verspreche, ich werde mich konzentrieren.«

Er setzt sich gerade hin und sucht in der Reisetasche nach den Karten. »Einverstanden.« Er fängt an, die Karten auszugeben. »Die Stunde ist gekommen.«

Ich nehme meinen Stapel in die Hand und er seinen.

»Okay, du erinnerst dich an die gängigen Regeln von Hearts?«

Ich nicke. »Keine Tricks, keine Punkte und den Ball flachhalten«, sage ich ausdruckslos. Das klingt vertraut.

»Also, beim Mondabschießen macht man genau das Gegenteil. Das kann man nur versuchen, wenn man ein furchtbares Blatt auf der Hand hat – eine Menge Asse, Bildkarten, vor allem Herz-Karten. Man versucht, Punkten nicht aus dem Weg zu gehen, sondern sammelt sie geradezu ein. Man probiert alle Tricks und gewinnt alle Punkte, sogar die Pik-Königin. Man fordert das Schicksal heraus.«

»Hab ich verstanden.« Ich gebe mir Mühe, so begeistert zu sein wie er.

»Natürlich versucht man, die anderen zu täuschen. Man stöhnt und ächzt und beklagt sich darüber, dass man immer nur die Herz-Karten kriegt.«

»Ich stöhne und ächze und beklage mich«, wiederhole ich bereitwillig.

»Sehr gut. Und deine Gegner sind überglücklich und spielen dir alle ihre Herz-Karten zu, bis sie irgendwann merken, was sie da eigentlich machen.«

»Und dann versuchen sie, dich aufzuhalten?«

»Wenn es ihnen gelingt. Mit etwas Glück ist es dann bereits zu spät.«

»Und wenn man verliert?«

»Du meinst, wenn man den Mond nur fast abschießt? Wenn man alle Punkte bekommt, nur zwei oder drei nicht?«

»Genau.«

»Na ja, dann ist das eine spektakuläre Niederlage. Wenn man am Ende so um die fünfundzwanzig Punkte hat, ist man erledigt.«

»Und wenn man's schafft?«

»Ein Supersieg. Und die anderen Spieler erhalten alle jeweils sechsundzwanzig Punkte.«

»Das gefällt mir.«

»Das dachte ich mir.«

»Man hat nicht nur eine Regel gebrochen, sondern alle.«

»Genau. Das Glück ist mit den Mutigen.«

»Wirklich?«

Ethan lehnt sich nach vorn und legt seine Lippen auf die nackte Stelle zwischen meinem Hals und dem Schlüsselbein. Ich spüre, wie mir ein Schauer den Rücken hinunter- und vom Nacken bis in die Haarspitzen hinaufläuft.

Er richtet sich wieder auf. »Das hoffe ich.«

Es ist jetzt 18:40 Uhr. Ethan steht am Auto und ruft seine Mutter und seine Schwester an, um seine Lügen wasserdicht zu machen. Sein Gesichtsausdruck beim Telefonat mit seiner Mutter gefällt mir, er ist viel unbefangener als ich.

Nervöse Inspiration lässt mich zu meinem Handy greifen. Ich finde die Nummern, die ich vorher eingespeichert habe, obwohl ich nicht sicher war, ob ich sie benutzen würde. Zuerst rufe ich zu Hause bei Fremden in Montclair, New Jersey, an. Es ist der Anrufbeantworter dran und ich gebe mich als Bezirksverwaltungssachverständige vom Feuerschutz aus. Jemand würde zwischen sieben und acht Uhr heute Abend bei ihnen vorbeischauen, um zu kontrollieren, ob der Feueralarm funktioniert und sich auf

allen Stockwerken Feuerlöschgeräte befinden.

»Für den Fall, dass unser Sachverständiger beschädigte oder nicht funktionstüchtige Geräte vorfindet, sind Bußstrafen vorgesehen, über deren Höhe Sie sich auf der Webseite der Bezirksverwaltung informieren können«, verkünde ich und klinge dabei ziemlich unsympathisch. Ich werde ihnen keinen Sachverständigen auf den Hals schicken, aber vielleicht jage ich ihnen einen solchen Schrecken ein, dass sie ihre Geräte überprüfen. »Vielen Dank für Ihren Beitrag zu den Feuerschutzmaßnahmen in unserem Verwaltungsbezirk!«, beende ich munter das Gespräch.

Der nächste Anruf geht an ein Polizeirevier in Ossining. Ich erzähle der Polizistin, dass meiner Mutter das Auto gestohlen wurde, und gebe das Kennzeichen durch sowie eine Beschreibung des Autos, die auf den Wagen passt, der laut Zeitungsbericht den tödlichen Unfall in Taconic verursacht hat. Außerdem nenne ich ihr die Namen von Seitenstraßen in der Nähe der Adresse des Autobesitzers, dort sei der Wagen zuletzt gesehen worden.

»Bitte benachrichtigen Sie meine Mutter, wenn Sie den Wagen gefunden haben«, füge ich hinzu, gebe ihr einen erfundenen Vornamen und irgendeine Nummer und benutze den Nachnamen des Unfallfahrers, um noch mehr Verwirrung zu stiften.

Als ich das Gespräch beende, habe ich heftiges Herzklopfen. Wenn ich mir vorstelle, dass die Polizei bei der Adresse des Fahrers auftaucht und sein Auto für ein, zwei Nächte beschlagnahmt, bekomme ich Schuldgefühle, aber keine wirklich schlimmen.

Habe ich gerade Regeln verletzt? Ja. In jeder Hinsicht. Habe ich eingegriffen? Keine Frage. War ich hinterlistig? In höchstem Maße. Ich habe es der Zeit so richtig gezeigt. Ich lüge wie eine Kriminelle und es fühlt sich schrecklich und großartig zugleich an.

»Na dann, hier wären wir«, murmelt Ethan um 19:09 Uhr, als wir aus dem Auto aussteigen, das wir auf einem Parkplatz in der Nähe des Labors abgestellt haben. Er spielt an der Türverriegelung herum – er macht auf, zu, wieder auf, wieder zu –, bis endlich alles so ist, wie er es haben möchte. Er hat sich bislang Mühe gegeben, seine Nervosität zu verbergen – vielleicht mir zuliebe –, doch jetzt merke ich sie ihm an.

Wir haben alles durchgesprochen, durchgeprobt, aber jetzt, wo wir es tatsächlich tun müssen, wirkt alles sehr laienhaft. Wir tauchen an einem Tatort mit Schokoladenkuchen und Luftballons bewaffnet auf.

»Es wird eine Schusswaffe im Spiel sein«, erinnere ich ihn, als ob er daran erinnert werden müsste.

»Ich weiß.«

Ich schüttele die Ballons. »Vielleicht hätten wir anstelle von denen hier auch besser eine mitgebracht.«

»Vielleicht, falls einer von uns beiden eine Schusswaffe besitzen würde oder damit umgehen könnte«, gibt Ethan zurück. »Wenn man Leuten wie uns so ein Ding in die Hand drückt, dann hat man hinterher vier Tote anstelle von einem.«

Er ist so unglaublich logisch und trifft ärgerlicherweise immer genau ins Schwarze.

»Okay, gut.«

»Wird schon alles gut gehen, Pren. Wir haben einen Riesenvorsprung.«

»Und der wäre?«

»Wir wissen genau, was passieren wird.«

Händchen haltend spazieren wir langsam, erwartungsvoll, fast wie in Trance über den Parkplatz, so als wäre es leichter, den Lauf der Zeit zu verändern, wenn wir ihn nur etwas verlangsamen.

Wir haben uns verändert, fällt mir auf. Schwer zu sagen, wann genau das passiert ist, aber in meiner Vorstellung hat der Kuss auf mein Schlüsselbein mich wie ein Mückenstich infiziert, er hat mich mit einem süßen und aufregenden Virus angesteckt, das mich allerdings auch schwächt. Uns gelingt es nicht länger, so zu tun, als wären wir zwei aufgekratzte Teenager auf der Flucht. Uns verbindet etwas Ernstes. Das ist schon seit einer Weile so, doch niemals auf diese Art und Weise. Vielleicht ist unsere prekäre Situation dafür verantwortlich, dass uns das jetzt klar wird. Nicht das, was uns verbindet, trennt uns von dem, wie wir früher waren, sondern das Wissen, dass wir genau diese Bindung verlieren könnten.

Es fiel leichter, sich einzubilden, man würde alles opfern, als jenes Alles noch so leblos und einsam war – ganz im Gegenteil zu jetzt.

Ich sollte mutig sein, doch als ich Ethans verschwitzte Hand spüre, die sich an meine klammert, fühle ich mich überhaupt nicht mutig. Ich möchte Ethan am liebsten an einen sicheren Ort zurückbringen, einen verlassenen Spielplatz, und ihn in meinen Armen halten, bis dieser verhängnisvolle 17. Mai 2014 vorbei ist.

Ich empfinde tiefes Mitgefühl für Leute wie meine Mutter, die keine Risiken mehr eingehen, sondern nur den folgenden Tag überstehen wollen. Vielleicht machen nicht Korruption und Raffgier uns zu Feiglingen, vielleicht geschieht das nicht aus Schwäche, Leid oder gar Angst. Vielleicht geschieht es aus Liebe.

Ich hole tief Luft. »Okay.«

»Fertig?«

»Ich bin bereit.«

»Ich werde diesen Typen nicht aus den Augen lassen.«

Ich nicke. Ich bin nicht sicher, ob mich das beruhigt.

Bevor ich durch die Glastür gehe, küsst Ethan mich auf die Schläfe, eine weitere Dosis. Ich werfe ihm einen Blick über meine Schulter zu.

»Es wird alles gut gehen«, sagt er. Ich kann ihn nicht hören, sondern sehe nur durch das Glas, wie sich seine Lippen bewegen.

Kapitel 19

Über Recherchen auf Ethans Computer habe ich versucht, so viel wie möglich über Mona Ghalis Privatleben zu erfahren. Mona hat zwei Schwestern, eine wohnt in Cambridge, Massachusetts, die andere in Kairo.

Ihre jüngste Schwester Maya hat vor Kurzem ihren Abschluss an der Boston University gemacht und ist dann nach Ägypten gezogen, sie ist also nicht viel älter als ich.

Kurz nach 19:10 Uhr komme ich auf dem Stockwerk an, wo Mona arbeitet. Die Sekretärin am Empfang bereitet sich auf den Feierabend vor. Ich sei hier, um Mona zu besuchen, sage ich zu ihr.

»Ihr Name?«

»Mmmh, Petra.« Gar nicht so einfach, den Namen über die Lippen zu bringen. »Ich bin eine Freundin ihrer Schwester und soll ihr ein Päckchen vorbeibringen.« Ich will schon weiterreden, bemerke dann aber, dass die Sekretärin wirklich nach Hause möchte und dass ihr meine Erklärungen egal sind.

Sie greift nach dem Telefonhörer, um mich bei Mona anzukündigen. »Gehen Sie nur«, sagt sie, noch bevor Mona geantwortet hat. »Zweimal links und einmal rechts, ein Stück über den Flur.«

Sicherheit wird hier offensichtlich nicht sonderlich großgeschrieben. »Sie hat heute Geburtstag«, füge ich ohne Anlass hinzu.

Mona Ghalis Name steht auf einem Plastikschild neben der Tür, die nur angelehnt ist. Beim Betreten ihres Büros versuche ich, in eine andere Identität zu schlüpfen.

»Mona?«, frage ich.

Sie sitzt an ihrem Schreibtisch und sieht von ihrem Computer auf. Sie hat langes, gewelltes Haar und ist kräftig gebaut. Nachdem sie aufgestanden ist, hat sie fast meine Körpergröße.

»Ich heiße Petra Jackson und bin eine Freundin von Maya. Wir kennen uns von der Uni in Boston.« Ich halte ihr meine Mitbringsel hin. »Sie hat mich gebeten, Ihnen

das hier persönlich vorbeizubringen und Glückwünsche auszurichten.«

Monas Gesichtsausdruck ist hellwach und intelligent. »Wow. Das ist sehr nett. Vielen Dank«, antwortet sie und nimmt alles entgegen. Sie lässt die Ballons an die Decke steigen und schaut in die Schachtel mit dem Kuchen, bevor sie ihn auf dem Schreibtisch abstellt. »Maya hat Ihnen vermutlich erzählt, dass ich süchtig nach Schokolade bin.«

Ich nicke und danke dem Schicksal stumm für diesen glücklichen Zufall.

»Meine Schwestern nehmen Geburtstage immer so ernst.« Ihr Gesicht hat einen spöttischen Ausdruck. »Haben Sie mit ihr zusammen studiert?«, erkundigt sich Mona.

»Ein Jahr unter ihr, ich bin im vierten Semester«, lüge ich.

»Nun, vielen Dank dafür«, sagt sie.

»Hören Sie«, beginne ich. »Kann ich Sie dazu überreden, kurz mit mir auf ein Glas Wein oder einen Kaffee zu gehen? Ich lade Sie ein. Ich habe Maya versprechen müssen, dass ich es probieren würde.«

Das ist eines der Details, die Ethan und ich uns ausgedacht haben. Einerseits erschien es uns sicherer, sie an einen öffentlichen Ort und damit weg vom Tatort zu locken. Andererseits schmolz dadurch natürlich auch unser Vorsprung – nämlich dass wir die Zukunft bereits kannten –, wenn wir die Umstände der Tat so frühzeitig und radikal veränderten: Was, wenn wir Schauplatz und Zeitpunkt des Mordes veränderten, indem wir Mona aus dem Gebäude lockten, und dann am Ende keine Ahnung mehr hatten, wann und wo er sich ereignen würde?

Wie hartnäckig ist die Zukunft? Wie hartnäckig ist Andrew Baltos?

Mona rollt ein wenig mit den Augen. »Befürchtet Maya, dass ich meinen Geburtstag ganz allein verbringen würde?«

»Nein, das ist nicht der Grund. So hat sie das nicht gesagt.«

»Na, Sie können ihr ausrichten, dass ich mich später noch mit jemandem treffe.«

In meinem Kopf beginnen Alarmglocken zu läuten. Dieser jemand musste Baltos sein. Es war also kein unvorhergesehener Besuch – das war eine der offenen Fragen gewesen, die uns beschäftigt hatte.

»Ich bin nicht unbedingt versessen darauf, ihn zu sehen,

aber im Gegensatz zu dem, was Maya annimmt, verkümmere ich nicht in meinem Büro.«

Was bedeutet das? Welche Beziehung hat sie zu ihm? Ich sehe in Monas erwartungsvolles Gesicht, und mir wird klar, dass mir nichts anderes übrig bleibt, als hier bei ihr zu bleiben. »Ich glaube nicht…«, fange ich an. Meine Talente, was schwesterliche Diplomatie angeht, sind völlig ungenügend. »Ich bin nicht sicher, was genau sie gemeint hat. Ich glaube, sie wäre gerne mit Ihnen ausgegangen, und dann hat sie sich an mich gewandt…«

Mona unterbricht mich mit einer Handbewegung. »Vielen Dank… Petra war der Name, nicht wahr? Vielen Dank für Ihre Bemühungen. Maya hat sehr loyale Freundinnen, aber ich muss wirklich noch ein bisschen hierbleiben und

ein paar Daten auf einen neuen Server laden. Irgendein Sicherheitsproblem in unserem Computersystem. Als ob meine Arbeit so supergeheim und wichtig wäre.« Wieder dieser hämische Gesichtsausdruck.

»Vielleicht ist sie das«, sage ich ernst.

Der Computer gibt ein piepsendes Geräusch von sich und sie wendet sich ihm wieder zu. »*Ein* Ordner ist gespeichert, bleiben noch vier.«

Ich versuche, mir etwas auszudenken, damit ich bei ihr bleiben kann, ohne dass es völlig unmöglich oder abgedreht klingt. »Hören Sie«, taste ich mich vor. »Ich verstehe, dass Sie nicht mit einer Wildfremden auf Ihren Geburtstag anstoßen möchten.«

»Sie sind mit meiner Schwester Maya befreundet, demnach keine Wildfremde.«

»Trotzdem, mir ist bewusst, dass der Vorschlag ein bisschen komisch klingt und dass Sie anderes zu tun haben. Aber würde es Ihnen etwas ausmachen, wenn ich vielleicht noch zwanzig Minuten oder so hier bei Ihnen bleibe? Mein Freund kommt mich abholen, er kommt aus der Stadt hierher.«

»Kein Problem«, erwidert sie schnell. »Das ist das Mindeste, was ich für Sie tun kann, nachdem Sie sich die ganze Mühe gemacht haben. Und außerdem ist es langweilig, darauf zu warten, bis alles hochgeladen und gespeichert ist. Normalerweise leert sich das Labor gegen sieben, und dann wird es ein bisschen unheimlich, ich bin also gar nicht unglücklich über Gesellschaft. Einen Moment.« Sie zieht aus einer Ecke einen Stuhl heran. »Setzen Sie sich doch.« Sie ist nicht unfreundlich, trotzdem habe ich nicht das Gefühl, dass sie sich mit mir unterhalten will. »Ich habe noch einen anderen Computer hier, den Sie benutzen können, wenn Sie wollen.«

»Sehr nett, vielen Dank«, sage ich. Ich mache keine Anstalten, mich an besagten Computer zu setzen, sondern werfe einen Blick auf mein Telefon. »Aber falls Sie gehen müssen ...«

»Der Typ, mit dem ich mich treffe, wird erst gegen halb acht hier sein.«

»Gut«, sage ich. Mein Puls rast. Die ganze Angelegenheit wird jetzt ziemlich schnell über die Bühne gehen. Schwer, sich vorzustellen, dass ein scheinbar ganz gewöhnlicher Moment im Leben eine solch furchtbare und tödliche Wendung nehmen kann.

»Wie gefällt Ihnen Boston?«

Ich war noch nie in Boston. »Gefällt mir sehr gut.«

»Mir hat es dort auch gefallen. Haben Sie gerade Sommerpause?«

»Genau, ja.« Mein Blick wandert rastlos durch den Raum. Was wird wohl als Nächstes passieren? Ich schaue auf den Aktenschrank, er scheint abgeschlossen zu sein. Meine Nerven liegen blank.

Ein Teil von mir möchte sich am liebsten weiter mit ihr unterhalten, obwohl ich eigentlich nichts als Lügen erzähle, ein anderer würde gern die Klappe halten und hofft, dass alles bald vorbei ist.

Ich tippe auf meinem Telefon herum und beobachte sie bei der Arbeit. Dann ertönt ein Summer, und ich fahre auf, als wäre es das Letzte, was ich erwartet hätte.

Ganz anders Mona. Sie schaut unbeteiligt von ihrem Bildschirm auf. »Das wird er sein.« Sie drückt auf ihrem Telefon auf einen Knopf und ist mit einer Gegensprechanlage verbunden. »Andrew?«

Lass ihn nicht rein! Hast du eine Ahnung, was er mit dir machen wird? Ich befehle meiner inneren Stimme, endlich die Klappe zu halten. Wir müssen zulassen, dass alles seinen Gang geht.

»Hallo, ich bin's«, sagt eine Männerstimme.

Das Herz klopft mir bis zum Hals, ich gebe mir Mühe, normal weiterzuatmen und ganz ruhig die Möglichkeiten durchzugehen, die Ethan und ich diskutiert haben. *Falls dieses passiert, verhalten wir uns so. Falls jenes, dann so.*

Sie drückt auf einen anderen Knopf, ich nehme an, um die Tür zum Empfang zu öffnen.

Ich hoffe von ganzem Herzen, dass Ethan sich irgendwie gleich hinter Baltos durch die Tür schiebt. Während Mona zur Begrüßung Richtung Empfang läuft, drücke ich noch mal auf den Knopf, nur für den Fall. Dann stelle ich mich in Monas Bürotür und warte.

Ich schaffe es kaum, Andrew Baltos anzusehen, als er den Flur herunterkommt. Und als ich es tue, lässt mich irgendein Detail zusammenzucken. Er ist mittelgroß und untersetzt. Das Haar, das unter seiner Baseballkappe hervorlugt, ist so kurz, dass es in Stoppeln vom Kopf absteht. Mein Verstand läuft heiß, ich versuche, irgendeine Verbindung zwischen meiner Erinnerung und ihm herzustellen. Weiß der Teufel, was für ein Gesicht ich dabei mache.

Er schaut an Mona vorbei zu mir, und ich bemerke, dass auch er mich mustert. Widerstrebend sehe ich Mona dabei zu, wie sie ihn kühl umarmt und zur Seite tritt, um uns einander vorzustellen. »Andrew, das hier ist …«

Ich bin ungeschickt und der Lage nicht gewachsen. »Petra«, bricht es aus mir heraus. Wenn man sich schon einen falschen Namen zulegt, dann sollte man ihn wenigstens im Kopf behalten.

»Eine Freundin von meiner jüngeren Schwester Maya. Petra, das ist Andrew.«

Er macht keinen sonderlich abgebrühten Eindruck auf mich. Er reicht mir die Hand zum Gruß.

Und jetzt? Ich weiß genau, was passieren wird, aber ich habe keine Ahnung, wie es ablaufen wird.

Sein Blick ist unsicher. »Petra?«, wiederholt er. Auch er versucht, mich einzuordnen.

Und jetzt fällt es mir ein. Körpergröße und -umfang sowie die Baseballkappe erinnern mich auf schreckliche Weise an die dunkle Gestalt, die ich von meinem ermordeten Vater habe weglaufen sehen. Ist das möglich? Ich konnte ihn nicht gut genug erkennen, um völlig sicher zu sein, aber was, wenn es tatsächlich dieser Mann ist?

Und wenn dem so ist, erkennt er mich ebenfalls aus jener Nacht wieder? Das hier war nicht vorgesehen! Und falls er sich erinnert, wird das den ganzen Ablauf verändern? Meine Gedanken fallen wie Murmeln aus meinem Kopf und klackern auf den Boden. Ich würde sie gerne alle aufsammeln.

Ich denke an meinen Vater zurück, der zusammengekrümmt wie ein Wurm auf dem Boden lag. Angestrengt versuche ich, mir die davonlaufende Gestalt mit der Baseballkappe zu vergegenwärtigen.

Ich löse mich völlig aus dem Hier und Jetzt und meine Gedanken wandern zu einem anderen Zeitraum zurück. Als ich wieder bei Sinnen bin, habe ich den entscheidenden Augenblick verpasst, auf den ich die ganze Zeit gewartet habe. Der geringe Vorsprung, den ich vielleicht hatte, ist verloren.

Es geht alles ganz schnell. Sie gehen in Monas Büro hinein, und sie sagt etwas, wahrscheinlich zu mir, das ich aber nicht höre. Sie geht zurück an ihren Computer, um den letzten Ordner mit Dateien hochzuladen. Ich gebe mir Mühe, Andrew Baltos nicht aus meinen mittlerweile ausgezeichneten Augen zu verlieren, aber es geht alles viel zu schnell. Mit einem Mal stößt er mich Richtung Mona, und ich reagiere doch tatsächlich so, als hätte ich die ganze Zeit kein größeres Drama als eine nette, kleine Unterhaltung erwartet.

Ich falle mit voller Wucht gegen sie und versuche, mein Gleichgewicht wiederzufinden. Mit einem Fußtritt schließt er die Tür hinter sich. Mona sieht erstaunt zu ihm auf, und ich folge ihrem Blick zu der Schusswaffe, die auf uns beide gerichtet ist.

Ich kann es nicht fassen, dass das hier, trotz allem, was ich weiß, tatsächlich passiert. Warum ist es ihm gleichgültig, dass ich hier bin und sein Verbrechen mitbekomme? Meine Rolle bestand darin, zumindest als Abschreckung zu dienen, Verwirrung zu stiften und dafür zu sorgen, dass er seine Pläne überdenkt. Bringt er am Ende uns beide ebenso skrupellos um wie einst nur Mona? Waren wir nicht davon ausgegangen, dass er Gewissensbisse haben würde?

Mona öffnet den Mund, ein Laut dringt hervor, ich lege eine Hand auf ihren Arm. Warum, weiß ich nicht. Ich nehme an, ich will sie mit dieser Geste trösten. Ich heiße sie zu ihrem Schicksal willkommen.

Ich versuche, meine Gedanken zu ordnen, und frage mich gleichzeitig, wie ich das hier aufhalten kann.

»Da rüber«, befiehlt Baltos und gestikuliert mit der Schusswaffe. »Setzt euch an die Wand.«

Mona sieht ihn ungläubig an. Sie ist so fassungslos, dass da für Angst noch gar kein Raum ist. »Ist das dein Ernst? Was ist hier los?«

»Nun geh schon.«

Ich ziehe sie am Arm Richtung Wand und zwinge sie, sich hinzusetzen. Ich begreife die Situation gut genug, um Angst zu haben. Ein Teil von mir wünscht sich, dass alles bereits vorbei wäre. Und dass Ethan niemals hier auftaucht.

Mit einer Hand hält Andrew Baltos die Waffe weiter auf Mona gerichtet und geht zu ihrem Computer. Unter seinen Achseln bemerke ich große Schweißflecken, ebenso auf seinem Rücken. Mit der anderen Hand navigiert er auf ihrem Bildschirm. Nach kurzer Suche ist seine Enttäuschung offensichtlich. »Was hast du da gemacht?«, fragt er Mona. Er kommt auf uns zu. »Wo sind sie EFP-Forschungen?«

Ich sehe, wie Monas Gesichtsausdruck misstrauisch wird. »Ich habe sie woanders abgespeichert.«

»Wo?«

»Wo sie sicher sind«, antwortet sie.

Er geht an den anderen Computer, einen Laptop, und durchsucht dort die Festplatte, dabei hält er die Waffe weiter auf uns gerichtet. Er wird immer ungeduldiger und schiebt den Laptop zur Seite.

Dann steht er auf und geht zum Aktenschrank. Ich bete innerlich, dass er abgeschlossen ist. Fluchend zieht er nacheinander an den Schubladen. Mit einem Arm wirft er den schweren Schrank um. Der Schrank bleibt an einer Seite des Bürostuhls hängen und wirft diesen auf die Seite. Zwei der Schubladen sind herausgeflogen, ihr Inhalt, Papiere und Ordner, entleert sich auf den Boden.

Diffuser Lärm erfüllt den Raum. Baltos steht mit dem

Rücken zur Tür über die Akten gebückt, und Ethan nutzt diesen Augenblick, um das Büro zu betreten. Ich erschrecke, als Ethan seine Schulter in Baltos' Rücken rammt.

Mona schreit auf und ich umklammere ihre Hand. Baltos kracht in den Schreibtisch, woraufhin Ethan ihm die Waffe entwindet. Sie schlittert über den Teppich in unsere Richtung und ich greife danach. Ich muss daran denken, was Ethan über uns und Schusswaffen gesagt hat, aber was soll ich tun? Ich stehe auf und richte die Waffe zitternd auf Baltos. »Steh auf«, befehle ich und kann es selbst nicht glauben.

Baltos gehorcht widerstrebend und erhebt sich langsam von seiner Position über dem Schreibtisch. Ethan tritt ein paar Schritte zurück.

Mona starrt Ethan verwundert an. »Was machst *du* denn hier?«

»Steh auf«, befehle ich Andrew Baltos erneut. »Streck deine Arme nach vorn.« Ich setze eine Hand ein, um die andere, welche die Waffe hält, ruhig zu halten. Ich werfe einen Blick auf Ethan. Ich probiere aus, wie sich der Abzug an meinem Finger anfühlt.

Ethan tritt nah an mich heran. Ich spüre, dass er mich berühren möchte, aber er will meine Konzentration nicht stören. »Alles klar?«, fragt er leise.

»Ja«, antworte ich. Ich würde ihn gerne anschauen, um mir Mut zu machen, und mir ist zum Weinen, doch ich wage nicht, Baltos aus den Augen zu lassen.

»Ist Ethan der Freund, auf den Sie hier warten wollten?«, fragt Mona.

Ich nicke.

Ethan geht wieder auf Baltos zu. »Halten Sie die Arme weiter nach vorn«, befiehlt er ihm. Er zieht Baltos' Brieftasche aus dessen hinterer Hosentasche. »Jetzt die Arme nach oben«, sagt Ethan. Er greift Baltos in die Hemdtasche und holt ein Handy heraus.

Ethan tritt zurück und ich muss ihn einfach anschauen. Etwas an seinem Gesichtsausdruck ist mir nicht geheuer. »Was ist los?«, frage ich ihn.

Er schüttelt den Kopf.

»Ethan, sag's mir.«

»Der Gorilla.«

»Wie bitte?«

»Er ist ein Zeitreisender«, sagt Ethan leise in meine Richtung.

»Das kann nicht sein.«

»Es ist aber so.

»Das kann nicht stimmen.«

»Ich kann es ganz klar erkennen.«

Meine Hände zittern wie verrückt. »Er war in der Zeitung.«

Mona und Baltos glotzen uns an. Niemand rührt sich.

»Ich glaube, wir haben hier euren Moses«, wispert Ethan.

Kapitel 20

Alles, was danach passiert, ist allein mein Fehler. Ich versuche zu verarbeiten, was Ethan mir da gerade erzählt hat, und verliere die Konzentration und meine Nerven.

Woher kommt er? Mit uns ist er nicht gekommen. Was bedeutet das alles? Diese Zeitung wurde siebzig Jahre vor unserer Reise verfasst.

Als Baltos mit seiner Faust gegen Ethans Schläfe haut, erschieße ich ihn nicht, wie ich eigentlich sollte. In diesem Bruchteil einer Sekunde konzentriere ich mich ganz auf Ethan.

Baltos nutzt diesen Moment, um auf mich loszugehen. Er wirft mich nach hinten, mein Kopf schlägt gegen die Wand, und ich bekomme nicht mehr mit, was mit der Waffe passiert.

Mona schreit auf. Ich versuche, nicht das Bewusstsein zu verlieren und alles mitzukriegen. Ich muss unbedingt Ethan beschützen. Ich krieche über den Fußboden zu ihm, aber Baltos steht schon mit der Waffe in der Hand bereit.

Auch er ist verwirrt, seine Hand zittert leicht. »Warum macht ihr drei das Ganze hier so schwer?«, fragt er. »Los, mit dem Rücken an die Wand.«

Wir tun, was er sagt. Ethan fährt mit den Händen über

meinen Körper und das Gesicht, um festzustellen, ob alles in Ordnung ist. Ich höre Mona weinen.

Baltos zeigt auf Ethan und mich. »Ich will mit euch beiden nichts zu tun haben. Warum seid ihr hier?« Seine Stimme klingt brüchig vor Anspannung.

»Wir werden nicht einfach zulassen, dass du sie umbringst«, erwidert Ethan.

Baltos schüttelt den Kopf. Er sieht so aus, als würde ihm jeden Augenblick schlecht. »Du hast hier gar nichts zu sagen.«

Ethan schiebt sich nach oben, ich versuche, ihn wieder nach unten zu ziehen.

Baltos wendet sich ihm zu. »Ihr bleibt genau da, wo ihr seid, okay?«, brüllt er plötzlich los. »Eine Bewegung und ihr seid tot.« Er ist hysterisch, völlig durchgedreht. Er ist unser Moses, Zeitreisender Nummer eins. Aber er errettet uns nicht, er zerstört uns.

Ethan schüttelt meine Hand ab und steht auf. »Ethan, hör auf!«, schreie ich. Ich höre, wie ich schluchze. Genau so wird es passieren. Ich darf das nicht zulassen.

Plötzlich ist die Waffe wenige Zentimeter von Ethans Kopf entfernt. Ich höre das Magazin klicken. »Bitte nicht«, weine ich. Ich ziehe Ethan nach unten und in diesem Augenblick dreht Baltos sich um und schießt Mona Ghali frontal in die Brust.

Voller Schrecken sehe ich, wie ihr Brustkorb sich erst senkt und dann öffnet.

Ich schreie wieder.

Baltos zittert am ganzen Körper. Er lässt die Waffe fallen

und sieht fast genau so erschrocken aus wie wir, als ob er das hier nicht erwartet hätte, diesen überwältigenden Horror, bei dem Blut fließt und der Körper noch warm ist, nachdem man den Abzug einer Waffe betätigt hat. Er reißt die Tür auf und verschwindet über den Flur.

Ich schaue zu Mona, die merkwürdig verrenkt und mit offenen Augen auf dem Fußboden liegt, und höre, wie die eiligen Fußschritte leiser werden.

»Sie ist tot«, sagt Ethan, und ich weiß, er hat recht. Er hebt die Waffe vom Fußboden auf, und noch bevor ich irgendetwas tun kann, ist er verschwunden.

Ich stehe auf und renne ihm nach, ich weiß nicht, was ich sonst tun soll.

Wie viel Zeit braucht ein Gedanke? Hat er eine Dauer? Es ist merkwürdig, überlege ich, dass sich das Schicksal der Welt in der gleichen Zeitspanne entscheiden soll, die man braucht, um über einen Parkplatz zu rennen.

Am einen Ende des Parkplatzes kämpfe ich immer noch gegen den natürlichen Ablauf der Zeit an und hoffe, ich kann ihm trotzen. Ich bin dabei, zu scheitern, doch ich kämpfe trotzdem weiter. Ich habe Mona verloren, aber ich werde nicht zulassen, dass die Zeit Ethan verschlingt.

Am anderen Ende des Parkplatzes angekommen, ist mir klar, dass nicht die Zeit mein Gegner ist. Nicht gegen sie kämpfe ich, sondern ich kämpfe gegen Andrew Baltos, den Zeitreisenden Nummer eins. Er hat uns, ihr das angetan. Er hat das mächtige Schicksal verletzt und verwirrt, so wie die Mutter von Babar, dem kleinen Elefanten, nachdem die Jäger sie erlegt haben, und ich versuche, eine furchtbare Ungerechtigkeit einzurenken und dafür zu sorgen, dass die arme Seele Ruhe findet.

Ich höre einen Schuss.

Mein ganzer Körper friert ein, und ich renne mit fürchterlich eisigen Gliedmaßen los, die ich kaum fühle. Meine Tränen sind warm und bringen mein vereistes Gesicht zum Schmelzen.

Das möchte ich dir nicht geraten haben, sage ich im Geiste zu Andrew Baltos. *Wehe.*

Ich kann keinen von beiden sehen. Der Schuss kam aus dem Wald jenseits des Parkplatzes. Ich renne auf eisigen Beinen in diese Richtung.

Nach ein paar Metern mache ich zwei dunkle Gestalten aus, eine steht, die andere liegt am Boden. Ich sprinte wie verrückt auf die Gestalt am Boden zu und will schon die Arme um meinen Geliebten werfen, doch als ich dort ankomme, bleibe ich wie angewurzelt stehen. Andrew Baltos liegt auf der Erde. Der geliebte Sohn, Bruder und Freund steht da und hält die Waffe. Er ist so lebendig wie ich.

Mein Körper wird von einer warmen Welle durchflutet. »Was ist passiert? Ist er tot?« Ich schaue nach unten. Er ist nicht tot, doch er krümmt sich stöhnend zusammen.

»Ich habe ihm ins Bein geschossen«, sagt Ethan ausdruckslos. Es ist noch zu früh für ihn, um irgendetwas zu fühlen. Ruhig nimmt er ein Handy aus seiner Hosentasche, es ist das von Baltos. Ich schaue ihm dabei zu, wie er zum zweiten Mal innerhalb von vier Tagen den Notruf wählt. »Mein Name ist Andrew Baltos«, sagt er ins Telefon. »Ich befinde mich in Teaneck in der River Road 7736 im sechsten Stock. Ich habe jemanden erschossen. Ich glaube, sie ist tot.« Er beendet das Telefonat.

Ich bin immer noch aufgewühlt und kann mich nicht beruhigen. Doch meine Glieder tauen vor Erleichterung langsam auf. »Ist er okay? Was willst du mit ihm machen?«, frage ich und schaue zu Baltos hinunter. Unserem Moses geht es gar nicht gut.

»Ich rufe einen Krankenwagen und bleibe bei ihm, bis er hier ist. Aber vorher werden wir uns ein bisschen mit ihm unterhalten.«

Andrew Baltos windet sich, doch spüre ich, dass er uns zuhört.

»Wenn er mit dem Reden zu langsam ist, wird er vielleicht verbluten, im anderen Fall sollte alles gut gehen«, sagt Ethan laut genug, damit Baltos ihn hört.

Ich schaue auf Ethans Hände. Das Telefon schimmert im Dunkeln in der einen Hand, die Waffe in der anderen. Ich ergreife die Schusswaffe, nehme Anlauf und werfe sie fort. Wir drei beobachten, wie sie durch die Luft fliegt. Niemals habe ich in meinem Leben etwas weiter weg geworfen. Ich hoffe, der sumpfige Boden ist sumpfig genug und die Waffe wird für immer darin versinken.

»Warum hast du das getan?«, fragt Ethan. Er ist mehr überrascht als verärgert, glaube ich.

»Mit den Schießereien reicht es für heute«, sage ich. Zum ersten Mal bin ich ein bisschen zuversichtlich, dass Ethan überleben wird.

»Wer bist du?«

Anfänglich hat Andrew Baltos keine Lust, zu reden. Aber nach einer Weile scheint ihm klarzuwerden, dass er auch keine Lust hat, zu verbluten.

»Was meinst du, wer ich bin?«, brummt er. »Ich bin der Typ, dem du ins Bein geschossen hast.«

Innerhalb von Minuten ertönt erst eine Sirene, dann folgen weitere.

Ethan bleibt geschäftsmäßig. »Ich weiß, dass du ein Zeitreisender bist.«

Baltos hört auf, sich zu winden.

»Ich will wissen, wann du hierhergekommen bist und warum.«

Der Mann hat Schmerzen, er ist wütend und völlig vor den Kopf gestoßen. Ethan hat seine ganze Aufmerksamkeit. »Woher weißt du das?«

»Das sehe ich, wenn ich dich nur anschaue. Mir ist noch nie ein Zeitreisender begegnet, bei dem das so auffällig gewesen ist.«

»Hast du überhaupt schon andere gesehen?«, erkundigt sich Baltos sarkastisch.

»Ja, hab ich.« Er zeigt auf mich. »Sie zum Beispiel.«

Andrew Baltos setzt sich auf und drückt seine Hand fest auf die Wunde am Bein. Sein Gesicht ist blass und er schaut zwischen uns beiden hin und her. »Warum sollte ich das glauben?«

»Ob du es glaubst, ist deine Sache«, erwidert Ethan. »Aber du gewinnst damit Zeit. Ich will wissen, warum du gekommen bist und warum du Mona Ghali ermordet hast.«

»Weil sie das Leben von vielen unbescholtenen Menschen zerstört hat, meinen Vater eingeschlossen. Weil ich die Welt verbessern will.«

Das hört sich dermaßen unglaublich an, dass ich es nicht fassen kann. In seiner Stimme schwingt Ironie mit, doch Baltos klingt zugleich aufrichtig. Es fällt schwer, sich das anzuhören und zu wissen, dass Monas zerfetzter Leichnam auf dem Boden ihres Büros liegt.

»Sie ist eine sehr wichtige Person, weißt du. Sie war es… wird es sein… oder wäre es vielmehr gewesen.« Er hustet, als er bei den verschiedenen Zeitformen durcheinanderkommt. »Sie wurde Chefingenieurin im Unternehmen meines Vaters und dann hat sie seinen Laden auseinandergenommen. Sie setzte Regierungssachverständige dort rein, um alles zu zerstören. Sie machte das Unternehmen platt, das er aufgebaut hatte, und setzte viereinhalbtausend Leute auf die Straße. Mein Vater erhängte sich mit fünfundfünfzig im Büro an seiner Krawatte.«

Ich erkenne unverstellten Schmerz in seinem Gesicht, spüre die treibende Kraft hinter seiner Mission, so furchtbar diese auch sein mag.

»Und das war noch längst nicht alles. Ihre derzeitigen Forschungen zerstören nicht nur Unternehmen, sondern innerhalb von wenigen Jahren ganze Industriezweige: Öl, Gas, Kohle, Raffinerien, Leitungen, Teerförderung, Teergewinnung aus Sand, Fracking. Ist dir eigentlich klar, wie viele Existenzen da dranhängen?«

Seine Augen leuchten, während er redet, sehe ich. Als hätte er nicht gerade eine Frau ein paar Hundert Meter von hier ermordet in ihrem Büro zurückgelassen. Vielleicht, überlege ich, sind die Erfahrungen, die er hier macht, für ihn nicht wirklich real, sondern wie eine Monopoly-Version des Lebens, bei der es keine Rolle spielt, wie viel Geld man ausgibt.

»Ich bin ihr begegnet, als sie bereits alt war – und ein Monster. Sie war dafür verantwortlich, dass Millionen ihren Job verloren haben und ganze Länder bankrottgingen. Sogar ihre eigenen Leute, die Ägypter. Ohne mit der Wimper zu zucken. Es tut mir leid, dass ich eine junge Frau getötet habe. Wirklich, das gefällt mir nicht, aber es dient einem höheren Zweck.«

Ich höre seinen Tonfall, der vertraut klingt und anders als bei den meisten hier. Dieses weiche *th*, das man ihm nicht abtrainiert hat so wie uns. Er ist einer von uns, erkenne ich, und mir wird schlecht bei dem Gedanken. Doch er kommt nicht aus der gleichen Zukunft.

»Du bist also zurückgekommen, um sie umzubringen?«, fragt Ethan ausdruckslos. »Deswegen bist du hier.«

»Ich bin nicht der Einzige, der das wollte.«

»Sind noch andere mitgekommen?«

»Nein, ich bin der Einzige.«

Ethan geht vor ihm in die Hocke, um dem Mann direkt in die Augen zu sehen. »Ich möchte dir gerne eine Geschichte erzählen, von der mir ein enger Freund kürzlich berichtet hat. Bist du bereit?«

Er verzieht das Gesicht, als wäre er überhaupt nicht bereit, doch ihm bleibt keine andere Wahl, als sich das anzuhören.

»In sechzig Jahren lebt ein kranker, verrückter alter Mann in einem Heim ganz in der Nähe von hier«, beginnt Ethan. »Er schreibt an meinen Freund und bittet ihn um einen Besuch, bevor er stirbt. Mein Freund folgt der Aufforderung und findet einen rasenden, wütenden Verrückten vor, der versucht, sich die Augen auszukratzen. Niemand hat zugehört, was dieser Mann, einst ein erfolgreicher Geschäftsmann, seit fünfundzwanzig Jahren zu erklären versucht. Er sei ein Zeitreisender, erzählt er meinem Freund. Sein Verstand ist völlig verwirrt und er hat bis auf ein Datum alle Daten und Orte vergessen. Doch diesen Tag hat er sich eingeprägt: Es ist der 17. Mai 2014. Er hat furchtbare Angst, dass er dieses Datum vergessen könnte. Er ritzt es in die Wände und den Fußboden. Er tätowiert es in seine Haut. Dieses Datum verfolgt ihn, denn es ist der Tag, an dem er die Welt zerstörte. Er habe auf seinen Reisen viel Nutzloses und Rücksichtsloses getan und bedauere das, so sagt er, doch was er an jenem Tag tat, war entscheidend. Und mein Freund begreift, dass es diese Untat war, die das Herz und den Verstand des Mannes vergiftet hat. Und obwohl er seinen Verstand verloren hat, registriert der Mann die sich ausweitende Klimakatastrophe, das Schmelzen des Polareises, die Nahrungsmittelknappheit, den allgegenwärtigen Hunger und die Anarchie. Er erkennt, dass es keinen Weg zurück gibt. Und er hat recht. Nur ist alles noch viel schlimmer, als ihm bewusst ist. Die Blutpest bricht erst ein paar Jahre nach seinem Tod aus. Er als Einziger weiß, dass die Zukunft, die er zurückgelassen hat, im Vergleich zur Gegenwart ein sicherer Hafen war. Nur er ist in der Lage, die beiden Zukunftsversionen miteinander zu vergleichen, und er weiß, dass er es war, der diese Verwüstung angerichtet hat. Dieser Mann bittet meinen Freund wiederholt und inständig: ›Lass nicht zu, dass ich das tue. Bitte hilf mir. Töte mich, wenn es sein muss. Lass es unter keinen Umständen zu.‹«

Ethan erhebt sich und reibt sich die Hände. »Natürlich ist dir längst klar, dass dieser kranke, verzweifelte, selbstzerstörerische Mistkerl niemand anders ist als du.«

Kapitel 21

An diesem Abend gehen wir zur Polizei, um alles zu Protokoll zu geben. Wir machen es uns einfach: Ethan arbeitet in dem Labor als Praktikant und ist ein Freund von Mona. Wir haben ihr zu ihrem Geburtstag Geschenke gebracht und wurden in eine tödliche Schießerei verwickelt. Ein Liebesdrama? Vielleicht. Ethan nahm die Schusswaffe, verfolgte den Mörder und so weiter. Ich gestehe, die Waffe weggeworfen zu haben. Ethan hilft mir dabei, eine Karte zu zeichnen, damit die Polizei sie finden kann. Als Erklärung gebe ich an, dass ich weitere Tote vermeiden wollte. Selbstverständlich lassen wir alle Geschichten über tobende Zeitreisende, die den Planeten zerstören, außen vor.

Es ist spät geworden und wir möchten gehen. Die Polizisten machen ebenfalls den Eindruck, als wollten sie nach Hause. Um detailliertere Aussagen zu Protokoll zu geben, vereinbaren sie mit uns einen Termin für den Nachmittag des folgenden Tages.

Ich platze geradezu, als wir die Polizeistation verlassen. »Diese Geschichte, die du Andrew Baltos aufgetischt hast, hat die dir mein Vater wirklich so erzählt?«, frage ich Ethan, während wir zum Auto laufen.

»Nein«, antwortet er.

Ich bleibe stehen. »Wie bitte?«

»Er hat mir ein bisschen was erzählt, genau wie du, und den Rest habe ich mir ausgedacht. Aber erst heute Abend im Wald, als Baltos uns erklärte, warum er das getan hat, habe ich eins und eins zusammengezählt. Ich hatte bis heute Abend, als ich zu euch ins Labor kam, keine Ahnung, dass Baltos ein Zeitreisender ist, aber dann war alles klar. Ich wünschte, ich hätte es früher gewusst, vielleicht hätten wir dann Erfolg gehabt, anstatt zu versagen.«

Wir laufen am Auto vorbei und spazieren einfach weiter. Ich glaube, uns beiden tut die Bewegung an der frischen Luft gut. Schweigend und uns an den Händen haltend, laufen wir die leeren Straßen hinunter. Gar nicht so leicht, die Erlebnisse der letzten Zeit zu verarbeiten.

Ich möchte ihn bis Mitternacht, wenn dieser Tag zu Ende ist, an der Hand halten, merke ich. Und genau das machen wir. Irgendwann stoßen wir auf einen anderen verlassenen Spielplatz und um Mitternacht sitzen wir auf der obersten Stange eines Klettergerüsts. Die Wolkendecke ist dicht und wir können den Mond nur hin und wieder sehen.

»Obwohl wir alles wussten und versucht haben, es aufzuhalten, hat sich trotzdem alles so ereignet, wie es in der Zeitung steht.« Ethan klingt müde und niedergeschlagen.

»Das stimmt nicht, nicht alles«, gebe ich zurück.

»Die Einzelheiten mögen anders sein, aber die wichtigen Ereignisse sind alle eingetreten.«

Ich schüttele den Kopf. »Auch das stimmt nicht.« Ich

klopfe mit dem Fuß gegen die Metallstange und suche nach den richtigen Worten. »In der Zeitung stand, dass du sterben würdest.«

Er sieht mich an und sagt nichts.

Ich hole zweimal tief Luft und atme aus. Ich habe das Gefühl, dass jede Faser meines Körpers angespannt ist. »Ich habe die Nachricht heute früh entdeckt und seitdem hatte ich schreckliche Angst um dich.« Ich nehme die klein zusammengefaltete Zeitungsseite aus meiner Hosentasche und reiche sie ihm. »Ich habe ein schlechtes Gewissen, weil ich heute Abend nicht hierhergekommen bin, um Mona Ghali zu beschützen, sondern weil ich dich beschützen wollte.«

Er schaut sich die Seite gründlich an und versucht, im Dämmerlicht der Spielplatzbeleuchtung die kleingedruckten Worte zu lesen. »Ach du Scheiße.« Dann nickt er. »Also, ich bin wirklich froh, dass es anders gekommen ist.«

Ich muss tatsächlich lachen, wenigstens klingt es nach Lachen. »Ich auch.«

»Ich bin froh, dass du mir nichts davon erzählt hast.«

»Wirklich? Ich war mir nicht sicher.«

»Doch, aber wenn ich tot wäre, dann hätte ich vielleicht anders darüber gedacht.«

Wieder bricht so etwas wie ein Lachen aus mir heraus.

Er schweigt eine Weile. »Als du mich gefragt hast, was ich vor meinem Tod noch gerne machen würde, hast du nicht einfach herumgealbert?«

Ich schüttele den Kopf.

»Und trotzdem hast du mir nicht das gegeben, was ich mir so sehr gewünscht habe?« Seine Verärgerung ist ein bisschen übertrieben.

Ich schüttelte wieder den Kopf. »Wenn du mal an den heutigen Tag zurückdenkst, gab es nicht unbedingt viele Gelegenheiten dazu. Außerdem war klar, dass ich deinen Tod nicht zulassen würde. Das Ganze wäre wie ein Gratisgeschenk gewesen.«

Er lacht. »Ich mag Gratisgeschenke.«

Wir verfallen beide in Schweigen.

»Und weißt du, was noch gut ist?«, frage ich.

»Was?«

»Dass er nicht ihre Forschungsunterlagen in die Hände bekommen hat. Ich war dabei, als sie ihr ganzes Material auf den Server geladen hat, den du ihr genannt hast. Du hast jetzt alles.«

Ethan reißt die Augen auf. »Du hast recht. Das ist sehr gut! Mein Gott, was für eine Riesenverantwortung. Ich werde nach Hause fahren und alles auf verschiedene Server hochladen. Und ich werde es auf Papier ausdrucken, an dem kann man wenigstens nicht herummanipulieren.«

»Ben Kenobi wäre stolz auf dich.«

Ethan scheint das gern zu hören.

»Und weiß du, was außerdem noch gut ist?«, frage ich wieder.

Jetzt lächelt er mich an. »Was?«

»Er hat sich nicht mit einem gefälschten Pass abgesetzt, sondern liegt im Krankenhaus und sitzt bald in Untersuchungshaft.«

»Stimmt. Daran habe ich auch schon gedacht. Das ist sehr gut.«

Der Mond taucht hinter einer Wolke auf. Er scheint heute Nacht ganz nah zu sein und wirft unsere Schatten auf den Boden.

»Was, glaubst du, wäre sonst heute passiert? Ich meine, ohne dich oder deinen Vater?«

»Das habe ich mich auch schon gefragt«, antworte ich. »Wahrscheinlich hast du dich aus irgendeinem Grund im Labor aufgehalten.« Ich zucke mit den Schultern. »Ohne mich hättest du schließlich mehr Zeit …«

»Stimmt. Und jemand anderes müsste mir bei meinen Physikaufgaben helfen.«

Ich schnaube. »Also.« Ich spreize meine Finger und betrachte ihre Schatten unten auf dem Boden. »Du hast versucht, Mona Ghali zu helfen, genau wie heute Abend auch. Irgendwie bist ihm in die Quere gekommen. Vielleicht bist du auch einfach nur gerade vorbeigegangen, als eine Kugel durch die Scheibe flog. Vielleicht warst du nicht einmal im Gebäude. Vielleicht war Baltos völlig aufgelöst und in Eile, hat sich nach dem Mord in sein Auto gesetzt und dich einen Häuserblock weiter über den Haufen gefahren, ohne auch nur anzuhalten. Mein Gott, ich habe keine Ahnung, was passiert ist.«

Er nickt. »Es ist alles möglich.«

»Weißt du, was ich denke?«

»Was?«

»Ich glaube, wir haben den Weg freigemacht. Wir haben offiziell eine Alternative zu der Realität geschaffen, wie sie in der Zeitung steht. Ich glaube, die Zukunft wird von jetzt an anders verlaufen. Vielleicht ist sie nicht perfekt, vielleicht sogar noch schlimmer, obwohl das schwer vorstellbar ist, weil du ein Teil von ihr bist. Aber ich muss die Zeitung von morgen gar nicht anschauen, um zu wissen, dass die Realität von jetzt an eine andere sein wird.«

Ethan legt mir die Arme um die Schultern und unsere Schatten sind zu einem hübschen dunklen Klecks vereint. »Vielleicht begegnen wir einem Zeitreisenden aus dieser Zukunft, der uns erzählen kann, wie sie sich entwickeln wird«, sagt er.

Ich blicke sehnsüchtig zum Himmel auf und hoffe, dass das nicht geschieht. »Vielleicht weiß es auch niemand.«

Wir finden ein Restaurant, das die ganze Nacht geöffnet hat, und stochern in unserem Toast mit Ei herum. Ich muss an Ethan und das Frühstückbuffet von heute Morgen denken. Es war ein langer, langer Tag.

Zwischen der Nacht, die hinter uns liegt, und dem, was wir am folgenden Morgen vorhaben, fällt es nicht leicht, sich einen Platz zum Schlafen einfallen zu lassen. Am Ende landen wir auf einem Supermarktparkplatz. Wir liegen eng umschlungen auf dem Rücksitz, als wären wir die letzten Menschen auf Erden.

»Ethan?« Wie gerne ich seinen Namen ausspreche.

»Ja?«

»Es tut mir leid, dass ich dir nicht das geschenkt habe, was du dir für den Fall, dass du bald stirbst, so gewünscht hast.«

Er lacht und kuschelt sich ein wenig dichter an mich. »Wie du es eigentlich hättest tun sollen.«

»Vielleicht sollten wir es trotzdem machen, obwohl du nun *nicht* bald stirbst. Was meinst du?«

Er lacht wieder. »Im Ernst?«

»Ja. Ich glaube, du hast recht, was die Lügen angeht. Ich glaube, die Anführer wollen einfach nur verhindern, dass wir glücklich sind.«

»Deine Worte treffen mich mitten ins Herz, Henny.«

»Ich meine damit nicht, dass wir es sofort machen sollten, nicht jetzt sofort, in dieser Minute. Das wäre falsch. Jetzt müssen wir beide erst mal nach Hause und unser Leben auf die Reihe bekommen. Aber wie wär's mit Freitag?« Mir ist klar, dass das Wunschgedanken sind. Ich habe keine Ahnung, was mich erwartet, wenn ich zu Hause ankomme, doch das ist mir egal. Ich brauche etwas, woran ich mich festhalten kann.

»Wir könnten uns irgendwo treffen, wo es einsam und schön ist.«

»Haverstraw Creek?«

»Warum nicht. Ich bringe ein Picknick mit.«

»Können wir die Nacht über dort campen?« Er klingt ganz aufgeregt. »Ich bringe ein Zelt und zwei Schlafsäcke mit.« Er unterbricht sich. »Vielleicht auch nur einen Schlafsack.«

»Ob die ganze Nacht über, weiß ich nicht genau, aber einen Teil der Nacht sicher. Wir werden sehen.«

Er legt sich mit dem Kopf wieder auf den Sitz zurück und kuschelt sich noch näher an mich. »Wie soll ich die

Zeit bis Freitag bloß überstehen?«, fragt er kurz vor dem Einschlafen.

Ich spüre seinen Körper, der sich an meinen schmiegt, die kaum merklichen Zuckungen, mit denen er in den Schlaf gleitet. In den Armen eines anderen Menschen einzuschlafen, ist Ausdruck von großem Vertrauen, finde ich.

Ich kann den Stoffbezug unter meinem Kopf riechen. Der Wagen ist sicher nicht sehr bequem, und schön ist er auch nicht, doch ich habe in meinem Leben noch niemals so gut geschlafen wie im Auto von Ethans Nachbarn und mit ihm in meiner Nähe.

Am frühen Morgen rufe ich meine Mutter an und bitte sie, sich mit uns um neun Uhr in Mr Roberts Büro zu treffen. Das wird bestimmt super.

Mir gehe es gut, sage ich zu ihr, ihr hoffentlich auch. Mehr möchte ich nicht sagen.

Unterwegs besorgen wir uns eine Zeitung, und zwar die New York Times vom Sonntag, den 18. Mai 2014. »Haben wir die nicht schon?«, scherzt Ethan.

Wir lassen sie ein paarmal zwischen uns hin- und herwandern. Keiner von uns möchte hineinschauen.

Warum? Ich habe keine Ahnung. Ethan faltet die Zeitung schließlich zusammen und verstaut sie in seiner Reisetasche. Mir kommt es so vor, als würde man einen ausführlichen Autopsiebericht über jemanden lesen, den man gut kannte. Es ist wichtig, dass dieser Bericht existiert, falls man ihn braucht. Aber man will ihn sich trotzdem nicht anschauen.

Kapitel 22

Um Punkt neun Uhr klopfen wir an die Tür von Mr Roberts Büro. Meine Mom ist bereits dort. Die Blicke, die wir bei unserem Eintreten ernten, sind unbeschreiblich.

Ich stelle Ethan meiner Mutter vor, obwohl sie ihn bereits kennt. Sie sieht verweint aus.

»Tut mir leid, Molly«, sage ich leise zu ihr. »Tut mir leid, dass du das alles hier mitmachen musst.«

»Und das hier ist Mr Robert«, sage ich zu Ethan. Mr Robert sieht aus, als hätte er gerade eine Kröte verschluckt.

»Robert, einfach nur Robert«, murmelt er. Sein Hals schwillt an, er zerrt an seinem Hemdkragen. »Schön, Sie kennenzulernen«, meint er. »Und jetzt würde ich Sie bitten, zu gehen und uns mit Prenna allein zu lassen.«

»Ich würde gerne bleiben«, erwidert Ethan. Sein Tonfall ist nicht drohend und auch nicht ungezogen, er klingt einfach nur entschlossen.

Mr Robert wirft mir Blicke zu, als wollte er mich am liebsten umbringen. »Prenna.« Er räuspert sich. »Ich glaube, die Menschen, die dir am nächsten stehen, nämlich deine Mutter und deine Freundin Katherine Wand, wären sehr froh, wenn du endlich Vernunft annehmen und dich in kleinem Kreis mit uns unterhalten würdest.«

Ich schaue kurz meine Mutter an, ihr Gesicht ist verschlossen. Wenigstens scheint man ihr kein Haar gekrümmt zu haben.

»Du hast ihnen das Leben wirklich schwergemacht und du machst alles noch schlimmer«, fügt er hinzu. Er kann so mitfühlend sein.

Ich lasse mich nicht länger von diesem Unsinn einschüchtern. Vor allem dauert dann alles viel zu lange. »Setzen wir uns doch«, schlage ich vor, und Ethan und ich tun das auch sofort. »Wir vier werden jetzt offen und ehrlich miteinander reden und es wird Ihnen überhaupt nicht gefallen. Aber hoffentlich gewöhnen Sie sich daran.«

»Prenna!« Wieder dieser warnende Tonfall, den Mr Robert schon unzählige Male bei mir eingesetzt hat.

»Fangen wir doch gleich so an«, beginne ich. »Ethan weiß, wer wir sind. Es ist also sinnlos, ihm gegenüber mit unseren Geheimnissen hinterm Berg zu halten.«

»Prenna.« Mr Robert schluckt immer noch an der Kröte. »An deiner Stelle würde ich mich in Acht nehmen«, zischt er.

Ich schaue ihn an. »Nein, ich werde mich nicht in Acht nehmen.«

»Bist du sicher, Prenna …« Meine Mutter fühlt sich überhaupt nicht wohl in ihrer Haut.

»Ethan hat nichts von mir erfahren«, rede ich weiter. »Ethan weiß Bescheid, weil er im April 2010 am Fluss stand, als wir dort ankamen. Er hat die merkwürdige Atmosphäre am Ende des Zeitpfads bemerkt. Er hat mich gesehen, auch wenn ich mich daran nicht mehr erinnere.

Er hat mir das New-York-Giants-Sweatshirt gegeben. Erinnert ihr euch? Damals habt ihr euch so darüber aufgeregt.«

Ich werfe Mr Robert einen Blick zu. »Wollen Sie sich nicht setzen?« Ich nehme die Schale mit den Gummibärchen vom Tisch. »Ein Gummibärchen vielleicht?«

Keiner der beiden sagt ein Wort. Damit hatte ich gerechnet. Sobald ich loslege, wird Mr Robert nicht das Risiko eingehen und in Ethans Gegenwart irgendetwas äußern, das sich so anhört, als würde er meine Aussagen akzeptieren. Oder irgendwelche anderen Aussagen. Dasselbe gilt für meine Mutter. Das ist gut, finde ich, denn dann geht alles schneller über die Bühne.

»Aber darüber wollte ich eigentlich gar nicht reden«, sage ich. Am Ende hat sich Mr Robert doch auf seinen Verhörstuhl gesetzt und meine Mutter ist ihm gefolgt und hat auf einer Sofaecke Platz genommen. »Ich bin gekommen, Mr Robert, um Ihnen zu sagen, dass Sie mich in Ruhe lassen sollen. Sie sollen Katherine nach Hause zurückbringen und sie ebenfalls in Ruhe lassen. Sie sollen meine Mutter in Ruhe lassen. Selbst wenn die beiden das nicht verlangen, *ich* verlange es.«

»Ach ja, wirklich?«, bricht es aus ihm heraus. Er ist rot im Gesicht.

»Ja, genau. Ich habe keine Angst vor Ihnen oder den Regeln. Wenigstens habe ich keine Angst davor, die Regeln zu brechen, die wirklich wichtig sind. Die Zukunft, an der Sie festhalten – der Ort, woher wir gekommen sind –, entstand nicht aufgrund normaler Zeitabläufe. Diese Zukunft wurde von dem berühmten Zeitreisenden Nummer eins geschaffen. Es gibt ihn, wir haben ihn kennengelernt. Vielleicht hat er uns die Regeln vermacht, vielleicht auch nicht, auf jeden Fall hatte er zuvor gegen jede einzelne verstoßen.«

Schweigen. Der Gesichtsausdruck meiner Mutter ist vor lauter Überraschung empfänglicher geworden.

»Ethan und ich versuchen nicht, den Ablauf der Zeit zu stören, sondern ihn wiederherzustellen.«

»Woher weißt du das, Prenna?«

Mr Robert wirft meiner Mutter wegen dieser Frage einen wütenden Blick zu, doch ich bin erleichtert.

»Ein Mann namens Andrew Baltos ist aus der näheren Zukunft hierhergekommen. Wie und wann genau, weiß ich nicht, aber ansonsten bin ich mir ganz sicher. Ich weiß auch, dass seine Zukunft anders und bei Weitem nicht so aussichtslos war wie unsere. Und ich bin überzeugt, dass dieser Unterschied eine Folge von Ereignissen ist, die er verursacht hat, als er sich wieder hier, in der Gegenwart, aufhielt.«

Mr Roberts Gesichtsausdruck ist ehrlich erstaunt. Ich frage mich, ob er oder die anderen Betreuer davon wussten.

Ich gebe mir Mühe, die Ereignisse des 17. Mai 2014 so einfach und verständlich wie möglich zu schildern. Ich wende mich vor allem an meine Mutter, denn ich spüre, dass sie mir wirklich zuhört.

»Es ist richtig, nicht in den natürlichen Ablauf der Zeit einzugreifen«, sage ich zu ihnen, zu ihr. »Es war richtig, dass wir das nicht getan haben. Doch jetzt wissen wir, dass dieser Ablauf von einem Zeitreisenden wie uns manipuliert und gestört wurde. Wir haben zwar Mona nicht retten können, aber ihre Forschungsarbeit, und wir haben Baltos ausgebremst, wenigstens für den Augenblick.« Ich werfe Ethan einen Blick zu. Von ihm erzähle ich ihnen nichts und auch Poppys Rolle bei dem Ganzen spare ich aus. Das wäre im Augenblick zu viel. »Ich glaube, wir haben genug erreicht, um die Dinge ins Rollen zu bringen, und wir befinden uns jetzt auf einem anderen Weg in die Zukunft. Das hoffe ich wenigstens. Da müssen selbst Sie zustimmen, Mr Robert – wenn wir ehrlich sind, hat es keinen Sinn, an einer Zukunft festzuhalten, die sich zur absoluten Katastrophe entwickelt. Wir lassen sie besser los und arbeiten an einer besseren Alternative, finden Sie nicht?«

Ich schaue Mr Robert an. Ich glaube nicht, dass er irgendetwas wusste.

»Ich behaupte nicht, dass wir den Leuten erzählen sollten, woher wir kommen. Wenn es Ihnen lieber ist, dann will ich das gerne für mich behalten. Auf diese Weise erregen wir viel weniger Aufsehen. Aber Sie sollten auch wissen, dass ich keine Angst davor habe, dieses Geheimnis zu lüften, wenn Sie mich dazu zwingen. Haben Sie mich verstanden?«

Ich erwarte weder ein Nicken noch eine andere Reaktion.

»Ich finde, es ist an der Zeit, uns wirklich hier einzuleben und mit der Überwachung und der Einschüchterung aufzuhören, die Sie *Betreuung* nennen, und auch mit den

Strafen. Lassen Sie uns diese Brillen und Tabletten wegwerfen. Sie helfen uns nicht, Mr Robert, sie schaden uns. Und Sie wissen genau, dass das stimmt.«

Ich wende mich an meine Mutter. »Ich habe aufgehört, diese Pillen einzunehmen, und mit meinen Augen ist alles in bester Ordnung. Ich brauche keine Brille mehr. Und dir muss doch auch klar sein, dass diese Brillen unserer Überwachung dienen.«

Aufmerksam betrachte ich ihr Gesicht. Sie hat die Augen niedergeschlagen. Hat sie von den Tabletten gewusst? In meinem Herzen glaube ich das nicht. Aber ich bin noch nicht fertig mit dem Thema.

»Du musst herausfinden, was in diesen Tabletten drin ist, falls du es nicht bereits weißt. Wenn auch Gutes in ihnen steckt, dann musst du das von dem Gift trennen, das uns blind macht.«

Sie blickt zu mir auf, und ich erkenne, dass sie gerne etwas sagen würde. Sie hat Fragen, sehe ich. Ihre Augen sind so lebendig wie schon lange nicht mehr. Doch solange wir hier sind, wird sie ihren Mund halten.

»Lasst uns versuchen, den Schaden zu begrenzen, den Andrew Baltos angerichtet hat«, fahre ich fort. »Und darüber hinaus sollten wir als gute Bürger und Familienmitglieder leben und beobachten, wie sich alles entwickelt. Ich finde, das sollten wir tun.«

Ich werfe einen Blick in die Runde. Schweigen.

»Ich weiß, Mr Robert. Sie haben Großes mit mir vor. Sie werden mich spätestens heute Nacht aus meinem Bett zerren und kurzen Prozess mit mir machen. Das würden

Sie selbst für einen Bruchteil meiner ganzen Vergehen tun.«

Meine Mutter ist entsetzt, aber sie weiß natürlich, dass ich recht habe. »Prenna …«

»Keine Sorge«, sage ich zu ihr. »Sie werden es nicht tun. Sie werden mich in Ruhe lassen.« Ich wende meinen Blick zu Mr Robert und sehe ihm direkt in die Augen. »Und zwar deswegen.« Ich unterbreche mich und schaue mich um, während ich zu erraten versuche, wo die Kameras versteckt sind. »Ich bin ziemlich sicher, dass Mrs Crew und die anderen Anführer unser Treffen mitverfolgen, aber sollte das nicht der Fall sein, möchte ich, dass sie so bald wie möglich über alles informiert werden. Im Augenblick weiß nur Ethan über uns Bescheid. Und Ethan kann man vertrauen, dass er nichts ausplaudert. Er hat vier Jahre lang seinen Mund gehalten. Doch wenn Sie mir, meiner Mutter oder Katherine auch nur ein Haar krümmen, wird sich das ganz schnell ändern. Ich werde mich an die Einwanderungsbehörde wenden, und die werden sich mit unseren Einwanderungspapieren beschäftigen, und das wird dann sehr spannend, um es vorsichtig auszudrücken. Danach geht es weiter zur Bundessteuerbehörde, zum Jugendamt und am Ende, wenn es sein muss, zur Polizei. Von kleineren Vergehen einmal abgesehen – Medikamentenmissbrauch, Entführung und illegale Überwachung –, haben Sie noch ein paar andere, für die Justiz vermutlich noch weit gewichtigere Dinge auf dem Gewissen.« Ich hoffe wirklich, dass Mrs Crew uns zuschaut. »Und es ist alles aufgezeichnet, dank Ihnen.«

Ich schaue zu Ethan und er wirft mir ein schwaches Lächeln zu. Mir macht das alles ziemlich Spaß, muss ich sagen. Ich mag die Wahrheit. Wirklich. Und ich mag diesen Mr Robert überhaupt nicht. Warum also jetzt aufhören?

»Mr Robert, wahrscheinlich denken Sie, ›Nein, das wird sie nicht tun. Wir geben ihr einfach keine Gelegenheit. Ich würde sie auf der Stelle umbringen, wenn ich nicht abwarten müsste, bis Ethan und ihre Mutter endlich den Raum verlassen haben.‹ Aber Sie liegen falsch. Wenn Sie mich aus dem Weg räumen, dann wird Ethan die riesige Menge an Informationen, die wir gesammelt haben, einfach an meiner Stelle benutzen. Und Ethan ist schlau. Er weiß alles über uns. Er ist ein guter Programmierer und cleverer Hacker. Er hat bereits Dateien auf allen möglichen Servern verteilt. Wenn Sie ihm in die Quere kommen, dann wird er alles dafür tun, damit diese Informationen sofort an die von mir eben erwähnten Behörden gelangen sowie an einige ausgewählte Nachrichtenshows und andere Medien. Das wird für alle ein gefundenes Fressen sein, da bin ich mir sicher. Wir werden monatelang in den Nachrichten sein.« Jetzt sollte ich wirklich aufhören. Ich rede mich gerade um Kopf und Kragen, doch anscheinend kann ich meinen Mund nicht halten. »Wenn Sie sich für diesen Weg entscheiden, kann ich Ihnen nur raten, Ihre Zähne auf Hochglanz zu polieren und ein paar von Ihren Pfunden zu verlieren, Mr Robert. Denn vor der Kamera sieht man immer dicker aus. Und ohne Ihnen nahe treten zu wollen, aber das brauchen Sie nun wirklich nicht.«

Ich muss endlich meine Klappe halten. Wir sind auch fast fertig, glaube ich. »Also, wir können das alles so machen – oder wir leben, wie von mir vorgeschlagen, als ruhige, gesetzestreue und normale Bürger und beobachten, wie sich alles entwickelt. Sie haben die Wahl.«

Nichts. Schweigen. Selbst der Gesichtsausdruck meiner Mutter ist mir in diesem Augenblick ein Rätsel.

»Sie müssen mir nicht sofort antworten«, schlage ich ihm vor. »Sie können sich mit den Anführern besprechen und mir dann Bescheid geben. Falls Sie und die Anführer mit meinen Vorschlägen einverstanden sind, erwarte ich meine Freundin Katherine Wand morgen Nachmittag um fünf bei mir zu Hause. Kein Internat, egal wie wunderbar, liegt für diesen Termin zu weit entfernt von hier. Wenn ich sie dort sehe, dann gehe ich davon aus, dass wir uns einig sind. Wenn nicht, dann fange ich bei der Bundessteuerbehörde an. Oder für den Fall, dass mir etwas zugestoßen ist, wird Ethan das an meiner Stelle übernehmen. Und falls auch ihm etwas zustößt, wird einer von Ethans zahlreichen Bevollmächtigten in unserem Auftrag aktiv.«

Ich stehe auf und gehe auf Mr Robert zu. Ich trete ganz nah an ihn heran, damit ich sicher sein kann, dass er genau begreift, was ich meine. »Ich habe keine Angst davor, alles auffliegen zu lassen, Mr Robert. Ich habe nichts zu verlieren, und ich werde nicht zögern, wenn Sie mir einen Grund dafür liefern. Aber ich würde es lieber nicht tun. Ich ziehe es vor, in Ruhe und Frieden zu leben und aus der Zukunft, die vor uns liegt, das Beste zu machen. Ich werde freundlich sein, wenn Sie es sind. Also vergessen Sie alle Drohungen, Strafen und Überwachungen.« Ich sehe ihm direkt in die Augen. »Damit ist es vorbei.«

Kapitel 23

Es wird ein ziemlich geschäftiger Tag.

Ethan fährt nach Hause zu seiner Mutter, gibt ihr kurz Bescheid, kontrolliert ein paar Sachen an seinem Computer und bringt das Auto zum Nachbarn zurück. Und er muss zur Schule, um sich dort um ein paar Dinge zu kümmern, auch wenn er gerade keine Kurse mehr hat. Wir haben verabredet, uns um ein Uhr wieder in Teaneck einzufinden, um dort Einzelheiten zu dem Mord zu Protokoll zu geben. Danach fahren wir sofort zu der Lagerhalle in der Bronx und kommen erst gegen sechs Uhr im Holy Cross Medical Center in Teaneck an.

Ich habe von meinem ehemaligen Erinnerungsspeicher die letzten drei Monate dabei, eine Kopie meines unvollendeten Essays über die Blutpest sowie einen verschlossenen Umschlag mit ein paar Briefen an meinen Bruder. Ich möchte, dass Andrew Baltos erfährt, wie alles war. Ich bin nicht sicher, ob er in der Lage sein wird, die Erinnerungsspeicher zu öffnen, doch ich bin sicher, dass ihm etwas einfallen wird. Vielleicht wird er das Gefängnis nie wieder verlassen. Vielleicht aber schon, und dann wird das alles einen Unterschied machen.

Wir mussten bei dem ermittelnden Kommissar Erlaubnis für unseren Besuch bei Baltos einholen, und selbstverständlich erklärten wir uns damit einverstanden, dass vor der Tür des Krankenzimmers ein bewaffneter Polizist Wache steht.

Merkwürdigerweise scheint Baltos ganz erfreut, uns zu sehen, als wir den Raum betreten. Sein Bein ist dick eingebunden, und es scheint, als wäre er insgesamt wohlauf. Er begrüßt uns fast so, als wären wir Freunde. »Schön, dass ihr vorbeikommt«, sagt er, und es klingt nicht nur sarkastisch.

Er schaut Ethan an. »Wer bist du? Ich habe mir die ganze letzte Nacht und auch heute den Kopf zerbrochen. Sogar im Schlaf konnte ich an nichts anderes denken. Ich kenne dich.«

Ethan schüttelt den Kopf. »Das glaube ich nicht. Ich könnte mich erinnern, wenn ich dir schon mal begegnet wäre.«

»Nein, nein. Ich rede nicht von gestern. Später, viel später. In den Sechzigerjahren. Da bist du viel älter, aber ich bin sicher, dass ich dich kenne.«

Ethan runzelt die Stirn. »Na ja, daran kann ich mich natürlich nicht erinnern.«

»Sag mir deinen Namen, vielleicht hilft mir der auf die Sprünge.«

»Ethan Jarves, geboren im Januar 1996.«

»Das darf nicht wahr sein! Wirklich?«

»Ja.«

»Klar, dieser Wissenschaftler.«

»Keine Ahnung. Bin ich das?«

»Keine Frage. Du hast mit Mona gearbeitet, aber du warst anders. Du warst einer meiner Helden. Ich war hier immer auf der Suche nach dir.« Seine Augen glänzen. Vielleicht ein bisschen zu sehr. Ethan hat sich in seiner Wahrnehmung offenbar von Monopoly-Geld in echte Kohle verwandelt.

Auch meine Augen glänzen. Mir gefällt diese Zukunftsversion mit meinem geliebten Ethan. Immer mehr drängt sich mir der Gedanke auf, dass diese außerordentlich wichtige Person, die an dieser Zeitgabel des 17. Mai aus dem Leben verschwand, vielleicht nicht Mona, sondern Ethan war.

»Du bist der Experte bei diesem Thema«, fährt Baltos fort. »Ich habe schon überlegt, ob du mir vielleicht helfen kannst, wieder zurückzureisen.« Er stößt ein kurzes, merkwürdiges Lachen aus. »Ich habe zu Hause eine Freundin sitzen, meine erste große Liebe, und ich vermisse sie wie verrückt.« Er sieht so aus, als würde er Witze machen, allerdings nur ein bisschen.

»Ich habe keinen Schimmer«, antwortet Ethan. »Ich bin noch kein Wissenschaftler, ich bin erst achtzehn.«

Baltos nickt langsam. Ich sehe Tränen in seinen Augen. »Dann kann ich nicht zurück, nicht wahr?« Er schaut zwischen mir und Ethan hin und her.

Es ist eine ernst gemeinte Frage, und mir wird nicht ohne Bitterkeit klar, dass die Zukunft, aus der er gekommen ist, eine ganze Ecke besser sein muss als meine, wenn er sich wünscht, wieder dorthin zurückzukönnen.

»Ich glaube nicht«, erwidert Ethan.

»Tja, dann nicht.« Er seufzt tief. »Also, du wirst der Mann sein, okay? Der Experte zu diesem Thema. Du bist jetzt schon ein brillanter Kopf. Gott sei Dank habe ich dich gestern nicht erschossen.«

Ich drücke Ethans Hand und presse die Lippen fest aufeinander, damit mir kein Laut entschlüpft.

Ethan bleibt bemerkenswert gelassen. »Darüber bin ich auch froh.«

Ich hole tief Luft und beruhige mich. »Ich muss Sie noch etwas anderes fragen, Mr. Baltos.«

»Schieß los.«

»Wer ist Theresa Hunt?«

»'ne Ex-Freundin von mir.«

»Und Jason Hunt?«

Er wirkt nun nicht mehr ganz so gelassen. »Ihr Sohn. Auch mein Sohn, wenn es nach ihr geht.«

»Allan Cotes?«

»Das ist der Typ, den sie vor ein paar Jahren geheiratet hat. Er zieht Jason groß.«

»Wissen Sie, wo sich Theresa momentan aufhält?«

»Nein, ich hatte im vergangenen Jahr keinen Kontakt mehr zu ihr.«

»Was ist mit Josie Lopez?«

»Hey, was soll das?« Baltos kneift die Augen zusammen, als er mich ansieht. »Eine andere Ex. Warum fragst du?«

»Das sind alles Leute, die mit einem unbekannten Virus ins Krankenhaus eingeliefert wurden. Und ich glaube, das hat etwas mit Ihnen zu tun.«

»Oh, Gott, wirklich?« Seine Überraschung wirkt echt.

»Bist du dir da sicher?«

»Ziemlich sicher.«

Er schüttelt den Kopf. »Ich bin nicht krank. Und ich war seit meiner Ankunft auch nicht krank – nicht ernsthaft, jedenfalls. Ich habe kein unbekanntes Virus, da bin ich mir sicher.«

Ich versuche, mir die richtige Fragestellung zu überlegen. »In welchem Jahr haben Sie die Zukunft verlassen?«

Er sieht mich stirnrunzelnd an. »April 2068. Ich habe niemandem erzählt, woher ich komme. Außer euch beiden weiß niemand davon.«

»Das ist wahrscheinlich gut so«, sage ich. »Existierten zu diesem Zeitpunkt irgendwelche Epidemien oder Formen von Pest?«, erkundige ich mich. »Haben Sie von der Blutpest gehört? Dem sogenannten Dama-Virus X?«

Er überlegt. »Nie davon gehört. Es gab einige Formen von Vogelgrippe und dergleichen. Aids gab es so gut wie gar nicht mehr. Ansonsten nichts Auffallendes.«

»Okay«, sage ich. »Das ist alles, vielen Dank.« Ich sehe Ethan an. »Wir sollten uns auf den Weg machen.« Ich reiche Baltos den Umschlag, den wir mitgebracht haben. »Schauen Sie sich das bei Gelegenheit an. Ich möchte, dass Ihnen klar ist, wie ganz anders sich die Dinge entwickelt haben, nachdem Sie hier aufgetaucht sind.«

Andrew Baltos legt sich zurück, um seinen Kopf anzulehnen. Er wirkt überrascht, ein bisschen erschreckt, allerdings nicht widerwillig. »Du hast Sachen von dort mitgenommen?«

»Mein Vater.«

»Okay, ich werde sie mir ansehen.«

Wir sind bereits an der Tür, als Baltos sich räuspert. Wir drehen uns beide um. »Ich habe eben gesagt, ich wäre froh, dass ich dich gestern nicht erschossen habe, Ethan, aber wenn ich jetzt darüber nachdenke, dann bin ich mir nicht mehr so sicher.«

Hoffentlich ist er nicht gerade bei, sich was Neues einfallen zu lassen. »Warum?«

»Ich bin nur wegen Ethan hier. Im anderen Falle wäre ich mit meiner ersten Freundin da, wo ich herkomme. Die Ereignisse von gestern hätte es niemals gegeben. Nichts von alldem hätte sich ereignet.«

Ethan sieht so aus, als wäre er auf der Hut. »Und warum?«

»Du bist der Grund, warum ich hier bin. Du hast mir von dem Tag erzählt, als du als Junge zum Fischen gegangen bist. Du hast mir sogar ein Bild gezeigt. Daher wusste ich, wo ich ankommen musste.«

Es ist dunkel und spät, als wir endlich bei mir zu Hause vorfahren. Ethan möchte mit reinkommen, doch ich rede ihm das aus. Ich will meine Mutter nicht zu sehr überfordern.

Ich stecke den Schlüssel ins Türschloss und erwarte eigentlich, dass sich alles so abspielt wie beim letzten Mal, als ich nach Hause gekommen bin. Gespannt betrete ich die Diele, aber diesmal beunruhigt mich nicht das verängstigte Gesicht meiner Mutter. Ich werfe einen Blick ins Esszimmer, doch kein Zeichen von dem verhassten Duo. Um ganz sicher zu sein, sehe ich in allen anderen Räumen des Hauses nach. Ich bin innerlich auf einen Hinterhalt vorbereitet, aber nichts. Meine Mutter ist nicht einmal zu Hause.

Ich gehe durch die vorderen Räume und mache das Licht an. Vom Fenster des Esszimmers winke ich Ethan wie versprochen zu, um ihm zu signalisieren, dass die Luft rein ist. Er wartet noch kurz, dann fährt er los. Es fällt ihm schwer, wegzufahren, glaube ich. Es ist schwer, verlassen zu werden, das weiß ich.

Ich mache in der Küche das Licht an und bemerke einen Zettel und eine Schachtel Schokoladenkekse. Mein Herz macht vor Freude einen Sprung. Ich liebe Schokoladenkekse. Ich bin mir sicher, dass meine Mom mir damit etwas sagen will.

Prenna,

bin heute Abend bei einer Versammlung. Es gibt viel zu besprechen. Lass dir die Kekse schmecken, schlaf gut, bis morgen früh.

Alles Liebe,
Molly/Mom

Ich lasse mir die Kekse schmecken. Ich setze mich auf die Küchentheke und esse fünf. Dann trinke ich ein Glas Milch. Diese beiden Gaumenfreuden beanspruchen mich voll und ganz. Für heute kann ich an nichts anderes mehr denken.

Ich krabbele in mein Bett, noch nie in meinem Leben war ich so müde. Ich hoffe, ich wache nicht auf und finde mich auf dem Rücksitz von Mr Douglas' Auto wieder oder gefesselt im Keller von dieser Farm. Ich bin so müde, dass ich vielleicht gar nichts mitbekommen würde.

Ich sehe, dass Ethan mir geschrieben hat.

Ist es schon Freitag?

Kapitel 24

Ich wache nicht im Keller einer Farm auf, sondern in meinem warmen Bett. Es ist Viertel vor zehn und die Sonne scheint zum Fenster herein. Beim Aufwachen steigt mir der Duft von gebratenem Schinken in die Nase… und noch etwas anderes. Pfannkuchen. Kann das sein?

Ich habe das Gefühl, in meinem eigenen Bett, aber in einer anderen Familie aufgewacht zu sein. Ich glaube, seit wir hier leben, hat meine Mutter nicht ein Mal Frühstück gemacht.

Erstaunt beobachte ich, wie sie in der Küche herumwirtschaftet. Schon die Pfannkuchen allein sind ein Wunder und die hier sind sogar mit Blaubeeren. Sie legt zwei Platzdeckchen, Servietten und Besteck auf den Tisch. Wie bei einer richtigen Familie.

»Das ist Wahnsinn«, sage ich zu ihr, als wir uns an den Tisch gesetzt haben. »Vielen Dank.«

Sie schaut mich über den Rand ihrer Kaffeetasse an. Ich sehe, wie sie die Brille abnimmt und sie in einer Schublade der Anrichte verstaut. »Ich habe das Gefühl, als würde die Welt zu neuem Leben erwachen.«

Vielleicht ist es das Hoffnungsvollste, was ich jemals von ihr gehört habe. Ihre Augen sind ohne Brille wunderschön, obwohl sie wahrscheinlich noch nicht viel mit ihnen sehen kann, denke ich.

Es gibt in der Tat viel zu bereden, das kann ich zwischen uns spüren. Das erste Thema ist das schwierigste. Es gefällt mir gar nicht, während wir Pfannkuchen essen, etwas so Heikles anzuschneiden, doch es muss sein.

»Es war Poppy, das weiß ich.«

Ihre Kaffeetasse senkt sich nach unten, ihre Wachsamkeit steigt.

»Es fällt leichter, das nicht zu glauben, ich weiß, aber so war es.«

Sie braucht eine Weile, um das zu verarbeiten. Ich sehe, wie ihre Hände, die Messer und Gabel halten, zittern. »Warum, glaubst du, hat er sich nicht gemeldet?«

»Meiner Meinung nach wollte er uns so lange wie möglich beschützen. Er musste seine Mission verfolgen, ohne das Gefühl zu haben, er würde auch noch andere in Gefahr bringen.«

Sie isst nicht mehr weiter und versucht auch nicht mehr, ihren Blick auf etwas zu richten. Sie sieht verloren aus.

»Ihm allein haben wir alles zu verdanken. Er wusste über die Zeitgabel des siebzehnten Mai Bescheid. Er hatte Material gesammelt, um zu begreifen, was geschehen würde, und hat alles so vorbereitet, dass wir diesen Termin ganz sicher nicht verpassen, sondern handeln.«

Sie nickt vorsichtig.

»Er hat unglaubliches Material hierhergeschafft und es in einer Lagerhalle in der Bronx untergebracht. Wenn du bereit bist, zeige ich dir alles. Dort lagern Familienerinnerungen, unsere Erinnerungsspeicher und viele Tausend Dollar Bargeld, vieles davon mit Datum aus der Zukunft.«

Meine Mutter ist völlig verblüfft und überwältigt. Es wird eine Weile dauern, bis sie das alles verdaut hat.

»Und ein Stapel Zeitungen.« Ich stelle mir den Stapel vor. »Die stimmen jetzt hoffentlich alle nicht mehr. Vielleicht kannst du mit überlegen, was ich mit denen anfangen soll.« Ich nehme einen Schluck von meinem Orangensaft.

Sie starrt auf ihren Teller. »Ich wünschte, ich hätte von allem gewusst«, sagt sie leise. »Ich wünschte, er hätte auch nur ein Wort zu mir gesagt.« Ihre Stimme klingt tränenerstickt, und ich sehe, wie sehr sie sich bemüht, nicht in Weinen auszubrechen. Zwischen uns herrscht ein ungeschriebenes Gesetz, das gleich nach unserer Ankunft in Kraft trat – kein Weinen in der Gegenwart der jeweils anderen.

Ich versuche mir vorzustellen, wie Poppy Kontakt zu ihr aufnimmt. Was hätte er ihr erzählen sollen? Was hätte sie dann gemacht? Es hätte auch noch jenes bisschen Seelenfrieden zerstört, das sie hier gefunden hatte. »Wirklich?«, frage ich.

Ich beobachte ihr Gesicht und frage mich, ob sie sich das alles ebenfalls ausmalt. »Vielleicht nicht, vielleicht war seine Entscheidung sehr rücksichtsvoll.«

Während wir schweigend dasitzen, wird mir etwas anderes klar, und ich fühle mich traurig und erwachsen, als ich es begreife. Mein Vater war einst ein gut aussehender und mächtiger Mann. Als wir ihn zurückließen, war er ein Visionär und Anführer. Doch bei seiner Ankunft hier war er alt und verlebt, krank und allein im Exil. Er wollte, dass seine Frau und Tochter ihn so in Erinnerung behalten, wie er einst gewesen war.

Und während ich an sein Gesicht an jenem Tag in der Bibliothek zurückdenke, begreife ich, wie sehr er sich bemühte, dass ich in ihm nicht meinen Poppy erkannte und dass seine neue Identität die alte verdrängte. Er schämte sich.

Kurz vor elf Uhr morgens erhalte ich einen Anruf von einer Dame vom Holy Cross Medical Center in Teaneck.

»Ist da Prenna James?«, fragt sie.

»Ja.«

»Ich habe ein Päckchen für Sie.«

»Wirklich?«

»Ja. Möchten Sie es abholen oder soll ich mir Ihre Adresse notieren und es Ihnen zusenden?«

»Wissen Sie, von wem es ist?«

»Andrew Baltos hat es für Sie hinterlassen.«

»Ach ja? Ist er jetzt irgendwoanders? Ist er bereits entlassen worden?«

»Oh.« Sie schweigt kurz. »Sie wissen offenbar nicht Bescheid. Ich dachte, Sie wüssten davon.«

»Wovon?« Mein Puls klopft wild.

»Es tut mir leid, Sie informieren zu müssen, dass Mr Baltos von uns gegangen ist. Er hat sich heute Morgen um sechs Uhr in seinem Krankenzimmer erhängt.«

Auf dem Weg nach Teaneck, um das Päckchen abzuholen, rufe ich Ethan vom Auto aus an. Ich weine, als ich ihm von dem Selbstmord erzähle, auch wenn ich nicht recht weiß, warum. Andrew Baltos war ein Mörder, der im Alleingang unsere Zukunft zerstörte. Sehr wahrscheinlich hat er auch meinen Vater auf dem Gewissen, und es ist besser, dass es ihn nicht mehr gibt.

Im Zweifelsfall weine ich aus Erleichterung, doch als ich an Baltos in seinem Krankenbett zurückdenke, wie er sich wünscht, zu seiner großen Liebe zurückkehren zu können, werden meine Gefühle komplizierter. Sein Tod reiht sich in die anderen Todesfälle der letzten Tage ein und ich trauere um jeden der Verstorbenen auf eine eigene Weise.

Das Päckchen wartet am Empfang auf mich. Es ist ein Umschlag. Damit hatte ich gerechnet. Baltos wollte mir meine Sachen zurückgeben. Ich warte, bis ich zu Hause und allein in meinem Zimmer bin, bevor ich den Umschlag öffne, um nachzuschauen, ob alles vollständig ist.

Es ist alles da und ich finde auch noch etwas anderes.

Liebe Prenna,

Theresa Hunt ist tot. Ihr Sohn, mein Sohn, Jason, ist ebenfalls tot. Allan Cotes ist tot. Nachdem du gegangen warst, habe ich ein bisschen herumtelefoniert und diese Informationen herausgefunden. Josie Lopez ist nicht tot, aber ihre Mutter hat mir gesagt, sie sei krank. Ich nehme an, bei ihr ist es nur eine Frage der Zeit.

Soweit ich weiß, leide ich an keiner Krankheit. Hätte ich

davon gewusst, dann hätte ich niemals … Es spielt keine Rolle. Ich bin die Ursache. Ich habe deinen Bericht gelesen und weiß, was auf uns zukommt.

Seit meiner Ankunft war ich noch mit zwei anderen Frauen zusammen – Dana Guest und Robin Jackson. Ich habe weiter unten ihre Telefonnummern und Adressen aufgeschrieben, zusammen mit der von Josie.

Hilfst du mir bitte, das aufzuhalten, was ich angerichtet habe? Ich habe keine Ahnung, was du tun kannst, aber bitte versuch es.

Ich starre den Brief eine Weile an. Dann falte ich ihn in der Mitte zusammen und hole den roten Ordner hervor, den mein Vater angelegt hat. Ich gehe nach unten in die Küche und überreiche alles meiner Mutter.

Bei dem gestrigen Treffen mit meiner Mutter und Mr Robert habe ich versucht, gelassen zu bleiben, doch an diesem Nachmittag bin ich bereits gegen vier in Schweiß gebadet. Ich laufe in meinem Zimmer auf und ab und schaue alle paar Sekunden aus dem Fenster zur Straße. Um halb fünf halte ich es nicht mehr aus und gehe nach unten, zur Haustür hinaus und laufe vorne im Garten auf dem Rasen auf und ab. So sehe ich sie wenigstens eher, wenn sie kommt.

Meine Mutter hat sich in ihrem Zimmer verkrochen, nachdem ich ihr den roten Ordner und den Brief von Baltos gegeben habe. Ein paarmal habe ich gehört, wie sie telefoniert hat. Ich würde gerne bei ihr sein, aber ich möchte sie nicht stören.

Ich fixiere die Straße vor unserem Haus und frage mich, welche Absichten meine Mutter verfolgt.

Nein, ich weiß es bereits.

Wegen des Frühstücks, das sie für mich zubereitet hat. Wegen dem, was sie über das Wiedererwachen der Welt gesagt hat.

Sie möchte, dass Katherine kommt. Sie möchte den entstandenen Schaden wiedergutmachen. Sie möchte, dass es uns gut geht. Und zum ersten Mal möchte sie noch mehr, denke ich.

In meinem Herzen weiß ich, dass unser Leben besser wird, wenn Katherine wiederkommt. Einfach wird es nicht werden, doch wir werden uns durchwursteln. Vielleicht wird meine Mutter sogar mal für kurze Zeit glücklich sein. Wäre das nicht schon etwas? Schwer, sich das vorzustellen, aber nicht unmöglich.

Um fünf Uhr habe ich mich gerade in mein trauriges Schicksal gefügt, als zwei Minuten später ein silberfarbenes Auto heranfährt und Katherine aussteigt. Auf dem Fahrersitz erkenne ich eine grimmige Ms Cynthia, aber das lässt mich kalt. Ich laufe auf Katherine zu und umarme sie. Sie reagiert schockiert, freut sich jedoch, mich zu sehen.

»Geht es dir gut?«, frage ich sie.

»Alles gut«, wispert sie. »Was hast du nur angestellt? Die Fahrt hierher war mehr als merkwürdig.«

Ich erdrücke sie fast mit meiner Umarmung. Ich bin so froh, sie zu sehen, dass ich weine. »Die Dinge verändern sich«, antworte ich. Mir ist egal, wer mich gerade hört. »Ich habe dir so viel zu erzählen.«

Kurz darauf steigt Katherine wieder ins Auto, um nach Hause zu ihrem Vater gefahren zu werden, doch Ms. Cynthia fährt nicht sofort los, sondern funkelt mich böse durch das offene Wagenfenster an.

»Du wirst nicht bekommen, was du willst, nur damit du es weißt.« Sie ist eine Spinne und voller Gift.

Ich schaue sie an. »Wovon reden Sie?«

»Du kannst alles mit Füßen treten, was uns lieb und teuer ist, Prenna, alles, was wir hier versucht haben.« Sie spuckt mir ihre Worte geradezu entgegen. »Aber wenn dir dieser junge Mann wichtig ist und wenn es dir wichtig ist, die Zukunft in Ordnung zu bringen, so wie du behauptest, dann kannst du ihn nicht haben. Jedenfalls nicht so, wie du dir das vorstellst.«

»Da liegen Sie falsch.«

»Das wollen wir sehen.«

Ich kann mein Erstaunen und meinen Ekel nicht verbergen.

»Und Prenna – versuch, nicht so dumm dreinzuschauen.«

Kapitel 25

An diesem Abend kann ich nicht einschlafen.

Ich packe meine Tasche für Freitag. Was nimmt man für eine solche Nacht mit? Ich betrachte den Stapel langweiliger Baumwollunterwäsche in meiner Schublade, die ärmellosen T-Shirts und Boxershorts, die ich immer als Pyjamaersatz trage. Was soll ich nur tun? Dass es einmal eine solche Nacht geben würde, hätte ich mir früher in meinen kühnsten Träumen nicht auszumalen gewagt. Zuletzt werfe ich eine Tic Tac-Packung hinein, in der noch ein paar Minzdragées klappern. Und die kleinen Lautsprecher von meinem Telefon packe ich auch ein.

Plötzlich kommt mir eine Idee. Ich ziehe meinen Bürostuhl so nah an den Schrank heran, dass ich an das Fach ganz oben drankomme. Ich suche tastend nach dem New-York-Giants-Sweatshirt, ziehe es heraus und schüttele es aus. Ich halte es an mein Gesicht und rieche daran, vielleicht hängen noch ein paar Geruchspartikel von Ethan darin.

Ein paar Minuten lang lade ich Musik auf mein Handy herunter. Wer weiß?

Ich muss lächeln, als mittendrin eine Nachricht aufblinkt.

Noch 43 Stunden.

Ich werfe einen Blick auf die Zeitangabe auf meinem Telefon und rechne im Kopf nach. *Noch 42 Stunden und 40 Minuten,* tippe ich.

Es vergeht eine Minute. *42 Stunden und 39 Minuten.*

Ich liebe dich.

Ich liebe dich auch.

Ich bin überrascht, als es an meiner Zimmertür klopft und meine Mutter hereinkommt.

»Schläfst du schon?«, fragt sie.

»Nein.«

»Kann ich dich kurz sprechen?«

»Klar.« Zu meinem Erstaunen setzt sie sich auf mein Bett. Im Zimmer ist es dämmerig, nur der Mond, der durch das Fenster scheint, sorgt für Licht, aber ich sehe trotzdem, dass sie ihre Brille nicht aufhat. Sie hält den roten Ordner in den Händen.

»Ich habe alles durchgelesen, was du mir gegeben hast.«

»Unglaublich, findest du nicht?«

»Auf jeden Fall. Und du hast gesagt, er hätte sich umgebracht?«

»Ja, heute in den frühen Morgenstunden.«

Sie atmet tief aus und schüttelt den Kopf.

»Wenn man den Brief liest, dann versteht man, warum.«

»Ja.« Sie schaut auf den Ordner. »Du hast uns hier wirklich etwas ganz Besonderes übergeben. Diese Namen in Verbindung mit unserem Wissen über die Zukunft können uns dabei helfen, die Krankheit unter Kontrolle zu halten. Das hätte ich mir niemals träumen lassen.«

Ihr Gesichtsausdruck ist so lebhaft wie selten. Ich empfinde Freude und Stolz. »Siehst du das wirklich so?«

»Wenn nicht irgendeine Komplikation auftaucht, die wir nicht kennen, oder ein anderer Zeitreisender …« Sie schaut mich an. »Oder etwas ganz anderes.« Sie ergreift meine Hand. »Aber diese Informationen in Verbindung mit meinem medizinischen Wissen und meinen Erfahrungen aus Postremo erfüllen mich mit großer Hoffnung.«

Dieses Wort habe ich noch nie aus ihrem Mund gehört und auch diesen Gesichtsausdruck habe ich noch nie an ihr erlebt.

»Es war also tatsächlich Baltos, der die Pest in unsere Zeit eingeschleppt und sie dort verbreitet hat?«

»Nicht ganz. Ich nehme an, es gab keine Pest in der Zukunft, aus der er kam – wenigstens nicht diese Form. Er hat die Pest nicht eingeschleppt, sondern er hat sie hier ausgelöst. Er trug ein Virus oder mehrere Viren in sich, die wahrscheinlich von Vögeln oder Schweinen aus seiner Herkunftszeit stammten. So funktioniert das normalerweise. Für ihn waren sie harmlos und wahrscheinlich auch für andere Leute aus seiner Zukunft, doch sobald er sie hier auf seine Freundinnen und andere enge Kontakte übertrug, wurden sie verhängnisvoll. Es liegt ziemlich nahe, dass sich die Blutpest auf diese Weise entwickelt hat.«

»Okay«, sage ich langsam.

»Das Virus scheint sich im Blut zu befinden, aber es gibt noch keine eindeutigen Informationen, wie leicht es sich überträgt. Es existiert noch kein Diagnosetest, doch ich hoffe, dass es uns mithilfe dieser Informationen gelingt, einen zu entwickeln.«

Mir bereiten die Konsequenzen dieser Überlegungen Sorgen. »Als unsere Anführer uns erzählt haben, dass die Mikroben, die wir in uns tragen, den Jetztgeborenen Schaden zufügen könnten, haben sie also nicht nur versucht, uns Angst einzujagen?«

»Vielleicht wollten sie uns auch Angst einjagen, aber die Aussage an sich ist korrekt.«

»Das gilt aber nicht für die Tabletten?«

Meine Mutter schaut betrübt. »Nein, da verhält es sich anders.« Sie seufzt. »Ich weiß, was du über Mr Robert und die anderen denkst. Mir geht es genauso. Ich bin mit ihren Methoden nicht einverstanden, doch die Regeln sind zum größten Teil sinnvoll. Die Disziplin und Umsicht, die damit von uns verlangt werden, sind äußerst wichtig. Andrew Baltos war rücksichtslos und nachlässig. Er hat den Tod einer jungen Frau verursacht, mit mehreren Jetztgeborenen geschlafen und ein Kind gezeugt. Aus Respekt vor dem Leben würden wir so etwas niemals tun.«

Ich nicke. Ich weiß, dass sie recht hat. »Glaubst du, Mr Robert und die Anführer werden uns in Ruhe lassen? Sie haben Katherine zwar nach Hause zurückgebracht, trotzdem fällt es mir schwer, das zu glauben.«

»Solang du dich an deine Zusagen hältst, werden sie das Gleiche tun. Falls sie ihre brechen, kannst du auf die Unterstützung von allen Mitgliedern der Gemeinschaft zählen, die ich zusammentrommeln kann.«

Ich erkenne sie kaum wieder. »Wirklich?«

»Es geht noch weiter. Ich hoffe, die Führungsriege wird bald ausgewechselt. Ich habe genug von meiner passiven Rolle. Gestern Abend hatten wir eine Versammlung und für morgen habe ich eine weitere für alle Mitglieder in meinem Alter einberufen. Die Infos zu den Tabletten habe ich bereits publik gemacht. Ich habe sie dem medizinischen Team mitgeteilt und alle bis auf einen waren verblüfft. Falls es mir gelingt, die Versammlung morgen vernünftig zu koordinieren, wählen wir eine neue Führung, neue Betreuer und neue Strategien. Oder wenigstens fangen wir damit an. Ich werde mich persönlich dafür einsetzen, dass diese Überwachung aufhört.«

Ich kann es nicht fassen. Ihr Tonfall und ihre innere Überzeugung verblüffen mich. Ich erkenne sie nicht wieder, aber ich bin froh, dass sie da ist.

Sie betrachtet mich. Ihr Gesichtsausdruck ist mitleidvoll. »Doch nicht alles wird sich verändern.«

»Das Wichtige schon«, erwidere ich, und mir ist ganz schwindelig. »Die alten Anführer und Betreuer werden abgesetzt, ich muss Mr Robert oder dieser alten Hexe Cynthia keine Rechenschaft mehr ablegen und die Brillen werden abgeschafft! Das ist mehr, als ich mir jemals erträumt hätte.« Ich kann es kaum erwarten, Ethan davon zu berichten, er wird völlig platt sein.

Sie ergreift meine Hand. »Aber das alles zählt nicht wirklich.«

Etwas an ihrem Ton gefällt mir nicht. »Für mich zählt es«, gebe ich kindisch zurück.

»Wenn wir wollen, dass die Welt sich wieder um ihre alte Achse dreht, dass die Zeit wieder in ihren richtigen Ablauf gebracht wird und die Untaten von Andrew Baltos folgenlos bleiben, dann gilt es, umsichtiger denn je zu sein. Das ist die Lektion, die Andrew Baltos uns lehrt, und sie bestätigt viele unserer Befürchtungen. Wir dürfen hier nicht leben, wie wir gerne möchten. Der Rest der Welt darf nicht erfahren, woher wir kommen und auf welche Art und Weise wir hierhergekommen sind. Es würde alles furchtbar durcheinanderbringen und es fast unmöglich machen, Zeitreisen in der Zukunft zu verhindern. Wir müssen unser Geheimnis bewahren und an dieser Last tragen wir alle.«

»Es ist schwer, ich weiß, aber wir werden es schaffen«, sage ich. »Solange wir ehrlich miteinander reden, wird die Belastung nicht so groß sein.«

Ihr Gesichtsausdruck wird lebhaft. »Ich stimme dir zu, ich sehe genau wie du, dass es uns erlaubt sein muss, uns gegenseitig zu unterstützen.«

»Und was ist noch wichtig?«

Sie macht eine Pause. »Zuerst einmal müssen wir die Veränderungen, die in Gang gebracht wurden, unter Kontrolle bekommen. Ihr beide, du und Ethan, habt heldenhafte Vorarbeit geleistet. Doch dann müssen wir dafür sorgen, dass nicht noch mehr verändert wird.«

»Okay.«

»Und das bedeutet, dass wir stets umsichtig und diszipliniert sein müssen. Wir können nicht leben wie normale Leute. Wir können uns unsere Partner nicht aussuchen.

Wir können nicht wie andere eine Familie gründen. Wir dürfen nicht riskieren, eine neue Pandemie auszulösen, wo wir gerade damit beschäftigt sind, diese hier in den Griff zu bekommen. Wir müssen die Lösung sein, nicht das Problem.«

»Das habe ich verstanden.« Ich fühle Tränen in mir aufsteigen.

»Alle von uns müssen sich darin einig sein, keine Beziehungen oder Ehen außerhalb der Gemeinschaft einzugehen oder zuzulassen.«

»Es geht um Ethan, nicht wahr?«

»Es geht um uns alle. Ich weiß, das erscheint dir unfair. Und das ist es auch. Ethan hat uns so sehr bei allem geholfen.«

»Das hat er und es ist unfair.«

»Aber was ist mit der Gefahr, in die du ihn bringst? Was, wenn du zum späteren Ausbruch einer Form von Pest beiträgst? Du hast die Anfänge des Dama-Virus X hier und jetzt entdeckt. Du hast mitbekommen, wie alles anfängt und wie es endet. Du begreifst, dass nicht nur ihr beide euer Leben riskiert.«

Wir schauen uns an, und ich weiß, an welche Menschen wir beide dabei denken.

»Wenn du ihn liebst, Prenna, dann überleg dir, was du ihm zu bieten hast und was er aufgeben müsste. Von Krankheit mal abgesehen, wie stehen die Chancen auf ein normales Leben? Oder eine Familie?«

Ich schlage die Hände vors Gesicht.

»Mir ist egal, was Mr Robert oder Mrs Crew denken.

Ich schulde ihnen weder besonderen Respekt noch Loyalität. Aber was sollen wir den anderen Mitgliedern der Gemeinschaft erzählen, wenn sie mitbekommen, dass du mit einem Jetztgeborenen glücklich bist?«

Ich versuche, die Tränen mit meinen Händen aufzuhalten. Meine Mutter nimmt mich in den Arm, wir haben gerade das ungeschriebene Gesetz zwischen uns gebrochen.

»Wir sind alle einsam, Prenna. Wir alle wünschen uns Freiheit. Wir alle möchten so gerne in diese Zeit gehören – und nicht nur zu Gast sein. Uns allen fehlt, was wir verloren haben. Stell dir vor, wie schwierig alles wäre, wenn jeder von uns versuchen würde, sein Glück zu finden.«

Die Minuten vergehen und ich lehne mich mit meinem ganzen Gewicht an sie. Sie hält mich so, wie sie mich zum letzten Mal als Baby gehalten hat. Vielleicht wie immer schon. Ich fühle mich wie ein Baby und sehne mich nach Ruhe. Ich fühle mich wie ihr Baby.

»Es tut mir so leid«, flüstert sie mir zu.

Kapitel 26

Ich bringe nicht die langweiligen T-Shirts, Boxershorts oder die Tic-Tac-Packung mit. Die Musik ist immer noch auf meinem Handy, aber ich weiß jetzt schon, dass ich sie nicht abspielen werde. Das New-York-Giants-Sweatshirt drücke ich lange an mich und lege es dann in meinem Kleiderschrank ins oberste Regalfach zurück.

Wir treffen uns an dem Parkplatz in Haverstraw, von dem ein Wanderweg abgeht. Ethan kommt auf mich zu, unter einem Arm trägt er ein Zelt, unter dem anderen seinen Schlafsack. Mir bricht es das Herz.

Sobald er mich sieht, weiß er, dass etwas nicht stimmt. Sein einfühlsamer Blick ist auf mich gerichtet und wie immer ahnt er die Wahrheit. Trotzdem fragt er leichthin: »Ist heute nicht Freitag?«

»Doch, heute ist Freitag.« Ich kann es kaum ertragen.

»Ist heute nicht unsere große Nacht?«

Ich spüre, wie mir das Kinn zittert, und wünschte, das würde endlich aufhören. »Vielleicht doch nicht.«

Er legt seine Sachen auf der Bank am Anfang des Weges ab. Wir spazieren in den Wald, er greift nach meiner Hand. »Was ist passiert?«

»Gutes ist passiert. Das ist ja das Merkwürdige daran.«

»Erzähl.«

Irgendwie ist es leichter, dahinzuspazieren und ihn nicht direkt ansehen zu müssen. »Gestern Abend hat sich die Gemeinschaft versammelt. Meine Mom hatte das Treffen organisiert. Sie haben neue Anführer gewählt. Sie haben alle Betreuer auf einmal gefeuert und die Mitglieder der Gemeinschaft, die an dem Job interessiert sind, aufgefordert, sich zu bewerben. Tabletten und Brillen wurden per Abstimmung abgeschafft. Das System von Sanktionen und die sogenannten Aufbewahrungsanstalten ebenfalls. Sie haben beschlossen, dass die neuen Betreuer uns in Zukunft tatsächlich unterstützen sollen, anstatt uns zu tyrannisieren und einzuschüchtern.«

Er wirft mir beim Gehen einen Blick zu. »Das ist großartig, Prenna. Ich bin sehr froh für dich, für euch alle.« Er meint es ernst, aber er macht sich auch Mut für das, was kommt. »Ist deine Mutter eine von den neuen Anführern?«

»Nein. Die anderen wollten das, aber sie zieht es vor, an der Spitze des medizinischen Teams zu arbeiten und ihre Energie darauf zu konzentrieren, das von Baltos ausgelöste Virus unter Kontrolle zu behalten. Sie geht davon aus, dass sie es aufhalten können, bevor es zu einem Pestvirus mutiert.«

»Wer gehört dann zu den neuen Anführern?«

»Die meisten sind Leute, die ursprünglich auf der Seite meines Vaters standen. So wie meine Mutter. Seit unserer Ankunft hat man sie an den Rand gedrängt und mundtot gemacht. Du kennst nur eine Person von ihnen.«

»Und wen?«

»Mich.«

»Du machst Witze.«

»Nein. Ich war nicht bei dem Treffen, als es passierte. Meine Mutter hat es mir erzählt, als sie nach Hause kam. Sie hatte mich nicht zur Kandidatur aufgestellt, aber ein paar Hundert andere Leute schon.«

»Unglaublich.«

»Ich weiß.«

»Das ist mein Mädchen! Kam, sah und siegte, sag ich da nur.«

Ich muss lächeln. »Vielleicht. Aber es ist eine große Verantwortung. Ich glaube, es ist einfacher, zu rebellieren, als zu regieren.«

Ethan nickt. Er wirkt traurig. »Ich hab das Gefühl, wir kommen zu unserem Thema.«

»Stimmt.« Ich gehe langsamer.

»Eine Rebellin darf mit einem Jetztgeborenen zusammen sein, aber eine, die regiert nicht, stimmt's?«

Er versucht hämisch zu klingen und er liegt richtig.

Wir sind an einem felsigen Teil des Flussufers angekommen. Ich setze mich, er ebenso. Bei dem, was ich jetzt sage, muss ich ihn ansehen. »Das allein ist es nicht.« Ich nehme seine Hände in meine. »Wenn ich könnte, würde ich das alles für dich aufgeben. Das Problem ist, dass es für dich eine ganz reale Gefahr gibt. Baltos ist der Beweis dafür. Er hat nicht eine Pest eingeschleppt, die bereits existierte, sondern sein Kontakt mit Jetztgeborenen hat sie erst ausgelöst. Meine Mutter meint, es gäbe Hoffnung, das Virus unter Kontrolle zu halten, aber nicht, wenn wir es weiterverbreiten.«

Ethan senkt den Kopf.

»Was ist, wenn alle das machen würden, was wir dabei sind zu tun? Keiner von uns weiß, wie sich Risiken vermeiden lassen, weil wir noch keine Ahnung haben, welche Viren wir in uns herumtragen und wie sie sich verbreiten.«

»*Noch* nicht.« Er schaut auf. Er besteht auf dieser Formulierung.

»Noch nicht, oder wenn überhaupt, oder vielleicht auch nie. Wir haben keine Ahnung.« Ich rücke näher an ihn heran. Ich will, dass er mich versteht. »Möglicherweise ruinierst du dein Leben, wenn du mit mir zusammenbleibst. Vielleicht deine Gesundheit. Vielleicht die Hoffnung auf

Freiheit und eine Familie. Nichts davon darfst du aufgeben. Das lasse ich nicht zu.«

»Alles was ich möchte, ist, mit dir zusammen zu sein.«

Mir kommen die Tränen. Hätte ich sie noch länger zurückhalten können?

Er zieht mich zu sich heran und lehnt meinen Kopf an seine Brust.

»Vom ersten Mal an, als ich dich ein kleines Stück weiter flussaufwärts von hier gesehen habe, konnte ich an nichts anderes mehr denken. Ich habe dich zwei Jahre lang nicht mehr gesehen und doch jeden Tag an dich gedacht. Ich habe deine Ankunft miterlebt, ich nehme Dinge auf meine besondere Weise wahr, wir haben gemeinsam diese verrückte Reise hinter uns gebracht – das alles bedeutet, dass wir zusammengehören.«

Ich weine noch ein bisschen. Dann wische ich mir mit dem Handrücken über die Nase und schaue zu ihm auf. »Wie kannst du das behaupten? Ich sollte eigentlich gar nicht hier sein. Wenn es nach der Zeit geht, sind wir nicht zusammen.«

»Die Zeit hat keinen Willen, hast du das nicht selbst gesagt?«

»Schon, aber …«

»Tatsache ist, dass wir zusammen sind. Vielleicht hat die Zeit gar nichts zu sagen.«

Ich weine in sein T-Shirt und mache es ganz nass. Ich mag, wie er sich anfühlt, und ich mag seinen Geruch. Doch es ist meine Aufgabe, ihn zu beschützen. Ich habe dafür gesorgt, dass er den 17. Mai überlebt hat, und von jetzt an werde ich dafür sorgen, dass er weiterhin überlebt.

Ich mag es, wie sein Herz gegen meine Schläfe pocht. Lange begleitet sein Klopfen das Rauschen des Flusses.

»Es ist zwischen uns nicht vorbei, Prenna. Irgendwann wirst auch du das begreifen.«

Ich nehme an, es ist Montagabend, als jemand an meine Zimmertür klopft. Ich nehme es an, sicher bin ich mir nicht. Seit Freitag habe ich die meiste Zeit im Bett verbracht und Stunden und Tage sind einfach so an mir vorübergezogen.

Aufzustehen und die Tür zu öffnen, ist mit einer nahezu übermenschlichen Anstrengung verbunden. Mir ist egal, dass ich im Schlafanzug bin, dass mein Haar in alle Richtungen absteht und ich mir die Zähne seit Ewigkeiten nicht geputzt habe.

»Prenna, hallo.« Vor mir steht Katherine. Ich weiß, dass sie mich gerne umarmen würde, aber sie hat das mit der körperlichen Nähe noch nicht so raus.

»Hallo, Katherine.« Sie trägt keine Brille und sieht so hübsch und jung aus.

»Zieh dir was über.«

»Warum?«, frage ich.

»Weil wir einen kleinen Ausflug machen.«

»Wohin?«

»Das siehst du dann. Auf geht's.« Sie geht zu meiner Kommode und zieht ein paar Klamotten aus den Schubladen. Offensichtlich hat sie begriffen, dass sie hier die Initiative ergreifen muss.

Ich lege mich wieder ins Bett. »Ich bin müde«, behaupte ich.

»Das hast du gestern auch schon gesagt und am Samstag auch.« Sie reicht mir ein Paar Shorts, ein T-Shirt und einen roten Badeanzug.

»Ich bin immer noch müde, wirklich.«

»Jetzt zieh dir das endlich an.«

Ich seufze. »Und warum den Badeanzug?«

»Mach einfach. Du wirst schon sehen.« Sie öffnet die Tür zu meinem Bad und weist mir die Richtung, falls ich die nicht mehr kenne. »Und kämm dir die Haare, wasch dein Gesicht und putz dir die Zähne.«

Ich schaue sie wütend an, aber ich fühle mich zu müde für Protest. Katherine ist hartnäckiger, als sie aussieht.

Ich trage die Klamotten ins Bad, ziehe sie an, wasche mich und versuche dabei, nicht in den Spiegel zu schauen. Es ist einfach nur frustrierend.

»Ab mit dir ins Auto«, sagt sie. »Ich bin sofort da.«

»Ich dachte, *ich* hätte jetzt das Sagen.«

Sie lacht und führt mich die Treppe hinunter. Bei der Küche macht sie Halt. Ich höre sie mit meiner Mutter reden und dann kommt sie mit einem Picknickkorb heraus.

»Deine Mom hat uns ein paar leckere Sachen eingepackt«, verkündet sie vergnügt.

Ich spähe in den Korb und sehe alles, was ich besonders gern mag, sogar Mango-Smoothies und eine neue Packung Schokoladenkekse. »Bei dem ganzen Mitleid werde ich noch richtig dick«, kommentiere ich düster, während ich ihr zum Auto folge.

Katherine lässt laut Musik laufen, alles Lieblingssongs von mir. Wir fahren mit offenen Fenstern, es fühlt sich gut an, aus dem Bett zu sein.

»Wir können uns einfach unterhalten, Pren«, sagt sie, Musik und Fahrtwind übertönend. »Dank dir können wir uns unterhalten, worüber wir wollen.«

Ich schaue lange aus dem Fenster. Seit meiner Ankunft habe ich das unbedingt tun wollen, doch jetzt weiß ich nicht, was ich mit damit anfangen soll. »Worüber sollen wir reden?«

Katherine hat einen verschmitzten Gesichtsausdruck. Sie stellt die Musik leiser. »Zum Beispiel darüber, wie grauenvoll Ms Cynthia mit ihrem neuen Haarschnitt aussieht. Dass sie furchtbaren Mundgeruch hat. Oder darüber, dass Mr Robert Haare aus der Nase wachsen.«

Wir machen in diesem Stil weiter, aber bald verlieren wir die Lust. Wir wissen beide, dass die zwei keine Rolle mehr spielen.

Stattdessen reden wir über die Zukunft. Nicht über die ferne, sondern über die nahe Zukunft. Ich merke, dass sie mir etwas sagen will. »Ich habe überlegt, ob ich mich nicht als Betreuerin bewerben soll«, sagt sie. Ich sehe ihr an, dass sie sie sich vor lauter Schüchternheit nicht sicher ist.

»Oh, Katherine, das ist eine wunderbare Idee.« Ich fühle mich gerührt und kann nichts dagegen tun. Was für eine wundervolle Vorstellung. Die Schlechtesten in unserer Gemeinschaft weichen den Besten.

Wir fahren lange Zeit dahin, und ich merke, dass wir uns dem Meer nähern. Ich fühle die warme, salzige Luft in meinem Gesicht.

Sie parkt in der Nähe des Leuchtturms von Fire Island. Wir ziehen unsere Klamotten aus und die Socken von unseren zarten Füßen und schlittern über den Sand wie frisch geschlüpfte Schildkröten. Uns an den Händen haltend, waten wir ins Meer.

Wir schauen zu dem prächtigen rosafarbenen Mond auf, der sein Spiegelbild im Wasser betrachtet. Wieder fühle ich, wie mir das Herz aufgeht. Das ist kein Mond, den man kritisch beäugen muss, sondern ein großzügiger Mond, in dessen reichlichem Licht man am liebsten baden würde.

Wenden wir uns am Ende nicht immer dem Leben zu, so sehr uns das Herz auch bricht? Und der Hoffnung.

Ich muss an gestern zurückdenken, als ich spät am Tag einen Wagen hörte, der vor dem Haus parkte, und sogar unter zwei Decken liegend wusste ich, dass es Ethans Auto war. Ich tappte zum Fenster und beobachtete ihn, wie er, einen Umschlag in der Hand, zur Haustür lief und ihn in den Briefkastenschlitz warf.

Auf halbem Weg zum Auto, blickte er über die Schulter zurück und sah mich am Fenster stehen. Er wandte sich um und hob die Hand. Ich presste meine Finger gegen das Fensterglas. So standen wir beide da, er eine Silhouette vor dem glühenden Sonnenuntergang. Ich versuchte die Tränen zu unterdrücken, bis er fort war.

In dem Umschlag fand ich die Zeitungen und das Bargeld, das wir für unsere Reise mitgenommen hatten. Ich wollte alles schon unangetastet oben in meinen Kleiderschrank legen und ihn schließen, als ich auf einer der Zeitungen zufällig ein gelbes Post-it entdeckte. Ich zog besagte Ausgabe heraus und folgte dem Pfeil, den Ethan offenbar zu einem Artikel auf Seite eins gezogen hatte, die Zeitung war vom Juni 2021.

In düsteren Farben schilderte der Artikel den Triumph eines Öl-Milliadärs und Gas-Tycoons in seinem Feldzug gegen die letzte Vorschrift zur Eindämmung der Kohlenstoffemission. Jede Hoffnung der Regierung, die Klimakatastrophe abzuwenden, war damit zerschlagen. Den Namen konnte ich nicht lesen, doch ich erkannte unzweifelhaft das Gesicht auf dem Foto. Wie auch immer der Name lautete, Ethan und ich wissen, dass es sich um Andrew Baltos handelt.

Eigentlich brauchen wir keinen Beweis dafür, dass wir den Weg in die Zukunft geöffnet haben, aber ihn zu haben ist trotzdem schön.

Später schlief ich ein und träumte von meinem Bruder Julius. Er war nicht mehr in der alten Welt, in der er mir vorher immer erschienen war. Er war hier, gesund und kräftig, und kam den Weg zu einem Haus hoch, das unserem sehr ähnlich war. In der Hand hielt er einen Strauß Osterglocken.

An diesen Traum muss ich denken, als Katherine und ich zum Sternenzelt hochsehen, das so riesig, ewig und wunderbar ist; man erkennt, dass man eine Welt bewohnt, in der für alles gesorgt ist.

Wir halten uns noch immer an den Händen und schwimmen so weit hinaus, dass wir den Meeresgrund nicht mehr mit unseren Füßen erreichen können. Es ist Furcht einflößend und verunsichernd, aber auch aufregend.

Denn wer weiß, was morgen mit uns ist?

Ann Brashares

Eine für vier

Eine für vier
Band 1, 320 Seiten,
ISBN 978-3-570-40298-6

Eine für vier –
Der zweite Sommer
Band 2, 320 Seiten,
ISBN 978-3-570-30276-7

Eine für vier –
Aller guten Dinge sind drei
Band 3, 352 Seiten,
ISBN 978-3-570-40296-2

Eine für vier –
Vier gewinnt
Band 4, 384 Seiten,
ISBN 978-3-570-30581-2

Eine für vier –
Für immer und ewig
Band 5, 448 Seiten,
ISBN 978-3-570-40216-0

www.cbj-verlag.de

Ann Brashares

Unser letzter Sommer

320 Seiten, ISBN 978-3-570-40062-3

Seit sie denken können, verbringen die Schwestern Alice und Riley den Sommer auf Fire Island – mit Baden, Träumen und Faulenzen. Doch diesen Sommer kehrt Paul, ihr Ferienfreund aus Kindertagen, nach Jahren zum ersten Mal wieder auf die Insel zurück. Als Alice und Paul sich ineinander verlieben und Riley schwer erkrankt, verändert sich ihrer Welt für immer – auf tragische und zugleich wundervolle Weise.

40056

cbj

www.cbj-verlag.de

Huntley Fitzpatrick

Mein Sommer nebenan

512 Seiten, ISBN 978-3-570-40263-4

Samantha Reed liebt die Garretts heiß und innig – doch nur aus der Ferne. Die 10-köpfige Nachbarsfamilie ist tabu, denn die Garretts sind alles, was Samanthas Mutter ablehnt: chaotisch, bunt und lebensfroh. Aber eines schönen Sommerabends erklimmt der 17-jährige Jase Garrett Samanthas Dachvorsprung und stellt ihr Leben auf den Kopf. Sie verliebt sich mit Haut und Haaren und wird von den Garretts mit offenen Armen aufgenommen. Eine Zeit lang gelingt es Samantha, ihr neues Leben vor der Mutter geheim zu halten. Doch als ein Autounfall die Garretts aus der Bahn wirft, muss Samantha eine schwere Entscheidung treffen ...

Huntley Fitzpatrick

Es duftet nach Sommer

ca. 480 Seiten, ISBN 978-3-570-40277-1

Die 17-jährige Gwen kann es nicht fassen: Ausgerechnet der größte Fehler ihres Lebens, Cassidy Somers, lässt sich dazu herab, den Sommer über auf ihrer Heimatinsel als Gärtner zu jobben. Anders als Gwen, die befürchtet, sich wie ihre Eltern mit miesen Jobs durch Leben schlagen zu müssen, ist er einer der reichen Kids vom Festland. Doch Gwen träumt davon, dem allen zu entfliehen. Nur was würde das für ihr Leben bedeuten? Gwen verbringt einen berauschenden Sommer auf der Suche nach Antworten darauf, was ihr wirklich wichtig ist, an ihrem Zuhause, den Menschen, die sie liebt und schließlich an sich selbst. Und an Cassidy, der sie in einen verwirrenden Gefühlstaumel zwischen magnetischer Anziehungskraft und köstlicher Unsicherheit stürzt.

cbj

www.cbj-verlag.de

40260

Und plötzlich klopft mein Herz

352 Seiten, ISBN 978-3-570-40326-6

Jesse erledigt alles – für Geld! Drogen verticken, Prüfungen fälschen, Losern zu einem Date verhelfen, alles kein Problem. Der Rest ist irrelevant. Denn Jesses Mutter ist tot, sein Vater eine Null und die Welt ein Ort, an dem man sich besser nicht zu viele Gedanken macht. Als der Footballkapitän und ausgemachte Idiot Ken Jesse 200 $ bietet, damit er ihn mit der engelsgleichen Bridget verkuppelt, stimmt also der Preis. Doch der Auftrag ist heikel: Jesse muss sich ins Altersheim schmuggeln, einen Opa „borgen" und sich auch noch mit Bridgets behindertem Bruder Pete anfreunden, um einen Blick hinter die perfekte Fassade dieses Mädchens zu erhaschen. Was dabei herauskommt? Bridget ist tatsächlich perfekt und Jesse hoffnungslos in sie verliebt ...

40282

cbj

www.cbj-verlag.de